I0745514

Du même auteur

La belle mortelle de Samson (Vampires Scanguards - Tome 1)
La provocatrice d'Amaury (Vampires Scanguards - Tome 2)
La partenaire de Gabriel (Vampires Scanguards - Tome 3)
L'enchantement d'Yvette (Vampires Scanguards - Tome 4)
La rédemption de Zane (Vampires Scanguards – Tome 5)
L'éternel amour de Quinn (Vampires Scanguards – Tome 6)
Les désirs d'Oliver (Vampires Scanguards – Tome 7)
Le choix de Thomas (Vampires Scanguards – Tome 8)
Discrète morsure (Vampires Scanguards – Tome 8 1/2)
L'identité de Cain (Vampires Scanguards – Tome 9)
Le retour de Luther (Vampires Scanguards – Tome 10)
La promesse de Blake (Vampires Scanguards – Tome 11)
Fatidiques retrouvailles (Vampires Scanguards – Tome 11 ½)
L'espoir de John (Vampires Scanguards – Tome 12)

Séduisant (Le Club des éternels célibataires – Tome 1)
Attirant (Le Club des éternels célibataires – Tome 2)
Envoûtant (Le Club des éternels célibataires – Tome 3)
Torride (Le Club des éternels célibataires – Tome 4)
Attrayant (Le Club des éternels célibataires – Tome 5)

L'ESPOIR DE JOHN

(LES VAMPIRES SCANGUARDS – TOME 12)

TINA FOLSOM

TRADUIT DE L'AMÉRICAIN

Pour Mark

1

Peu de temps après le coucher du soleil, John Grant pénétra dans le garage souterrain du siège de Scanguards situé dans le district de la Mission à San Francisco et se gara à l'emplacement qui lui était attribué. Tant au coucher qu'au lever du soleil, il régnait une grande activité au sein de cet imposant bâtiment : la relève des équipes. Les employés humains quittaient l'établissement le soir, tandis que les vampires prenaient la relève. Avant que John n'eût atteint son bureau situé au deuxième étage, l'endroit bourdonnait déjà d'une frénétique activité. Tout comme chaque nuit. Il en était bien aise, car cela l'aidait à ne pas penser à d'autres choses. Des choses qu'il préférait maintenir enfouies dans les sombres recoins de sa mémoire.

Tandis qu'il longeait le couloir menant à son bureau, il gratifia plusieurs collègues d'un hochement de tête, échangeant ainsi de silencieuses salutations. Une voix l'interpela, alors qu'il avait presque atteint la porte de son bureau.

— John, attends.

John se retourna et vit Gabriel Giles, son supérieur et chef en second au sein de Scanguards, se diriger vers lui. Après nombre d'années de collaboration avec Gabriel, il s'était habitué à la repoussante apparence de l'autre vampire : une grande cicatrice plissée s'étendait de son oreille gauche au menton et défigurait un visage, par ailleurs assez joli, au point d'inspirer, d'un simple regard sombre, de la crainte à n'importe quel adversaire. Et pourtant, en dépit de son apparence, il n'y avait rien de mauvais chez Gabriel. En fait, il était un homme juste, un individu équilibré grâce à l'amour que lui vouait sa compagne, Maya, et leurs trois enfants hybrides dont deux étaient apprentis gardes du corps chez Scanguards. Gabriel possédait tout ce que John avait si durement tenté d'obtenir. Mais en vain.

— Bonsoir Gabriel, dit John, le ton de sa voix ne trahissant pas le fait qu'il enviât le puissant vampire.

Ce n'était pas de la faute de Gabriel si ce dernier avait tout ce que lui-même désirait.

— Content d'être tombé sur toi.

Gabriel désigna l'épais dossier qu'il tenait en main.

— Les services de police de San Francisco ont envoyé ceci afin que nous y jetions un coup d'œil.

Il céda le dossier à John.

— Le détective Donnelly ?demanda John en en prenant possession tout en haussant un sourcil. Encore un crime dans lequel un vampire est impliqué ?

Grâce à l'accord pris avec la ville de San Francisco et, en particulier, grâce à leurs relations avec le maire et le chef de la police, leur agent de liaison au sein du département de la police rapportait directement tous les crimes supposés commis par des vampires à Scanguards. Seuls quelques officiers du poste connaissaient leur existence et, en confiant la sous-traitance de tous les cas incriminant des vampires à Scanguards, ils s'assuraient que cela ne s'ébruitât pas. Dans le cas contraire, ce serait la panique, ce que, tant le maire que le chef de la police, voulaient éviter. En outre, Scanguards était mieux équipée pour affronter les mauvais vampires contrevenant à la loi. Les membres de la compagnie se chargeaient rapidement et efficacement d'eux. Scanguards les pourchassait avant de les amener devant le Conseil des vampires afin qu'ils fussent poursuivis. Pour les grands délinquants, le verdict était l'exécution. Pour ceux qui pouvaient être remis sur le droit chemin, c'était un séjour prolongé dans la prison pour vampires située dans la Sierra.

— Donnelly n'est pas sûr. Mais, n'ayant aucune piste, il veut qu'on s'y intéresse.

— Bien sûr. De quoi s'agit-il ?

— Enlèvements d'enfants.

Quelque chose se mit à bouillonner dans les tripes de John.

— Combien ?

— Plus d'une douzaine depuis ces dix dernières semaines. Toutes des filles. Et jeunes.

— Quel âge ?demanda John, bien que peu enclin à entendre la réponse.

— Toutes entre neuf et douze ans.

Le dégoût se répandit dans tout son corps, atteignant la moindre de ses cellules. Il échangea un regard complice avec Gabriel.

— Tu penses que des vampires peuvent être responsables ?Qu'ils utilisent peut-être les gosses comme sources de sang ?

Gabriel haussa les épaules. Sa cicatrice se tordit simultanément, signe certain que le sujet l'affectait profondément.

— J'espère que non.

— Ce ne serait pas la première fois.

Gabriel hocha la tête de manière solennelle.

— Jettes-y un œil, tu veux ? Mais s'il devient clair qu'il n'y a aucune implication paranormale, renvoie le dossier à Donnelly. Autant j'aimerais aider la police de San Francisco à trouver ces filles tellement tout ceci me dégoûte. autant nous n'avons pas le personnel nécessaire. Nos missions habituelles, les patrouilles et, maintenant, notre nouvel accord avec les Gardiens de la Nuit…

Il se frotta la nuque, là où ses longs cheveux marron foncé étaient attachés en queue de cheval.

— Honnêtement, poursuivit-il, je ne sais pas comment nous ferons pour traiter tout ce que nous avons déjà à faire.

John hocha la tête.

— Il est temps que la prochaine génération fasse sa part de travail.

La génération suivante était composée d'hybrides, les fils et les filles de couples mixtes qui, par nature, étaient mi-vampires, mi-humains. Ils combinaient donc les avantages des deux espèces, ce qui les rendait plus forts et plus polyvalents et, en fin de compte, moins vulnérables que les vampires de sang pur.

Gabriel soupira.

— Nous préparons les hybrides aussi rapidement que possible. Certains d'entre eux sont déjà sélectionnés pour leurs examens pratiques finaux. Mais n'oublions pas qu'ils sont toujours en formation.

— Je pense que tu les sous-estimes. Ryder est un jeune homme très responsable, dit-il, faisant référence au fils aîné de Gabriel. Tout comme les jumeaux d'Amaury.

Amaury, un des trois plus hauts directeurs de Scanguards, avait deux garçons avec sa compagne humaine de sang-mêlé, Nina.

Malheureusement, John ne pouvait étendre l'éloge qu'il vouait aux fils de Gabriel et d'Amaury à Grayson, le fils aîné du fondateur et PDG de Scanguards, Samson. Le jeune homme de vingt et un ans était une tête brûlée. Son corps avait atteint sa maturité le jour de son dernier anniversaire et resterait tel quel pour le reste de sa vie mais, jusqu'à présent, son esprit n'avait pas évolué de la même manière. Grayson était impulsif, arrogant et imprévisible. Sans compter qu'il était constamment en compétition avec sa sœur aînée, Isabelle, et quiconque qui, selon lui, le devançait.

Gabriel gloussa doucement.

— Et ils se croient tous invincibles. Ce qu'ils ne sont pas. Ryder n'a que vingt ans, tout comme les fils d'Amaury. Leur corps n'a pas encore atteint la maturité finale. Ils sont toujours vulnérables.

John soupira.

— Je comprends. Mais ils guériront aussi rapidement qu'un vampire de sang pur.

Ce qui était la vérité. Mais ils pouvaient avoir des cicatrices. Si Ryder venait à se blesser et à être défiguré par une cicatrice, tout comme Gabriel lorsqu'il était humain, celle-ci deviendrait permanente au moment où son corps se figerait dans son état définitif. Mais excepté cela, il valait mieux être hybride qu'un vampire de sang pur.

— N'oublie pas qu'ils sont avantagés par rapport à nous. Ils n'ont pas nos limites, ajouta John.

Son patron fit la grimace.

— Tu crois que je ne le sais pas ?Mais ce n'est pas parce qu'ils ne se feront pas griller par les rayons du soleil que cela signifie qu'ils seront en sécurité lorsqu'ils seront seuls. Qui va les surveiller durant la journée ?

Gabriel pointa John du doigt, puis lui-même.

— Nous, nous ne pouvons pas.

— Peut-être qu'il est temps d'enlever les petites roues et de les laisser nous prouver qu'ils sont prêts. Je ne me souviens pas avoir eu quelqu'un à ma surveillance quand j'étais un jeune vampire. Et toi ?

Pendant un moment, Gabriel demeura silencieux.

— C'était une autre époque.

— Pas moins dangereuse.

— Mais des dangers bien différents.

Ensuite, Gabriel se figea soudainement et désigna le dossier.

— Fais-nous savoir demain soir, à Samson et moi-même, si nous devons accepter ça.

John hocha rapidement la tête.

— Certainement. Je te tiens informé.

Il se retourna et ouvrit la porte de son bureau avant de la refermer derrière lui un instant plus tard. Il ôta sa veste et la pendit au dos de son fauteuil.

Le dossier était épais et, selon le sommaire collé sur le rabat intérieur, il contenait une douzaine de rapports de police incluant les photos des enfants disparus et tout autre élément jugé pertinent par la police. John jeta un œil à l'horloge pendue au mur. Tout ceci prendrait un certain temps.

Il sortit le premier rapport concernant une fille disparue depuis un peu plus de six semaines et commença à lire. Il avait terminé le second rapport et était sur le point d'entamer le troisième lorsque le téléphone sonna. Il regarda l'écran et décrocha.

— John Grant.

— C'est Louise, de la réception. Il y a une dame qui souhaite vous voir. Elle s'appelle Savannah Rice.

— Connais pas. Que veut-elle ?

— Elle est envoyée par le détective Donnelly de la Police de San Francisco.

— Hum.

Si Donnelly l'avait envoyée, ce devait être important.

— Bien. Faites-la escorter jusqu'à mon bureau.

— OK.

La réceptionniste mit fin à l'appel.

John referma le dossier et inspecta son bureau. Mais tout était propre. La poubelle était vide, le petit frigo sous son bureau, là où il gardait ses provisions de secours en sang humain, était verrouillé. Scanguards fournissait gratuitement du sang humain en bouteille à ses employés dans le but de réduire leur besoin de le chercher au sein de la population humaine de San Francisco. Bien sûr, la compagnie ne pouvait empêcher quiconque de puiser du sang directement dans une veine, s'il le désirait, mais le fait de fournir un accès aisé à la nourriture dont ils avaient tous besoin ou, le plus souvent, avaient terriblement envie, facilitait leur résistance à l'urgent désir de mordre un humain.

John s'était nourri lorsqu'il s'était levé et se sentait parfaitement rassasié du sang consommé. Celui-ci le sustenterait jusqu'au prochain coucher du soleil.

Un autre coup d'œil dans son confortable bureau lui confirma que tout était à sa place. Bien. Puisque la personne qui souhaitait le voir avait été envoyée par Donnelly, il était probable qu'elle fût humaine. Quoiqu'il n'eût pu en être certain. La probabilité qu'un vampire eût contacté Donnelly en sachant qu'il avait un lien direct avec Scanguards était toujours envisageable.

Le visiteur de John s'annonça d'un cognement à la porte.

— Entrez.

La porte s'ouvrit, et l'odeur d'une humaine parvint jusqu'à l'intérieur de son bureau, bien que sa silhouette fût cachée par le corpulent vampire qui l'escortait.

— John, une certaine Savannah Rice veut te voir.

Il fit un pas sur le côté et laissa entrer la femme avant de refermer la porte derrière elle.

John aurait dû entendre les pas du garde, tandis que celui-ci s'éloignait, mais le sang qui se précipitait dans ses veines couvrait tout autre son. Tout autre son excepté celui des battements de cœur de l'humaine qui se tenait, hésitante, dans son bureau.

Sois maudit, Donnelly ! Sois maudit de me l'avoir envoyée !

C'était une étrangère, une femme qu'il n'avait jamais vue auparavant. Et pourtant, alors qu'il la regardait, son cœur bondissait de reconnaissance, d'espoir, de désir. Elle représentait tout ce qu'il avait voulu oublier depuis quatre longues années. Nicolette, la femme qu'il avait aimée et perdue. Il la voyait en cette femme, bien qu'il sût que ce fût impossible. Il distinguait les similitudes, mais également les différences.

Tout comme Nicolette, Savannah Rice était une belle femme, sensuelle et gracieuse. Elle était grande, mais pas maigre. Elle avait des formes, partout où il le fallait, partout où un homme voulait sentir la chaleur de la chair s'abandonnant sous ses doigts. Elle ne dévoilait pas grand-chose, peu de femmes le faisait à San Francisco, les nuits étant trop fraîches, même durant l'été. Mais ce qu'il voyait lui réchauffait le sang. Douce et un peu plus foncée que du chocolat au lait, sa peau recouvrait des doigts élégants, des pommettes saillantes et un cou impeccable. Un cou où une veine pulsait de concert avec les battements de cœur. Il se mit à imaginer sa peau blanche contre celle de la jeune femme, ses mains lui étreignant les épaules, tandis qu'il buvait à même la source en jetant son dévolu sur cette veine, celle de sa compagne de sang-mêlé.

Mais elle n'était pas Nicolette. Il était suffisamment lucide pour le réaliser. Le visage de cette femme ne ressemblait en rien à celui de Nicolette. Ses yeux n'étaient pas marron foncé comme ceux de sa femme, mais bien d'un bleu éclatant qui suggérait qu'elle avait des parents ou des grands-parents de race blanche. Ses cheveux noirs étaient longs et onduleux, si différents de ceux de Nicolette, laquelle les avait toujours gardés plus courts et bien plus bouclés, de façon naturelle. Il y avait quelque chose de mystérieux chez cette femme, cette étrangère, quelque chose qui semblait être caché derrière le bleu de ses yeux.

Lorsqu'elle inspira, le regard de John fut attiré par le haut de son corps : un pull à l'encolure en V qui lui seyait comme un gant. Il épousait ses courbes les plus précieuses, deux globes circulaires plus parfaits qu'il n'eût jamais pu l'imaginer. Et une autre chose était également évidente. Il l'avait immédiatement aperçu lorsqu'elle était entrée dans son bureau : elle ne portait pas de soutien-gorge. Des seins bien fermes ne nécessitant aucune aide. Aucun support. Il sentit ses canines le démanger à la simple pensée d'imaginer ce qu'il ressentirait s'il les enfonçait dans sa chair tout en la sentant gémir sous lui. Il refoula difficilement ce besoin qui tentait soudainement de le contrôler. Ce besoin de posséder cette femme. De la prendre. De la chevaucher. De la mordre.

Mais il savait que c'était mal. Elle n'était pas Nicolette. Et le fait qu'elle partageât des similitudes physiques avec sa défunte compagne ne signifiait pas qu'elle pouvait combler le vide laissé par Nicolette. Balayer le vide dans lequel il vivait depuis ces quatre dernières années. Le fait que son corps répondît à celui de la jeune femme de la même manière qu'il avait répondu à son épouse ne signifiait pas que son cœur en ferait de même. Il valait mieux oublier tout ceci.

— Monsieur Grant ?

Cette voix, un doux filet d'eau semblable à une source de montagne, le fit tressauter. Il se releva d'un bond de son bureau et s'approcha d'elle en tendant la main.

— Madame Rice, comment puis-je vous aider ?

Elle lui serra rapidement la main, puis la relâcha tout aussi vite.

— C'est Mademoiselle. Il n'y a aucun Monsieur Rice. Je suis mère célibataire. Buffy n'a pas de père.

Quelque peu confus, John fouilla dans sa mémoire. Était-il censé savoir qui était Buffy ?La seule Buffy dont il eût jamais entendu parler était une tueuse de vampires dans une série télé des années quatre-vingt-dix.

— Buffy ?

— Oui, ma fille. Elle a disparu il y a trois jours. Le détective Donnelly ne vous a-t-il pas mis au courant ?Il a dit—

Le téléphone du bureau sonna à nouveau. Il fut content, car cela signifiait qu'il pouvait détourner le regard avant qu'elle ne se rendît compte qu'il ne pouvait s'empêcher de la dévisager. Plus que probablement en train de baver comme un pauvre idiot.

— Excusez-moi.

Il regarda l'écran et reconnut le numéro de la police de San Francisco.

— Il se peut que ce soit lui, ajouta-t-il.

Il tendit la main vers le téléphone et décrocha.

— Mike ?

— Salut, John. J'ai pensé que je pourrais t'appeler en vitesse au sujet de ta nouvelle affaire.

— C'est encore à décider, dit John, sachant que Donnelly comprendrait ce qu'il voulait dire.

— Oui, bien sûr. De toute façon, il y a eu un fait nouveau. La mère de la dernière fille qui a disparu n'est pas satisfaite de nous.

— Hum-hum.

— Elle pense que les policiers sont tous incompétents. Tu vois le genre. Alors, j'ai pensé à te l'envoyer pour que tu puisses lui assurer que nous faisons tout ce qui est en notre pouvoir. Elle s'appelle—

— Je sais comment elle s'appelle, l'interrompit-il.

Une minuscule pause s'ensuivit.

— Elle est dans ton bureau, n'est-ce pas ?

— Merci pour le tuyau.

Il s'assura que Donnelly entendît le ton sarcastique dans sa voix.

— Comme je l'ai dit, elle n'est pas satisfaite de nous. Une grande gueule, si tu vois ce que je veux dire. Je n'ai pas le temps de faire quoi que ce soit si elle se pointe toutes les cinq minutes pour demander l'évolution du dossier.

Génial ! Elle était donc de ce genre : autoritaire, exigeante, insistante.

— Eh bien, merci de me l'avoir adressée. Je ne manquerai pas de réciproquer quand je le pourrai.

Donnelly eut l'audace de glousser.

— Pas nécessaire. Tiens-moi juste informé et, honnêtement, j'espère que tu trouveras que cette affaire pue le paranormal car, moi, je n'ai rien. Aucune demande de rançon dans aucun des dossiers. Aucun témoin oculaire des enlèvements. Rien. Pas la moindre piste.

— Te tiens au courant.

Il n'attendit pas la réponse de Donnelly et reposa le cornet sur le récepteur. Quoi qu'il en fût, ceci était son affaire, du moins pour ce soir. Et il ne laisserait rien faire obstacle à son professionnalisme. Il était garde du corps depuis plus longtemps qu'il ne pouvait s'en souvenir, tout d'abord au service du vampire roi de Louisiane et, durant ces quatre dernières années, au service de Scanguards. Il était entraîné à ne montrer aucune émotion, et c'était exactement de cette manière qu'il dirigerait cette affaire. Bien qu'il ne lui serait pas aisé d'avoir affaire à cette humaine dont le sang imprégnait son bureau d'une odeur qui lui démangeait les canines et faisait durcir son sexe bien malgré lui.

Il inhala cet arôme, en emplit ses poumons avant de s'armer de courage et lui faire à nouveau face. Lorsqu'il rencontra son regard, il sut immédiatement qu'elle l'avait minutieusement examiné durant tout le temps où il avait été au téléphone. Et conscient de ce fait, pour une raison inexplicable, il éprouva des difficultés à faire preuve d'indifférence.

— Mademoiselle Rice, asseyez-vous, je vous prie.

2

Savannah s'assit sur le siège qui lui était offert. Sans toutefois avoir la moindre idée de la personne qu'elle trouverait lorsque le détective Donnelly lui avait suggéré d'aller voir John Grant afin d'obtenir de l'aide pour retrouver sa fille, elle ne s'était pas attendue à tomber sur quelqu'un comme lui. Pour commencer, elle l'avait imaginé plus âgé, bien plus âgé. Donnelly n'avait-il pas dit que John Grant était très expérimenté en matière de recherche de personnes disparues ?Comment pouvait-il avoir acquis une telle expérience alors qu'il n'avait visiblement que la trentaine ?

Et ensuite, il y avait son apparence : pour un détective privé, il était trop bel homme, trop grand, trop athlétique. Quelqu'un ressemblant à un top-modèle choisirait-il vraiment une carrière dans laquelle il serait quotidiennement confronté à des criminels et à la violence alors qu'il pourrait aisément trouver du travail dans le mannequinat, le cinéma ou la mode ?Son abondante chevelure noire pouvait, à elle seule, faire la publicité de n'importe quel produit capillaire et en faire un best-seller.

— Comment puis-je vous aider, Mademoiselle Rice ?

Cette question extirpa Savannah de sa rêverie. Elle mit de côté ses pensées relatives à l'apparence de son interlocuteur en se remémorant les brillantes éloges que Donnelly avait faites, tant envers lui qu'envers Scanguards. Afin d'être certaine de leur sérieux, elle s'était renseignée sur la compagnie et n'avait trouvé que des avis élogieux. Apparemment, même le maire s'assurait leurs services de temps en temps. Et ce qui était suffisamment bien pour la Ville de San Francisco devait l'être également pour elle. Du moins l'espérait-elle.

Elle déglutit et joignit les mains sur ses genoux en se forçant à demeurer calme. C'était difficile, car à chaque fois qu'elle devait raconter ce qui s'était passé, les larmes survenaient inévitablement et anéantissaient toute capacité à s'exprimer. Cela n'aidait personne, et encore moins Buffy. Pour le bien de sa fille, elle devait se ressaisir.

Je n'abandonnerai pas avant de t'avoir retrouvée, chérie. Je le promets.

— Mademoiselle Rice ?

Elle reposa brusquement le regard sur le visage de John.

— Le détective Donnelly a dit que votre fille avait disparu il y a trois jours, ajouta John. Pouvez-vous me dire ce qui s'est passé ?

Elle hocha la tête. La voix de son interlocuteur était à présent empreinte d'un certain intérêt, et cela l'aida à se mettre à l'aise. Il était désireux d'écouter.

— Monsieur Grant, merci de me recevoir—

— Appelez-moi John, s'il vous plaît. Parlez-moi de votre fille. Buffy, c'est bien comme cela qu'elle s'appelle ?

Savannah acquiesça d'un hochement de tête.

— Elle n'a que dix ans.

Et elle était probablement morte de peur, où qu'elle se trouvât.

— Elle a disparu après l'école, ajouta-t-elle.

— Dites-moi tout en commençant par le jour où elle a disparu.

— Elle fréquente l'école primaire de Grattan, à Cole Valley et ce, depuis la maternelle. Je la dépose habituellement juste après huit heures et, ensuite, je me rends à mon bureau dans South Market et—

— Habituellement ?l'interrompit-il.

Bien que l'école de Buffy ne fût pas très éloignée de son bureau situé dans le quartier essentiellement commercial de South Market, ce jour-là, elle avait dû se rendre directement à son bureau.

— Oui, mais ce matin-là, j'avais une réunion d'affaires de bonne heure. Alors, j'ai demandé à ma voisine de l'emmener. Son fils va à la même école qu'elle et, donc, Buffy s'y est rendue avec eux.

— Et vous avez confiance en votre voisine ?J'aurai besoin de son nom et de son adresse.

Savannah fit un mouvement dédaigneux de la main.

— Ça ne s'est pas passé à ce moment-là. Buffy est bien arrivée à l'école. Elle y était toute la journée. Les professeurs et les élèves l'ont confirmé. Ça s'est passé plus tard.

— Plus tard ?L'heure de sa disparition n'a pas encore été établie ?

— Oui et non.

Et c'était précisément à ce sujet que sa frustration envers la police avait commencé. Ils écartaient certaines affirmations des témoins, juste parce que ces témoins étaient des enfants.

— Elle suit également le programme d'activités parascolaires là-bas. Et alors que certains des élèves disent l'y avoir vue, d'autres disent qu'elle était déjà partie.

— Comment cela se fait-il ?

— Ils faisaient une sortie éducative improvisée.

— Où cela ?

— Juste à quelques pâtés de maisons, jusqu'à un belvédère appelé Tank Hill.

John hocha la tête.

— Je le connais. N'est-ce pas inhabituel d'entreprendre une telle sortie de manière impromptue ?

— Il arrive, à l'occasion, que des activités soient reportées d'un jour à un autre en fonction de la disponibilité des enseignants ou du mauvais temps. Vous savez, la veille, tout était complètement recouvert par le brouillard. Ils n'ont donc pas pu aller se promener le jour prévu. Cet après-midi-là, quand le brouillard s'est levé, le professeur a décidé d'en profiter.

— Et vous dites que personne n'est certain que votre fille était en balade avec sa classe ?

— L'instituteur a dit qu'elle était avec eux. Elle avait même coché son nom sur le registre, avant la balade et après, quand ils sont rentrés à l'école. Mais plusieurs enfants ont dit qu'ils n'avaient pas vu Buffy.

— Hum.

John joignit les mains sous son menton et ferma les yeux pendant un instant.

Ce geste attira l'attention de Savannah sur les longs cils noirs de John, de même que sur les épais sourcils qui suivaient le contour de ses paupières. Lorsqu'il rouvrit subitement les yeux, son regard épingla celui de Savannah.

— À quelle heure se termine le programme parascolaire ?

— À dix-huit heures.

— Et vous y étiez pour la reprendre ?Vous l'attendiez ou étiez-vous en retard ?

Savannah se pencha en avant sur sa chaise.

— Ni l'un ni l'autre. J'ai assisté à une réunion, et elle a débordé.

— Alors, vous avez demandé à votre voisine de la ramener à la maison ?

Était-il en train de la juger parce qu'elle n'avait pu être présente au moment où sa fille en avait eu besoin ?

— Non.

Savannah réalisa à quel point tout cela commençait à la bouleverser, mais elle ne put s'empêcher de laisser la détresse s'immiscer dans sa voix.

— Son fils n'est pas inscrit au programme parascolaire, ajouta-t-elle. J'ai appelé ma babysitter. Elle est venue chercher Buffy. Mais lorsqu'elle est arrivée, ma fille n'était pas là.

— Je présume que votre babysitter— comment s'appelle-t-elle ?

— Elysa. Elysa Flannigan.

— Je présume qu'Elysa figure sur la liste des personnes autorisées à venir chercher Buffy ?

— Oui. L'école ne libère les enfants qu'aux personnes inscrites sur leur liste. Et Elysa y figure.

— Était-elle à l'heure ?

— Elle a dit qu'elle l'avait été.

Et Savannah la croyait. Elysa était sa babysitter depuis que Buffy avait trois ans, et c'était une fille très responsable.

— Elle était à l'heure. Elle est toujours ponctuelle.

— Même si vous lui dites à la dernière minute que vous avez besoin d'elle pour aller chercher votre fille ?

Sur ce, Savannah se mit en colère et bondit de son siège.

— Qu'êtes-vous en train d'insinuer ?Que je suis une mauvaise mère ?Que je ne veille pas sur mon enfant ?

John se leva et contourna le bureau.

— S'il vous plaît, Mademoiselle Rice, calmez-vous.

— Vous avez raison, c'est ma faute. Je ne lui ai pas accordé assez de temps. J'ai fait passer le travail avant elle, alors que j'aurais dû aller la chercher moi-même, la garder avec moi plutôt que de lui faire suivre un programme parascolaire afin de pouvoir passer plus de temps au boulot. C'est ma faute.

— Ce n'est pas votre faute, et je n'insinue pas que vous êtes une mauvaise mère. J'essaie juste de définir ce qui s'est passé et comment ça s'est passé. Je ne vous juge pas. Je suis certain qu'il est assez difficile d'élever un enfant seule.

Ces dernières paroles apaisèrent un peu Savannah. Elle se sentait mal de s'être emportée.

— Vous devez bien comprendre que Buffy représente tout pour moi. Je l'aime plus que ma propre vie.

Des larmes se formèrent dans ses yeux, et elle n'eut plus la force de les retenir.

— Penser qu'elle est là, quelque part, enlevée par quelqu'un, seule et effrayée, me bouffe à l'intérieur, ajouta-t-elle. Je dois la retrouver. À n'importe quel prix.

Elle frotta le revers de la main sur sa joue humide.

— La police est trop lente, précisa-t-elle. L'alerte Amber n'a donné aucun résultat. Et les policiers n'ont aucune idée de la suite à donner. Aucune suggestion, aucun plan.

Elle regarda John droit dans les yeux.

— Avez-vous des enfants ?

Quelque chose sembla secouer John, mais cela disparut tout aussi rapidement.

— Non.

— Si vous en aviez, vous comprendriez que je ne peux reculer devant rien. Quoi que cela coûte, je dois retrouver Buffy. Il faut que vous la rameniez à la maison.

John se tenait là, visiblement en train de contempler quelque chose, presque comme s'il ne savait pas comment dire ce qu'il avait à dire.

— Je dois être honnête avec vous. Il se peut que l'inspecteur Donnelly ait surestimé ce que Scanguards est en mesure de faire. Je ne veux pas que vous, euh…

— Qu'êtes-vous en train de dire ?Que vous n'allez pas accepter le travail ?Je présume que vos services ne sont pas bon marché, mais je peux néanmoins payer—

Il leva la main.

— Cela n'a rien à voir avec l'argent. En fait, si la disparition de votre fille est bien liée à d'autres disparitions survenues dans la Baie, et si nous acceptons le dossier, la Ville nous paiera.

Elle secoua la tête.

— Je ne comprends pas. D'autres disparitions ?Combien y en a-t-il eu ?

— Une douzaine de filles de l'âge de Buffy ont disparu rien que depuis ces six dernières semaines. La police—

— Oh mon Dieu !

Savannah tendit la main vers la chaise afin de se ressaisir. Mais avant qu'elle n'eût pu y parvenir, John lui avait attrapé le coude afin de l'aider à maintenir son équilibre.

Elle avait bien lu certains articles à propos de quelques disparitions. Ce genre de choses arrivait et, pour une grande agglomération, il n'était pas rare qu'il y en eût une ou deux par mois. Mais une douzaine ?

— Les journaux. Pourquoi—, poursuivit-elle.

— Pourquoi les journaux ne l'ont-ils pas largement rapporté ?Parce que la police et les parents des enfants ont décidé qu'il était dans l'intérêt de tous de maintenir cela secret afin que la police puisse investiguer sans que des malades ne viennent inonder leur numéro vert avec leurs fausses observations et théories.

— Secret ?

La colère l'emporta.

— Si j'avais su, poursuivit-elle, je l'aurais protégée. J'aurais engagé quelqu'un pour la surveiller vingt-quatre heures sur vingt-quatre, sept jours sur sept !

— Je sais que vous l'auriez fait.

Surprise, elle rencontra son regard. La teinte chocolat des yeux de John scintillait de compréhension, comme si une flamme la transformait en un marron doré.

— J'ai reçu le dossier de la police ce soir.

Il désigna un épais dossier sur son bureau.

— Je vais voir si je peux relier la disparition de votre fille à celle des autres filles et trouver un dénominateur commun, précisa-t-il. S'il y a quelque chose qui relie ces cas, je le trouverai.

Sa voix était empreinte d'une confiance contagieuse.

— Merci !

— Ne me remerciez pas encore. Je ne pourrai vous confirmer que nous acceptons le dossier que lorsque j'aurai vérifié tous les détails. Êtes-vous venue en voiture ?

Un peu confuse par cet abrupte changement de sujet, elle secoua la tête.

— J'ai pris un taxi. Il n'y a jamais de place de stationnement dans la Mission.

— Bien. Nous prendrons ma voiture. Elle est au garage qui se trouve au sous-sol.

Elle fronça les sourcils.

— Pour faire quoi ?

— Vous allez me montrer tous les endroits qui vous sont associés, à vous et à Buffy : votre maison, votre boulot, l'école de Buffy, la maison de votre voisine, celle de votre babysitter. Je dois visualiser la vie de Buffy.

Elle jeta un œil à l'horloge pendue au mur. Il était bien vingt heures passées, et il faisait noir dehors.

— Vous voulez dire, maintenant ?

— La sécurité est un boulot de vingt-quatre heures.

Savannah eut envie de serrer cet homme dans ses bras. Sa volonté de se plier en quatre et de ne pas perdre davantage de temps, mais bien de se mettre immédiatement en action, emplit son cœur d'espoir.

Tiens bon encore un peu, Buffy. Maman arrive.

3

John attrapa sa veste, ouvrit la porte à Savannah et lui fit signe de le précéder. Un geste courtois, oui, mais cela signifiait également qu'il pouvait la suivre du regard, regard qui se porta immédiatement sur son postérieur. Peut-être, aurait-il dû, pour une fois, renoncer à ses manières du Sud car, regarder ce postérieur bien galbé, ces fesses rondes et fermes, lui procura toutes sortes d'idées totalement inappropriées dans ce genre de situation. Il s'enorgueillissait d'être un vampire civilisé, un homme qui maintenait fermement ses besoins et ses désirs sous contrôle. Mais simplement regarder Savannah, tandis qu'elle se déhanchait dans le couloir, à la sortie de son bureau, lui donna l'envie de briser cette retenue et de balancer toutes ses bonnes intentions par la fenêtre.

Savannah se retourna et le regarda. Surpris, il se figea. Merde, avait-elle, d'une manière ou d'une autre, ressenti qu'il lui matait le derrière ?

— Par où ?demanda-t-elle.

— Euh, par ici, dit-il en désignant les ascenseurs.

Tandis qu'il marchait à côté d'elle, le silence qui planait entre eux était gênant.

— Mademoiselle Rice, lui demanda-t-il alors. Je suis certain que, malgré les recommandations de l'inspecteur Donnelly, vous avez considéré d'avoir recours à l'aide d'autres compagnies pour retrouver votre fille. Pourquoi avoir choisi Scanguards ?

— J'ai parlé à plusieurs autres compagnies, mais aucune d'elles ne m'a parue aussi qualifiée.

Elle lui lança un regard latéral et poursuivit.

— Elles ont toutes débuté la réunion initiale en exposant leur structure tarifaire et leurs indemnités journalières, leurs dépenses et tout le reste. J'ai alors su qu'ils ne se soucieraient pas de retrouver Buffy avant de m'avoir facturé plusieurs heures.

— Hum.

Il aurait éprouvé la même crainte s'il avait été traité de cette façon.

— Mais quand votre première réaction a été de de me demander de vous parler de Buffy et de ce qui s'était passé, j'ai su que Scanguards était différente. Les recommandations de l'inspecteur Donnelly y ont certainement contribué, mais je ne me fie pas à l'opinion des autres. Je me forge la mienne.

C'était peut-être cet état d'esprit que l'inspecteur Donnelly avait voulu qualifier d'*autoritaire* et d'*exigent,* mais John le considérait plutôt comme pourvu de bons instincts. De très bons instincts.

— Je ferai de mon mieux afin de ne pas vous décevoir.

Lorsqu'ils arrivèrent aux ascenseurs, John appuya sur le bouton, et Savannah se tourna vers lui.

— Au départ, je n'ai pas eu très confiance en la police. Mais après ce que vous venez de me dire au sujet des autres enfants, je sais que je ne peux me fier à eux pour retrouver Buffy. Je déteste vous mettre davantage de pression, mais Scanguards représente mon dernier espoir.

Avant qu'il n'eût pu répondre, les portes de l'ascenseur s'ouvrirent, et Amaury, meilleur ami de Samson, le fondateur de Scanguards, et directeur haut-placé de la compagnie, en sortit. Comme toujours, il était habillé de manière décontractée, en pantalon cargo et chemise à col ouvert. Ses longs cheveux noirs, toutefois plus courts que ceux de John, lui touchaient les épaules. Des épaules aussi larges qu'un tank. Il aurait certainement fait un bon défenseur, quoique John sût qu'Amaury n'avait jamais joué au football américain durant sa jeunesse passée dans la France du seizième siècle.

— Salut, John, le salua Amaury.

Il hocha la tête à l'intention de Savannah.

— Bonsoir, Amaury.

— Content de tomber sur toi. Il y a eu un petit changement d'horaire.

John haussa un sourcil. Allait-il devoir laisser Savannah aux mains de quelqu'un d'autre ?

— Ouais ?

— Damian et Benjamin ont demandé de faire leurs exercices pratiques avec toi à partir de la nuit prochaine. Emmène-les patrouiller et trouve-leur quelque chose à faire.

Amaury fit la grimace.

— Désolé, ajouta-t-il, mais j'ai dû y consentir ou ils m'auraient rabattu les oreilles avec ça.

John haussa les épaules et tendit la main vers la porte de l'ascenseur afin de l'empêcher de se refermer.

— Ça ne me dérange pas. Comme je l'ai dit tout à l'heure, les garçons doivent commencer à faire leur part de travail. Nous avons besoin de ces bras supplémentaires.

Amaury le gratifia d'une tape sur l'épaule.

— Content que tu le voies de cette façon. Tout le monde n'aime pas entraîner la nouvelle génération.

Il fit mine de s'éloigner, puis s'arrêta et sourit.

— Oh, ajouta-t-il. Et je leur ai dit que ta parole est loi. Ils ne tiennent pas compte de moi parce que je suis leur père, mais il n'y a aucune raison que tu tolères un tel comportement.

Involontairement, John dut glousser.

— Ce sont de bons garçons. Tu aurais pu avoir pire.

Amaury lui adressa un clin d'œil.

— Ouais, j'aurais pu avoir Grayson comme fils.

D'un hochement de tête accompagné d'un « M'dame » adressé à Savannah, il s'en alla.

John regarda Savannah et désigna l'ascenseur.

— On y va ?

Dans la cabine, John appuya sur le bouton du deuxième niveau de parking et observa la fermeture des portes.

— Je n'ai pu m'empêcher d'entendre que vous patrouillez. Quel genre de patrouilles faites-vous ?demanda Savannah.

— Nous avons un contrat avec la Ville. Des services de sécurité.

— Les forces de police de la Ville sont trop petites pour faire face à leurs obligations, ajouta-t-il, tandis qu'elle lui lançait un regard empreint de curiosité. Alors, ils ont engagé Scanguards afin de patrouiller dans certains quartiers, la nuit. De manière à garantir une certaine sécurité en ville.

Sécurité contre des créatures de la nuit. Des créatures telles que lui.

— La Ville semble avoir énormément confiance en Scanguards.

— Nous travaillons avec elle depuis longtemps.

Le précédent maire de San Francisco, un hybride et ami de Samson, avait négocié ce marché. Lorsque le nouveau maire avait repris les fonctions, tant ce dernier que le chef de la police avaient été mis au courant de l'existence des vampires. Par chance, ils avaient accepté d'honorer l'arrangement pris par le maire précédent et avaient juré de maintenir secrète l'existence des vampires, des sorciers et des autres créatures surnaturelles.

Cet accord fonctionnait bien pour les deux parties : la ville était en sécurité, et Scanguards recevait un salaire régulier du Trésor.

Les portes de l'ascenseur s'ouvrirent.

— Allez-y. Ma voiture est garée sur la gauche.

Il suivit Savannah dans le propre garage bien éclairé.

— Le SUV ?demanda-t-elle en désignant un van aux vitres teintées.

Protégeant les vampires du soleil, conducteur inclus, ce van était un des modes de transport préférés de Scanguards.

John secoua la tête et appuya sur le bouton de sa télécommande. Les phares de la voiture garée à côté du SUV s'éclairèrent brièvement.

Le regard de Savannah dériva brusquement vers ce véhicule.

— La voiture de sport ?

Il y eut un soupçon de surprise dans ses yeux, comme si elle ne s'était pas attendue à ce que John conduisît une voiture de sport ou gagnât suffisamment d'argent pour se permettre un véhicule aussi cher. Ou peut-être appréciait-elle tout simplement la belle machine allemande qu'il possédait. Il ne savait pour quelle raison il avait du mal à la cerner.

La Mercedes noire AMG était une élégante voiture à deux places. Elle était toute sa fierté et sa joie. Elle avait également été sécurisée pour les vampires, ses vitres étant recouvertes d'un film imperméable aux UV qui laissait toutefois pénétrer suffisamment de lumière afin que la voiture n'eût pas l'air suspecte.

Il ouvrit la portière du côté passager et attendit que Savannah se glissât sur le siège en cuir avant de refermer la portière. Il s'installa ensuite du côté conducteur et mit le moteur en marche. Quelques instants plus tard, la voiture se trouvait dans le dense trafic de la rue de la Mission avant de prendre la direction nord vers Cole Valley.

— Nous allons commencer par l'école, annonça-t-il.

— Il n'y aura personne, maintenant. C'est la nuit.

— Aucune importance.

En fait, il valait mieux fouiner tout autour sans être questionné par le personnel scolaire. De plus, une visite diurne était totalement exclue.

— Je pourrai voir ce que j'ai à y voir.

— Vous travaillez beaucoup la nuit ?demanda-t-elle.

— La plupart du temps.

Quoique pas par choix.

— Ça ne vous dérange pas ?

— On s'y habitue.

Après plusieurs centaines d'années.

— Hum.

Elle regarda par la vitre passager et demeura silencieuse pendant un moment.

— Ouais, poursuivit-elle. Je suppose qu'on peut s'habituer à beaucoup de choses si on y est obligé.

John put percevoir de la tristesse dans sa voix. Il sut alors qu'il était temps d'orienter la conversation dans une autre direction. Cela était tout aussi bien, car il avait encore beaucoup de questions afférentes à Buffy à poser.

— Vous avez dit qu'il n'y avait pas de Monsieur Rice. Alors, où est-il, le père de Buffy ?

Elle tourna la tête vers lui.

— Je ne sais pas. Pourquoi demandez-vous cela ?

— Parce que nous ne pouvons pas exclure la possibilité qu'il puisse l'avoir kidnappée. Cela arrive régulièrement que des parents n'ayant pas la garde kidnappent leurs propres enfants dans le but de rendre la monnaie de la pièce à leur ex-conjoint.

— Je n'ai probablement pas été claire tout à l'heure.

Elle soupira avant de poursuivre.

— Il n'y a pas de père. Aucun que Buffy puisse connaître. Je n'ai jamais été mariée.

— Votre ex-petit ami, alors ?

Du coin de l'œil, il la vit secouer la tête.

— Je voulais un enfant, mais je ne voulais pas d'un homme par-dessus le marché. Le père biologique de Buffy ne sait même pas qu'il a un enfant. Il a fait don de son sperme à une banque et, pour ce que j'en sais, il a beaucoup d'enfants dont il ne sait rien. Il était un donneur très désirable.

Cette nouvelle le surprit et le rendit curieux.

— Que voulez-vous dire par désirable ?

Elle haussa les épaules.

— On peut choisir les profils à la banque de sperme. Vous voyez, choisir le genre d'attributs que vous espérez que le donneur transmettra à votre enfant. Il avait un doctorat de l'Institut de Technologie du Massachussetts, un QI qui l'a placé au plus haut niveau chez Mensa. Je sais que certaines personnes me jugeraient pour la façon dont je l'ai choisi. Mais je voulais les meilleurs gènes pour mon enfant.

Stupéfait par ces paroles, John la dévisagea.

— Étaient-ce les seuls critères qu'ils vous ont donnés ?Rien d'autre afin de pouvoir l'identifier ?

Elle secoua légèrement la tête.

— Je savais qu'il était de race blanche, aux yeux bleus et cheveux noirs. Mais ils ne vous donnent pas grand-chose d'autre. Aucune photo, si c'est ce que vous voulez dire.

— Hum. Je vois. Donc, je suppose qu'il ne pourrait jamais découvrir que son sperme a donné naissance à un enfant.

Sachant à quel point les lois sur la vie privée étaient strictes, John ne s'attendit pas à une réponse.

— Vous ne connaissez pas plus son nom que lui ne connaît le vôtre, ajouta-t-il.

Une impasse, donc.

— Non, désolée. Peut-être aurais-je dû, à l'époque, récolter plus d'informations à son sujet, mais je ne l'ai pas fait.

John fronça un sourcil.

— Que voulez-vous dire ?Comment ?

— Leurs systèmes sont piratables.

— Piratables ?Comment le savez-vous ?

— Je suis programmeuse. À l'époque, j'ai été tentée d'en savoir plus au sujet du père potentiel de Buffy. Je suis rentrée dans leur système. C'était facile.

Elle soupira.

— Mais je ne suis pas allée jusqu'au bout. En fin de compte, j'ai décidé qu'il valait mieux ne pas en savoir trop. Je n'ai donc jamais accédé à son dossier. Ce que je savais me suffisait. Le donneur de sperme était sain, jeune et intelligent. C'était tout ce qui comptait.

John hocha la tête tout en analysant ces paroles. Elle avait pris la sage décision de ne pas aller plus loin dans sa démarche. Mais une chose le rendait toutefois curieux.

— Pratiquez-vous toujours en tant que pirate informatique ?

Après tout, il se pourrait tout à fait qu'elle eût attiré l'attention de quelqu'un sur elle en ayant piraté un système. Quelqu'un qui voulait à présent lui faire du mal en kidnappant Buffy.

Elle secoua la tête.

— En fait, je travaille à présent dans la cyber sécurité. Cette expérience m'a démontré à quel point certaines organisations sont vulnérables. Mon boulot consiste à les aider à se protéger contre une cyber attaque. Un de mes premiers jobs en tant qu'indépendant consistait à consolider la sécurité de la banque de sperme.

— Vous dirigez votre propre affaire ?En tant qu'expert en cyber sécurité ?

Il la regarda, laissant courir longuement les yeux sur la féminité de ses traits.

— Pourquoi est-ce que cela vous surprend ?Parce que je suis une femme ?

— Je ne voulais pas—

Elle leva une main.

— Inutile de vous excuser. Cela arrive souvent.

— C'est juste que, lorsque je pense à un consultant en cyber sécurité, j'imagine quelqu'un d'un peu plus excentrique.

Et Savannah était tout sauf excentrique. Elle était sensuelle, sexy, comme le péché. Et voilà qu'il pensait à nouveau à elle de manière sexuelle. Combien de temps était-il parvenu à ne pas penser à ses délicieuses courbes en agissant de manière professionnelle et en lui posant des questions sur des choses qui auraient dû être de nature innocente ?Cinq minutes ?Dix ?

S'il continuait de la sorte, une ou deux choses se passeraient. Soit il se retrouverait à plaquer Savannah contre la surface plane la plus proche et à enfouir son sexe en elle tout en s'abreuvant de son sang, soit il retournerait chez lui au lever du soleil en ayant besoin d'une douche glacée, d'un travail manuel ou probablement les deux.

La première solution, il ne pouvait se l'autoriser sous aucun prétexte et, la seconde, ne semblait pas le moins du monde attrayante.

4

John était devenu subitement silencieux, et Savannah se demanda si elle avait dit quelque chose de mal. Elle espéra que sa confession au sujet du père de Buffy ou de sa tentative de piratage ne l'avait pas monté contre elle, car elle ne pouvait risquer que Scanguards n'acceptât pas de l'aider. Elle devait retrouver Buffy et la ramener à la maison. C'était tout ce qui comptait. Si nécessaire, elle ferait n'importe quoi. Demeurer silencieuse durant le reste du trajet de manière à éviter de prononcer toute parole pouvant lancer la polémique était un petit prix à payer si cela lui permettait de s'assurer les services de Scanguards.

Lorsqu'ils se garèrent à côté de l'école primaire de Grattan, Savannah fut soulagée de sortir de la voiture. Le bâtiment scolaire occupait plus de la moitié d'un pâté de maisons. Une seule rangée d'habitations faisait face à la cour de récréation qui occupait l'autre moitié du bloc.

— Montrez-moi où les parents viennent rechercher leurs enfants.

Elle poussa presque un cri au son de la voix de John. Elle ne l'avait pas entendu contourner la voiture pour la rejoindre.

— Je ne voulais pas vous effrayer, dit-il doucement.

— Ce n'est rien. Je suis juste à bout de nerfs.

Elle désigna le coin de la rue.

— Par ici, précisa-t-elle.

Un instant plus tard, un bip se fit entendre derrière elle : John venait de verrouiller les portières de sa voiture. Le brouillard était à nouveau tombé sur la ville, et l'air froid et humide semblait transpercer le pull de Savannah. Cela lui fit remarquer qu'elle n'avait pas pris de veste. Elle frissonna involontairement.

— Vous avez froid, dit John, d'un ton neutre.

— Aucune importance.

Mais déjà, il ôtait sa veste afin de la poser sur les épaules de la jeune femme. L'intérieur était toujours empreint de la chaleur de son corps. Elle ne put s'empêcher de s'emmitoufler dans le vêtement afin de ne pas laisser échapper cette chaleur.

— Merci. Normalement, je n'ai pas aussi vite froid. Mais je n'ai pas beaucoup dormi depuis…

Elle ne termina pas sa phrase. Elle savait qu'elle n'avait pas à le faire. Elle désigna une barrière.

— C'est là que les parents attendent dans leur voiture, et que les professeurs signent le registre de sortie des enfants.

John hocha la tête.

— Attendez ici.

Savannah l'observa se diriger vers la barrière, regarder minutieusement de l'autre côté et ensuite évaluer les environs. Il ne regardait pas uniquement l'école, mais également les maisons en face et les bâtiments situés des deux côtés de la rue suivante. Lorsqu'il remonta la petite côte et se retourna afin de regarder le toit de l'école et le parking des professeurs contigu à la cour de récréation des enfants, Savannah se demanda ce qu'il cherchait.

Il fut de retour quelques instants plus tard.

— Que regardiez-vous ?

— Si je devais enlever un enfant de cette école, je devrais tout d'abord examiner les lieux, déterminer où les professeurs se trouveraient, qui pourrait me voir en fonction de l'endroit où je me tiendrais et où se situerait la meilleur cachette.

— Mais vous ne pouvez pas suffisamment bien voir, la nuit. Il fait trop noir.

— Je reviendrai demain, pendant la journée, promit-il. Mais je voulais avoir une idée, ce soir, afin de pouvoir visualiser le tout quand je parcourrai le rapport de police.

Il lui attrapa le coude.

— Maintenant, ajouta-t-il, rendons-nous chez votre babysitter.

Dans la voiture, Savannah lui donna l'adresse d'Elysa, et il l'encoda dans le système de navigation de sa voiture. L'appartement de Laurel Heights que la jeune babysitter partageait avec deux colocataires ne se trouvait pas loin. Dès qu'ils furent arrivés, John stoppa la voiture, mais ne coupa pas le moteur.

— Voulez-vous que je vous la présente ?demanda Savannah.

Il secoua la tête.

— Je ne veux pas qu'elle sache qui je suis. Je ne vais pas lui parler tout de suite. Du moins, pas dans l'immédiat. Si elle est impliquée dans la disparition de Buffy, je ne veux pas l'effrayer. Je la surveillerai pour vérifier s'il n'y a rien de louche.

— Et maintenant ?

— Je vous raccompagne chez vous. Ensuite, je me pencherai sur différentes choses.

Elle lui donna son adresse dans le quartier de Lower Pacific Heights. Ce n'était pas loin, et il y avait très peu de trafic à cette heure de la nuit. Elle était occupée à trouver quelque chose à dire afin de noyer ce silence qui planait entre eux, lorsque John se mit soudain à parler.

— Vous avez mentionné diriger votre propre entreprise. Y a-t-il des employés ?

— Deux experts en informatique travaillent pour moi : Rachel Ingram et Alexi Denault. Pourquoi ?

— Ont-ils rencontré Buffy ?

— Bien sûr. Buffy m'accompagne occasionnellement au bureau quand les cours se terminent tôt ou quand je ne peux avoir la babysitter. Ils la connaissent bien.

— Donc, tous deux sont à votre service depuis longtemps ?

— Alexi est relativement nouveau. Je l'ai engagé il y a environ huit mois. Mais Rachel est avec moi depuis presque trois ans. Pourquoi demandez-vous cela ?

— La plupart des cas d'enlèvement implique des gens qui connaissent la victime, répondit-il.

À ces paroles, Savannah prit une profonde inspiration. Elle n'aimait pas penser à sa fille en tant que victime. Cela la déshumanisait et faisait d'elle un objet.

— Je suis désolé, dit rapidement John, comme s'il comprenait.

Était-ce le cas ?

Elle le regarda et hocha la tête.

— Donc, vous pensez qu'Alexi ou Rachel pourraient avoir quelque chose à voir avec la disparition de Buffy ?Je ne vois pas ça comme ça. Ni Rachel ni Alexi n'ont jamais montré le moindre intérêt pour elle. Vous savez, ils n'aiment pas les enfants. Ils étaient assez gentils avec elle quand elle venait au bureau, mais je pouvais voir qu'ils n'étaient pas enthousiastes à l'idée de l'avoir dans les parages, en train de poser des questions et de faire du bruit pendant qu'ils tentaient de travailler. Buffy est une petite fille curieuse. Certains adultes trouvent cela épuisant.

Mais Savannah ne rechignait jamais à répondre aux nombreuses questions de sa fille afin de satisfaire sa curiosité.

— Nous ne pouvons exclure cette possibilité. Envoyez-moi leur adresse par email, de même que l'adresse de votre bureau. Je ferai des recherches les concernant, insista John.

Un instant plus tard, il se garait devant chez elle, un condo situé dans un bâtiment victorien à deux étages dans une petite rue calme.

— Vous habitez au-dessus ou en-dessous ?

— Au-dessus.

— Et la voisine qui a emmené Buffy à l'école ce jour-là ?

Savannah désigna une maison unifamiliale dans le même pâté d'immeubles.

— Deux habitations plus bas. La petite maison jaune. Nancy y vit avec son mari et son fils.

John hocha la tête.

— J'aimerais voir la chambre de Buffy.

— Bien sûr.

Savannah tendit la main vers la poignée de la portière et sortit de la voiture.

Lorsqu'elle contourna le véhicule, elle remarqua que John regardait en bas de la rue, en direction de la maison de sa voisine, puis de l'autre côté de la rue. Il examinait les alentours tout comme il l'avait fait à l'école de Buffy. Elle ne put s'empêcher de se demander à quoi ressemblait la rue dans ses yeux entraînés : s'il y voyait des dangers passés ou présents. Pouvait-il immédiatement déterminer les points faibles d'un lieu, de la même manière qu'elle détectait les vulnérabilités dans les rangées et colonnes d'un code informatique ?

John la rejoignit à la porte d'entrée, quoique son regard demeurât vigilant, toujours en train de scruter la rue déserte. Il y avait quelque chose de réconfortant à le voir se tenir là, en train d'attendre qu'elle eût ouvert la porte. Il respirait l'assurance. C'était son métier de voir les choses que les autres ne voyaient pas, de trouver ce qui était caché, de protéger ceux qui avaient besoin de protection. Savannah ressentit le fait qu'il se tint là, sur le seuil de son appartement, comme s'il lui avait raconté son curriculum vitae, comme s'il lui avait parlé de chaque affaire qu'il avait résolue, de chaque personne qu'il avait sauvée. Cela la combla et la réchauffa tout autant que la veste qu'elle avait sur elle.

— Aucun système d'alarme ?demanda-t-il lorsqu'elle ouvrit la porte et commença à gravir l'étroit escalier.

— C'est un quartier plutôt sûr. Et je ne possède rien qui ne vaille la peine d'être volé.

Il y avait nombre de plus grandes demeures à seulement quelques pâtés de maisons. Un cambrioleur les trouverait plus attrayantes.

Il ne répondit pas, mais la suivit. Dans le long couloir de l'étage, particularité propre à tant d'appartements victoriens, elle actionna l'interrupteur.

— La chambre de Buffy donne sur le jardin.

Elle se dirigea vers celle-ci. Mais, devant la porte, elle hésita. John la rattrapa et s'arrêta à côté d'elle.

— Quelque chose ne va pas ?

Elle le regarda.

— Depuis qu'elle a disparu, c'est difficile pour moi d'entrer ici. Voir sa chambre toute vide ramène la réalité à la maison. Vous comprenez ?

Il posa une main sur son épaule durant juste une seconde.

— Si vous êtes d'accord, je vais y entrer seul, dit-il.

Savannah acquiesça d'un hochement de tête. John ouvrit la porte et pénétra dans la pièce. Elle demeura à l'extérieur, mais son regard dériva à l'intérieur de la chambre de Buffy, vers son lit vide surplombé d'étoiles qui s'éclairaient dans l'obscurité, vers sa commode débordant de projets pour l'école qui contenait ses chaussettes, ses sous-vêtements, ses t-shirts et ses pulls, vers son fauteuil poire multi-couleurs posé dans le coin, là où Buffy aimait s'asseoir pour lire. Vêtue d'habits colorés, elle disparaissait presque tant elle s'y enfonçait si profondément.

Savannah se détourna. Elle ne pouvait plus regarder. Ou elle se remettrait à pleurer. Elle ne pouvait se permettre de craquer.

— Jusqu'ici, j'ai tout ce dont j'ai besoin.

La voix de John provint de derrière et de plus près qu'elle ne s'y était attendue.

— Est-ce une photo récente d'elle ?ajouta-t-il.

Elle se retourna et le regarda. Il tenait une photo instantanée de Buffy assise au comptoir de la cuisine, en train de manger du gâteau. Savannah sourit.

— Je l'ai prise il y a un mois.

— Puis-je la prendre ?

Elle acquiesça.

— Merci, Mademoiselle Rice.

Il s'éclaircit la gorge.

— Je vous contacterai demain soir pour vous dire ce que j'ai découvert.

— Merci, j'apprécie.

Il inclina légèrement la tête, comme s'il s'adonnait à une révérence démodée.

— Passez une bonne nuit.

Il sortit, et elle verrouilla la porte derrière lui. Lorsqu'elle entra dans le salon et y alluma la lumière, elle réalisa soudain qu'elle portait toujours sa veste. Elle se précipita à la fenêtre, mais la voiture de John démarrait déjà. Quelques secondes plus tard, elle s'en était allée.

5

John enfonça la pédale de l'accélérateur. Il avait besoin de conduire. Afin de se vider la tête. De noyer les souvenirs qui l'assaillaient. Mais il réalisa en quelques secondes que conduire dans les rues presque désertes de San Francisco ne refoulait en rien la vague de souvenirs qui s'abattait sur le mur qu'il avait tenté d'ériger en lui. Tout était de la faute de Savannah. C'était de sa faute si la tragédie qui l'avait frappé se rappelait à lui. Une tragédie ressentie comme si elle s'était passée la veille.

Il stoppa la voiture au pâté de maison suivant et sortit une bouteille d'un compartiment secret situé sous le siège passager. Peut-être que quelques gorgées de sang l'aideraient à se calmer. Il dévissa le bouchon, amena la bouteille à ses lèvres, en prit une rasade, puis une autre. Il sentit le fluide visqueux enrober sa gorge et soulager un peu sa douleur. Mais il savait que cela ne durerait pas longtemps. Ce n'était jamais le cas. Il devait demeurer occupé, en mouvement, devait continuer à travailler. Persister à fuir les souvenirs comme il l'avait fait durant ces quatre dernières années.

Il fixa l'horloge de son tableau de bord. Il commençait à faire tard. Il fit demi-tour et se dirigea de nouveau vers Laurel Heights, là où vivait la babysitter de Buffy. Il commencerait son enquête par elle et vérifierait si quelque chose clochait. Bien qu'il ne la suspectât pas nécessairement du kidnapping de Buffy, elle était la personne qui connaissait probablement le mieux les faits et gestes de l'enfant. Il se pouvait qu'elle eût, par inadvertance ou pas, donné au kidnappeur des informations susceptibles de l'aider à s'emparer facilement Buffy au moment où elle était le moins protégée.

Lorsqu'il s'approcha du pâté de maisons où se trouvait l'appartement d'Elysa Flannigan, il put entendre les bruits d'une fête. Un peu plus tôt, lorsqu'il s'était arrêté avec Savannah, il avait vu de la lumière et avait distingué le fourmillement de quelques personnes à l'intérieur de l'appartement, lesquelles se préparaient, visiblement, à faire la java. À présent, une musique bruyante s'échappait des fenêtres ouvertes, se mêlant aux rires et aux éclats de voix. John stoppa la voiture de l'autre côté de la rue et regarda le bâtiment. À travers les vitres éclairées de l'appartement d'Elysa situé au second étage, il repéra des ballons parmi les danseurs. Une fête d'anniversaire. Mais pas celle d'Elysa. Une bannière était accrochée au-dessus de la porte d'entrée. Lorsqu'il était passé un peu plus tôt avec Savannah, elle ne s'y trouvait pas. Et le nom qu'il pouvait y distinguer était Tracy. Une de ses colocataires.

Une voiture approcha, l'aveuglant pendant un instant, avant de s'arrêter devant le bâtiment. Deux gars dans la vingtaine en sortirent, et la voiture redémarra. Ils gravirent les marches d'un pas nonchalant. John les suivit du regard. Il n'entendit pas la sonnette, et les deux visiteurs ouvrirent simplement la porte. John les observa disparaître à l'intérieur. Visiblement, personne ne surveillait l'entrée de l'appartement. Il serait aisé de se mêler aux fêtards et de passer inaperçu.

John sortit de la voiture et traversa la rue. Tout comme les deux jeunes hommes avant lui, il tourna la poignée de porte et entra. La musique était plus forte à l'intérieur et le devint encore davantage lorsqu'il gravit les escaliers et atteignit l'étroit couloir. C'était bondé à l'intérieur, tandis que les gens tentaient de se rendre du salon situé à l'avant de l'appartement vers la cuisine, à l'arrière, probablement là où on servait les boissons alcoolisées. Personne ne remarqua sa présence. Personne ne lui demanda de qui il était l'ami ou s'il détenait une invitation.

Il éprouva l'envie de dodeliner de la tête. Les humains ! Ils n'avaient aucune idée du nombre de dangers qui rôdaient la nuit. Mais même s'ils avaient connaissance de l'existence des vampires, ils s'imagineraient probablement toujours être en sécurité, forts de cette fausse croyance qu'un vampire ne peut entrer dans une maison sans y avoir été invité. Cela étant dit, il était là, au sein de leur espace privé, et personne ne l'y avait invité. Et c'était une bonne chose qu'il ne se trouvât pas là dans le but de faire du mal. Il était là pour fureter, pour se faire une impression sur Elysa et ses fréquentations.

L'assemblée était jeune, la plupart entre vingt et vingt-cinq ans. D'autres, plus jeunes encore, se trouvaient par-ci, par-là. Ils étaient certainement en–dessous de l'âge légal pour consommer de l'alcool, mais appréciaient tout aussi volontiers que leurs homologues plus âgés ces boissons qui coulaient à flots.

John poursuivit son chemin à travers le couloir, examinant les pièces se trouvant sur son passage. Chacune d'entre elles était occupée à divers degrés. Certains invités se vautraient sur les lits et les fauteuils, les poufs ou tout simplement à même le sol, tandis que d'autres étaient appuyés contre les murs et les portes ou assis sur les seuils de fenêtres, insouciants du fait qu'une maladresse d'un autre fêtard pût les faire tomber par la fenêtre ouverte. D'autres, encore, dansaient sur la musique trop bruyante qui semblait ne contenir aucune mélodie, mais juste un son puissant et sourd résonnant tels les battements de cœur amplifiés d'une créature en souffrance et faisant trembler le vieux bâtiment en bois sur ses fondations.

À l'entrée de la cuisine, John s'arrêta. Ici également, c'était bondé. Plusieurs hommes et femmes se préparaient des shots. À l'odeur, il sut qu'ils avaient mélangé de la vodka avec du sirop à la cerise et à la fraise avant de refroidir la mixture. Certains des buveurs étaient déjà si saouls, qu'à chaque nouveau shot qu'ils descendaient, la moitié de celui-ci se répandait sur leurs vêtements et sur leur peau, laissant des trainées rouges qui, à la lumière, ressemblaient à du sang.

— Tu dois être un ami d'Elysa, lui dit une voix à ses côtés.

John la regarda. Elle était une bonne trentaine de centimètres plus petite que lui et lui offrait une vue parfaite, mais bien involontaire sur son décolleté. Il leva juste un peu les yeux, embrassa du regard son petit corps, son visage en forme de cœur et ses cheveux blonds coupés ultra-courts.

— Pourquoi dis-tu cela ?répliqua John.

Elle se pencha plus près et le gratifia d'un regard manifestement aguicheur.

— Parce qu'elle invite toujours les mecs les plus sexys.

Elle fit un geste dédaigneux de la main en direction d'un groupe d'hommes se tenant dans la cuisine.

— De vrais hommes, ajouta-t-elle. Pas comme ces types.

— C'est bien Elysa, ça.

Il tendit le cou.

— Où est-elle ?demanda-t-il.

La fille pointa le pouce par-dessus l'épaule.

— Dans le salon, je pense. Mais je suis sûre qu'elle est occupée. Pourquoi ne pas rester un peu avec moi ?

— Certainement, pourquoi pas ?

Après tout, cette fille lui parlerait probablement d'Elysa et de ses colocataires juste pour avoir l'opportunité de passer du temps avec lui. Il connaissait le genre : qui ne demandait qu'à faire plaisir.

— Alors, comment connais-tu Elysa ?demanda-t-il.

— Je suis Nikki, sa coloc. Et comment t'appelles-tu, mon beau ?

Elle tenta son regard de braise sur lui. Malheureusement, cela fut peine perdue. Elle était exactement l'opposé de son genre.

— John.

Il sourit, prétendant être là pour s'amuser.

— Donc, tu vis ici. Joli appartement, ajouta-t-il en regardant admirativement tout autour de lui.

— Je peux te montrer ma chambre.

Elle battit des cils à son intention.

— Plus tard, certainement, répondit-il afin de la calmer. Donc, tu fais le même genre de boulot qu'Elysa ?

Elle grimaça.

— Moi ?Surveiller des petits gosses ?Jamais ! Je ne suis pas une sainte.

Elle lui adressa un clin d'œil.

— Pas comme Elysa, hein ?demanda-t-il.

— Ce n'est pas une sainte non plus. Mais d'ailleurs, à qui le dis-je ?Tu la connais. Elle ferait n'importe quoi pour se faire du fric. Même s'occuper d'enfants.

John gloussa.

— C'est Elysa ! Elle t'a dit ce qui s'est passé, pas vrai ?Avec la fille qu'elle gardait ?

— Oh oui, quel choc.

— Ça doit être dur pour Elysa.

— Ouais, et il faut payer le loyer dans deux semaines.

— Excuse-moi ?

— Ouais, tu vois, maintenant que la petite chasseuse de vampires a disparu, elle n'a plus de boulot. Ne pense pas qu'elle a beaucoup d'économies.

— Petite chasseuse de vampires ?

Nikki se mit à rigoler.

— Ouais, tu vois, elle s'appelle Buffy. Je veux dire, qui appelle son enfant Buffy ?Donc, à chaque fois qu'on parle d'elle, on l'appelle la chasseuse de vampires.

— Oh, marrant.

Pas du tout.

— Ouais, pas vrai ?

Ensuite, elle haussa les épaules.

— Et, de toute façon, poursuivit-elle, depuis que la fille a disparu, Elysa fait des pieds et des mains pour trouver un boulot qui la dépanne. Tu vois, jusqu'à ce qu'ils aient retrouvé la gamine.

Quoique cela ne dépeignît pas vraiment Elysa, cela suggérait que la babysitter n'était pas impliquée dans le kidnapping. Si elle avait effectivement aidé quelqu'un à enlever l'enfant, elle aurait plus que probablement été payée pour le faire et ne serait pas en train de se battre pour joindre les deux bouts.

— Quoique, entre toi et moi, ajouta Nikki en se rapprochant, quand un enfant a disparu depuis quelques jours et qu'il n'y a aucune demande de rançon, il y a des chances qu'il soit déjà mort. Je regarde « Dossiers criminels », tu sais. Alors, je sais comment ça se passe.

— Donc, il n'y a pas de demande de rançon ?

John le savait déjà, mais il se demandait comment Nikki le savait.

— Non, pas selon Elysa. Elle a dit que c'est pour ça que la mère de Buffy est si dévastée. Elle est bourrée de fric, tu sais. Elysa a dit qu'elle donnerait volontiers n'importe quoi pour récupérer sa fille. Donc, s'il y avait eu une demande de rançon, elle l'aurait déjà payée.

— Je vois.

— Mais, hé, ne parlons pas de choses tristes. On fait la fête, ce soir.

— Ouais, c'est l'anniversaire de Tracy. Je devrais aller la féliciter. Où est-elle ?

— Au salon, en train de danser. Je viens avec toi.

Mais il l'arrêta immédiatement.

— Hé, puis-je te demander une faveur ?demanda-t-il plutôt.

— Laquelle ?

— Veux-tu être un chou et aller me chercher un verre avant de me rejoindre dans le salon ?

Il désigna la cuisine, là où un comptoir était encombré de bouteilles : des pleines et des vides.

— Et ensuite, on pourra faire la fête, qu'en dis-tu ?ajouta-t-il.

Il la regarda au plus profond de ses yeux, lui donnant l'impression que ses charmes fonctionnaient sur lui. Ce qui était faux.

— Certainement, ronronna-t-elle. On se retrouve dans une seconde.

Très peu probable.

John se détourna et longea le couloir, se dirigeant vers le salon tout en esquivant les invités un peu éméchés. Il laissa errer les yeux et renifla. Indépendamment de l'odeur de marijuana et d'alcool, divers parfums et odeurs corporelles, il ne pouvait flairer que le sang humain.

Personne dans la pièce n'exhibait l'aura révélatrice d'un être surnaturel. Et tous ses sens indiquaient qu'il n'y avait aucun vampire, lui excepté, parmi les fêtards. Cela signifiait au moins qu'Elysa et ses colocataires ne comptaient aucun vampire parmi leurs connaissances. Dans le cas contraire, ils auraient sûrement été invités, ce soir. Et auraient certainement participé à la fête. Après tout, pour un vampire, une fête était comme un buffet. Tant de savoureux types de sang différents. Avant la fin de la nuit, tout le monde serait ivre, et un vampire devrait à peine faire usage du contrôle de l'esprit s'il voulait mordre un humain sans être repéré.

Pendant un moment, il fut tenté de rester. Mais son sens du devoir était plus fort que son désir de téter la veine d'un être vivant. Il avait des pistes à suivre. Et à ce qu'il y paraissait, celle menant à Elysa Flannigan était une impasse. Pour l'instant du moins. Il vérifierait ses antécédents plus tard, lorsqu'il serait de retour au bureau.

John quitta la fête avant que Nikki n'eût pu le retrouver et sortit à l'air frais de la nuit. Il traversa la rue juste au moment où son portable se mit à vibrer. Il le sortit de sa poche et y jeta un œil. Un pense-bête s'afficha.

Merde ! Il l'avait presque oublié. Peut-être était-ce parce qu'il ne voulait pas se rendre à ce rendez-vous que son portable le lui rappelait.

Malheureusement, être un créateur s'accompagnait de responsabilités.

6

Le bureau du psychiatre se trouvait au sous-sol d'une vieille maison edwardienne de Nob Hill, à San Francisco, un quartier chic niché sur une colline. Là-haut, les vues qui s'offraient entre les bâtiments se révélaient, mettant la beauté de la ville à l'honneur, tout particulièrement la nuit. Des couloirs de lumière étaient visibles à chaque fois que John tournait à un coin de rue, et il pouvait voir les routes, en contrebas, qui menaient au quartier commerçant, financier ou à ceux qui conduisaient à la Baie.

Mais John ne prit pas le temps d'admirer le paysage. Il était déjà en retard. Aucun emplacement de parking n'était disponible. Il dut donc se garer devant l'allée menant au cabinet du psy, l'obstruant. Le bon docteur n'y verrait aucun souci.

Il pénétra dans le bâtiment par l'entrée de service sans se soucier de frapper. Il était un habitué. Dans ce sous-sol aux plafonds bas, une lumière crue l'accueillit. La salle d'attente blanche était vide. En fait, il ne savait pas pourquoi il y avait une salle d'attente. Il n'y avait jamais vu personne. Personne d'autre que celle qui l'accompagnait à ces sessions.

En un clic, la porte se referma doucement et, derrière le comptoir tout aussi blanc, la réceptionniste leva enfin la tête hors de sa paperasserie.

— Monsieur Grant, ronronna-t-elle en ajustant son top tout rose.

Celui-ci était tellement tendu sur sa poitrine que John voulut se mettre à l'abri au cas où un bouton vînt à sauter et lui arracher un œil.

Les cheveux blond platine de la secrétaire étaient coiffés comme ceux de Marylin Monroe, et son maquillage imitait également celui de la star de cinéma avec ses lèvres d'un rouge profond, sa peau aussi pâle que la porcelaine et ses longs cils noirs. La parfaite pinup. John ne s'était jamais soucié de lui demander son nom. En fait, il ne pouvait même pas se rappeler s'il le lui avait déjà demandé. Donc, dans son esprit, il l'avait toujours appelée Marylin.

Celle-ci prit le temps de laisser courir son regard sur lui, ne dissimulant pas le moins du monde son intérêt. Il supposa qu'elle traitait chaque client mâle— il refusait de s'appeler patient— de la même manière. Une femme vampire était différente des humaines, moins docile, plus exigeante, et visiblement pas timide lorsqu'il s'agissait de faire savoir ce qu'elle voulait à un homme. Il ne mordait toutefois pas. Au propre comme au figuré.

John désigna une des autres portes.

— Le doc est là ?

— Tous deux vous attendent depuis dix minutes, dit-elle, un léger sermon teintant sa voix haut-perchée.

— J'en suis sûr.

Sa protégée était toujours ponctuelle. Et le médecin, tarifant à l'heure, s'assurait que pas une minute de son temps ne soit perdue. Depuis ces dix dernières minutes, tous deux devaient probablement être en train de se plaindre de lui et discuter de tous les manquements dont il faisait preuve dans ses devoirs de créateur.

Sans autre parole et sans frapper, il entra dans le cabinet du médecin, laissant la porte se refermer derrière lui.

C'était la quatrième fois qu'il venait ici, et il n'aimait toujours pas cela plus que la première. Il détestait toujours le canapé noir de mauvais goût qui avait la forme d'un cercueil et qui semblait appartenir à un film d'horreur ringard plutôt qu'à un cabinet de médecin. Tout comme il abhorrait les fausses fenêtres gothiques peintes au mur— la pièce n'étant, de fait, pourvue d'aucune fenêtre— qui semblaient sorties du décor de la Famille Adams. Le sol en pierre aurait tout aussi bien pu être trouvé dans une crypte, et les armoires arboraient des poignées semblables à des pieux. Peut-être pour qu'un patient dégoûté des ennuyantes questions du médecin pût se poignarder, ou poignarder le praticien.

Le Docteur Drake, seul psy vampire à San Francisco, s'habillait, au moins, comme un médecin : tablier blanc, chemise blanche, pantalon noir et chaussures de ville noires. C'était un vampire grand et maigre et, apparemment, plusieurs collègues de John l'avaient consulté à un moment ou un autre. Volontairement pour beaucoup d'entre eux. Mais pas pour John. Il avait été mandaté pour assister à ces sessions. Lui et sa protégée, Deirdre.

Elle était assise dans le fauteuil situé à l'opposé de celui de Drake et était en train de boire, une paille dans la bouteille. John reconnut l'étiquette. Elle s'était acheté une boisson au distributeur automatique situé dans la salle d'attente. Cela signifiait, au moins, qu'elle n'était plus aussi réticente à boire du sang humain qu'elle ne l'avait été après qu'il l'eût transformée.

— John, très content que vous nous ayez enfin rejoints, dit Drake avec une bonne dose de sarcasme.

— Certains d'entre nous ont du boulot, répliqua John en se tassant dans le fauteuil situé à côté de Deirdre.

— Salut, Deirdre.

Elle lui lança un furtif regard.

— John.

Les salutations furent glaciales, un peu comme une tempête de glace. Super. Non pas qu'il s'attendît à autre chose. Après tout, Deirdre était très en colère contre lui. En réalité, elle était en colère contre le monde entier.

— Eh bien, commençons.

Comme d'habitude, les paroles joviales de Drake agacèrent John, mais il ravala son énervement.

— Oui, commençons.

— Dites-moi ce qui s'est passé dans vos vies depuis la dernière fois que je vous ai vus tous les deux, exigea Drake. Deirdre, ne commenceriez-vous pas ?

Elle mit de côté la bouteille de sang à moitié vide et se redressa sur son siège. Elle balança ses longs cheveux châtain clair par-dessus son épaule, révélant davantage son visage. C'était une femme séduisante, mais ses traits étaient durs. Ils attestaient des batailles qu'elle avait menées, de la vaste expérience acquise des siècles durant, siècles passés en tant que Gardienne de la Nuit.

Ces guerriers immortels étaient une espèce qui avait prêté serment afin de protéger les humains contre les démons de la peur, une force surnaturelle malveillante qui se nourrissait de la peur des humains et prospérait en temps de guerre et de conflits. Au fil des siècles, les Gardiens de la Nuit avaient développé d'inestimables facultés pour combattre les démons, l'une d'elles étant l'invisibilité et, l'autre, la téléportation. Le combat ayant pris de nouvelles proportions, ils avaient, dès lors, formé une alliance avec Scanguards. La compagnie de Samson pouvait, en cas de besoin, faire appel à leurs compétences. Les Gardiens de la Nuit, quant à eux, utilisaient l'odorat des vampires afin d'identifier les démons qui, contrairement à d'autres créatures surnaturelles, ne possédaient pas une aura révélatrice permettant de les identifier.

Deirdre avait été un leader de son espèce, mais elle avait pris des décisions qui l'avaient menée à être punie pour trahison par ses pairs. Ils l'avaient dépouillée de tous ses pouvoirs surnaturels durant une incarcération prolongée dans une cellule en plomb, acte qui l'avait transformée en humaine. Plus tard, les circonstances avaient voulu qu'elle fût transformée en vampire. Par John.

— Qu'y a-t-il à dire, commença-t-elle. Je dors pendant la journée. Je suis éveillée la nuit. Je bois du sang humain. Je ne vois pas le soleil. Je me sens comme un animal en cage.

— Hmmm, répondit le docteur en lançant un regard à John. Voudriez-vous commenter, John ?

— Au début, il faut s'adapter, commença-t-il, prenant soin de ne pas aggraver l'humeur déjà explosive de Deirdre, Je sais que tu n'as pas choisi d'être transformée en vampire. Mais si je ne l'avais pas fait, tu serais morte.

Il haussa les épaules.

— Je sais que c'est difficile d'accepter qui tu es, poursuivit-il. Si on considère d'où tu provenais, ce que tu étais…

Une créature plus puissante qu'un vampire, et moins vulnérable.

— Là n'est pas la question ! laissa échapper Deirdre. J'ai accepté ce que tu as fait de moi.

Elle le regarda furieusement avant de poursuivre.

— Mais quoi, maintenant ? Qu'est-ce que je fais, maintenant ?

John échangea un regard avec le psy.

— Que voulez-vous dire ?demanda Drake.

Deirdre bondit.

— Est-ce que je parle grec ?

Elle se dirigea vers la fenêtre factice, puis se retourna et s'appuya contre la peinture murale.

— Vous ne comprenez pas, n'est-ce pas ?

Exaspérée, elle souffla.

— J'étais une guerrière. J'étais utile. J'étais un leader de mon espèce. J'ai pris des décisions d'ordre vital.

— Eh bien, les choses changent, dit Drake. Nous traversons tous des changements, dans la vie. On s'adapte. Tout comme vous vous adapterez aux nouvelles circonstances.

Deirdre grogna et regarda furieusement le psy. Mais avant d'avoir pu expulser la pluie d'insultes qui reposait visiblement sur ses lèvres, John se mit à parler.

— Tu es en train de chercher un nouveau but dans la vie.

Elle tourna la tête dans sa direction, la surprise éclairant son regard. Elle ne dit mot, mais John savait qu'il avait mis le doigt sur la cause de son mécontentement.

Drake se racla la gorge.

— Tout cela est bien beau, mais en tant que nouveau vampire, à peine libérée des couches culottes…

Il gloussa suite à sa blague de mauvais goût et poursuivit.

— … vous devez apprendre à marcher avant de pouvoir courir. Vous n'êtes pas encore complètement en contrôle de tous vos—

— Fermez-la, doc, siffla John. Vous ne voyez pas que vous ne faites qu'empirer les choses ?

Il regarda Deirdre, laquelle fusillait le psy d'un méchant regard.

Il observa ensuite de nouveau Drake.

— Qu'est-ce qui vous fait penser que Deirdre ne peut gérer le fait d'être un vampire ?Juste parce que sa transformation n'a eu lieu qu'il y a quelques mois ?Ce pourrait être vrai pour un humain qui a soudainement été poussé dans notre monde. Mais Deirdre faisait déjà partie de ce monde. Pendant de nombreux siècles, elle a été une créature surnaturelle. Tout ce qui a changé pour elle, c'est, qu'à présent, elle est membre d'une espèce surnaturelle différente. Toujours immortelle, toujours puissante. On a travaillé à votre manière durant ces trois dernières sessions, et rien n'en est sorti. Vous avez dit que nous devions y aller lentement, un pas à la fois. Et j'ai suivi votre avis. Mais j'en ai marre. Maintenant, on va faire à ma façon.

Lorsque son regard se suspendit à celui de Deirdre, il lut, pour la première fois, de la gratitude dans ses yeux.

— Tu veux te rendre utile ; prends tes marques dans cette nouvelle vie. J'aurais dû le voir plus tôt.

Tout en gratifiant le psy d'un regard latéral, il poursuivit.

— Je n'aurais pas dû écouter les autres qui me disaient qu'il était trop tôt pour te dire de réfléchir à ce que tu voulais faire de ta nouvelle vie.

Mais il n'avait jamais été créateur, n'avait jamais eu la responsabilité d'un autre vampire ayant besoin d'un guide.

— Je peux t'y aider, ajouta-t-il encore.

— John, sauf votre respect, l'interrompit Drake, ce n'est pas comme cela que ça fonctionne. L'esprit d'un nouveau vampire est une chose fragile. Vous ne pouvez pas débarquer comme un bulldozer et prétendre qu'il n'y a pas de problèmes sous-jacents de culpabilité et de ressentiment entre vous deux. Parlons-en.

On pouvait compter sur le psy pour remuer la merde. John grogna.

— Vous vous sentez coupable d'avoir transformé Deirdre, poursuivit-il, car elle n'était pas en position de donner son consentement. Parlez-nous de cette culpabilité, John.

Ce dernier regarda furieusement le médecin.

— Eh bien, regardez-vous, en train de remuer la merde à nouveau ! Jamais entendu parler de ne pas réveiller le chat qui dort ?

— C'est propre à la profession.

— Vraiment ?

Un côté de la bouche du médecin se recroquevilla. Espèce de sadique !

— Je perçois beaucoup de ressentiment entre vous deux. Vous détestez être responsable d'elle et, vous, Deirdre, détestez qu'il ait le pouvoir sur vous par le fait d'être votre créateur.

Deirdre plissa les yeux et s'écarta du mur.

— Vous ne connaissez rien de moi ou de John. Et, franchement, je trouve ces sessions en *couple* inutiles. Qui a eu cette idée farfelue ?

Drake souleva le menton, affichant un air de supériorité.

— De nos jours, le Conseil prescrit ces sessions pour les nouveaux vampires et leurs créateurs. Et si vous voulez le savoir, je les leur ai suggérées après avoir vu toutes sortes de problèmes ignorés resurgir des années plus tard. Il vaut mieux étouffer ces choses dans l'œuf.

— Ouais, je sais ce que j'aimerais étouffer dans l'œuf, murmura Deirdre.

John dut réprimer un sourire. Il n'avait pas réalisé que sa protégée avait un sens de l'humour.

— Quoi qu'il en soit, dit Drake, sans se décourager, vous n'avez pas d'autre choix que d'assister à ces séances.

— Assister, peut-être, se déroba Deirdre, avant d'adresser un clin d'œil à John, mais personne ne pourra me faire dire ce que je ne veux pas dire.

Avant que Drake n'eût pu répliquer, John intervint.

— Elle marque un point, doc. Autant que je sache, nous ne sommes pas dans la salle d'interrogatoire de Scanguards. J'ai peur que vous ne deviez vous débrouiller avec ce que Deirdre et moi voulons bien partager. C'est vrai, nous devons venir ici pendant quoi, cinq séances, peut-être dix ?Mais n'essayez pas d'entrer dans ma tête. Ni dans celle de Deirdre. Ce n'est pas parce que vous avez pu convaincre le Conseil du bienfait de ces séances, que quelqu'un d'autre ne peut pas les convaincre de leur inutilité et les amener à les abandonner tout aussi rapidement.

— Comment osez-vous—

John se leva, lui coupant la parole.

— Vous n'êtes pas le seul à connaître des personnes haut-placées. Je suis certain que vous savez que j'ai travaillé pour le vampire roi de Louisiane pendant plusieurs années. Et que nous sommes amis. Je crois qu'il a grande influence sur le Conseil. Je suis certain que si ce dernier renonce aux séances de thérapie obligatoires, ce sera une perte sensible de revenus pour vous, pas vrai ?

Tandis que Drake le regardait furieusement, John désigna sa protégée.

— Je pense que nous en avons fini, ici, ajouta-t-il. Faut-il te reconduire, Deirdre ?

Elle lui sourit, le premier vrai sourire qu'il l'eût jamais vue afficher.

— À vrai dire, oui, répondit-elle.

Ensemble, ils sortirent du cabinet du médecin et passèrent devant la fausse Marylin, laquelle, perplexe mais silencieuse, observait l'horloge accrochée au mur.

John tourna la tête vers Deirdre, tandis qu'ils se dirigeaient vers le bout de l'allée.

— Où puis-je te déposer ?

— Je n'ai pas vraiment besoin qu'on me dépose. J'ai juste dit ça pour énerver Drake et sortir avec toi.

John gloussa.

— Donc, tu ne l'aimes pas beaucoup, hein ?

Elle lui lança un regard sérieux.

— Le gars est un con prétentieux qui a un diplôme par correspondance d'une université de troisième rang. Je suis juste surprise que tu aies tenu aussi longtemps que tu ne l'as fait.

Il haussa un sourcil.

— J'avais la sensation qu'il était de mon devoir, en tant que ton créateur, de—

— Ouais, finissons-en avec cette merde. Je n'en ai vraiment rien à faire si tu te sens coupable.

Elle haussa les épaules avant de poursuivre.

— Tout ce que je veux savoir, c'est si tu penses ce que tu as dit tout à l'heure. Tu sais, que tu veux bien m'aider ?

— Je confirme.

— Bien.

Ils s'arrêtèrent à côté de la Mercedes de John.

— Alors, dis-moi comment je peux t'aider.

— Je veux faire partie de Scanguards.

— En qualité de quoi ?

Elle se mit à rire.

— Être fantassin ne m'intéresse pas. En tant que Gardienne de la Nuit, j'ai été une guerrière pendant des siècles et ce, avant de devenir membre du Conseil des Neufs. J'ai payé mes dettes. Je ne vais pas les payer une seconde fois.

— Je crains que les postes de direction ne soient pourvus.

De plus, le rang de John au sein de Scanguards n'était pas suffisamment élevé que pour recommander quiconque à un poste de direction. Ceux-ci étaient attribués au mérite, et seulement au mérite.

— Tu penses que je veux être au management ?

Elle secoua la tête avec véhémence.

— Que c'est ennuyant ! poursuivit-elle. Tu ne comprends pas ?Je veux ressentir l'adrénaline se précipiter à nouveau dans mes veines. Je veux combattre.

Il se figea.

— Combattre ?

— Oui, je veux que tu me trouves un poste à Scanguards qui me permettra de côtoyer les pires criminels et gérer les situations les plus dangereuses.

— Tu es folle.

— Non, pas folle. Mais j'ai besoin d'un challenge. J'ai besoin de prouver que je peux toujours le faire.

Elle se cogna la poitrine du poing.

— Que ce qui se trouve ici, à l'intérieur, n'a pas changé juste parce que mon corps a été transformé.

— Est-ce à propos des actes qui ont mené les Gardiens de la Nuit à t'exiler ?Parce que, si c'est le cas, alors je vais te dire tout de suite que ça, tu l'as payé de ta vie. Tu l'as payé sur le champ de bataille quand tu as pris un poignard à la place de Virginia.

Lors d'une rixe contre les démons, Virginia, une Gardienne de la Nuit et, à présent compagne de Wesley, le sorcier de Scanguards, aurait presque perdu la vie si Deirdre ne s'était pas jetée sur le trajet du poignard qui lui était destiné. Mortellement blessée, Deirdre serait morte, mais Virginia avait supplié John de lui sauver la vie en la transformant en vampire. Deirdre n'avait pas eu voix au chapitre, et John continuait de se demander s'il avait bien agi ou s'il aurait été plus clément de la laisser mourir sur le champ de bataille. Aux yeux de Deirdre, cela aurait été une mort honorable.

— Tu t'es rachetée, ajouta-t-il.

Deirdre secoua la tête.

— À tes yeux, peut-être. Peut-être même aux yeux de mon frère. Mes objectifs sont plus élevés.

— N'apprécies-tu pas d'avoir obtenu une seconde chance ?Pourquoi risquer cette nouvelle vie qui vient de t'être offerte ?

— C'est amusant, venant de ta part.

— Qu'est-ce supposé vouloir dire ?

— Ne fais-tu pas la même chose tous les jours ?Risquer ta vie parce que tu penses que plus rien ne vaut la peine d'être vécu ?Toi, mieux que tous, devrais me comprendre.

Il n'avait jamais parlé de son chagrin d'amour. Deirdre ne pouvait, d'aucune façon, être au courant.

— Tu ne sais rien.

— Non, tu as raison. Je ne sais pas exactement ce qui te fait penser que tu n'as plus de raison de vivre mais, à chaque fois que je te vois, je peux le ressentir. C'est tout autour de toi. Alors, ne me refuse pas ce que, toi, tu fais tous les jours. J'ai besoin de ça.

John prit une profonde inspiration, remplissant ses poumons de l'air frais de la nuit, et soupira.

— Très bien, si c'est ce que tu veux.

— En effet.

— Je parlerai à Samson.

— Merci.

7

En ce milieu de matinée, Savannah sortit de la Prius et remercia le chauffeur de la société Lyft. En réalité, elle n'avait pas souhaité venir au bureau mais, depuis la disparition de Buffy, elle avait négligé certaines responsabilités, et il fallait s'occuper de certaines de ces choses. Elle ne resterait que deux ou trois heures afin de s'assurer que Rachel et Alexi sussent ce qu'il y avait à faire et, ensuite, elle repartirait faire ce qu'elle avait fait ces derniers jours : se rendre dans tous les endroits de la ville que Buffy aimait et parler à quiconque la connaissait dans l'espoir que quelqu'un se souviendrait de quelque chose.

Savannah entra dans le bâtiment administratif dans lequel elle avait loué une petite suite pour ses deux employés à plein temps et elle-même. Il était situé dans le quartier de Soma. Il n'y avait aucun portier, aucune sécurité, ce qui faisait que le prix de la location demeurait raisonnable. Elle ne se soucia pas de l'ascenseur et emprunta plutôt les escaliers pour se rendre au second étage. Elle s'arrêta un instant devant la porte de la suite, prit une profonde inspiration, puis entra.

La suite se composait de seulement deux pièces : une grande, le bureau à plan ouvert et une plus petite, la pièce vitrée qui était utilisée pour les réunions. Il y avait plusieurs postes de travail équipés d'ordinateurs : un pour elle, un pour Rachel, un pour Alexi et un autre destiné à toute personne supplémentaire dont elle pourrait avoir besoin. Une seule station de travail était occupée.

Alexi leva les yeux de son écran.

— Bonjour Savannah.

Ce Russe blond aux yeux bleus avait toujours un accent prononcé bien qu'il travaillât aux États-Unis depuis cinq ans. Ses lunettes à la John Lennon lui conféraient un air geek, lequel était souligné par sa minceur et un manque de goût vestimentaire. Mais Savannah ne l'avait pas engagé pour son apparence. Alexi était brillant : ses compétences supérieures en informatique et sa connaissance des algorithmes et du cryptage étaient sans égal. Bien qu'il ne fût à son service que depuis huit mois, il avait déjà rapporté le double de son salaire annuel à la société. Grâce à son aide, elle avait décroché un contrat lucratif avec une importante banque, et il était chargé de la majeure partie du travail de programmation. C'était du gagnant-gagnant.

— Bonjour Alexi, le salua-t-elle tout en déposant son sac à main sur le bureau situé en face de lui.

Elle jeta ensuite un œil sur le bureau vide à côté de lui.

— Rachel n'est pas encore là ?

— Elle a appelé ce matin pour dire qu'elle était malade.

Il souffla d'un air désapprobateur.

— Encore, ajouta-t-il.

— Que veux-tu dire par « encore » ?

— Elle était également malade hier. Elle m'a laissé tomber, alors que nous devions nous occuper de la mise à jour du logiciel du système d'encaissement du supermarché. Je suis resté ici jusque vingt-trois heures, hier soir.

Savannah bouillonna de mécontentement. Elle aurait dû savoir que certains dérapages pouvaient survenir quand elle prenait congé.

— Je suis désolée. J'aurais dû être là. Pourquoi ne m'as-tu pas appelée ?

Alexi inclina la tête sur le côté et la regarda sérieusement.

— Tu as assez de soucis. Je n'aurais même pas dû le mentionner. Oublie ça. Dis-moi : est-ce que la police a fait des progrès ? Y'a-t-il des pistes ?

Savannah s'enfonça sur sa chaise et tendit automatiquement la main vers la touche ON de son ordinateur pour le démarrer. Elle croisa le regard d'Alexi et secoua la tête.

— Je suis désolé, dit-il, doucement. J'aimerais pouvoir faire quelque chose.

— C'est ce que tu fais déjà. Tu tiens les rênes. Je t'en suis reconnaissante.

Au moins, elle ne devait pas s'inquiéter pour ses affaires en plus de tout le reste.

— Alors, qu'est-ce qui ne va pas avec Rachel, poursuivit-elle. A-t-elle dit quand elle revenait ?

Alexi haussa les épaules.

— Aucune idée. Sa toux me semblait un peu fausse, si tu veux savoir. Peut-être a-t-elle pensé qu'elle pouvait faire l'école buissonnière pendant ton absence.

— Ça, tu ne le sais pas. Il y a un virus qui circule en ville. Peut-être l'a-t-elle attrapé.

Après tout, Rachel était une travailleuse acharnée et pas une de celles qui rataient régulièrement une journée.

Alexi grogna.

— Tu as probablement raison, dit-il ensuite.

— Si elle n'est pas là demain, je l'appellerai, ok ?

Son ordinateur démarra, et elle ouvrit une session.

— Les dossiers de la banque sont prêts ?poursuivit-elle.

— Ils sont dans ton répertoire, pour approbation. Il y a eu quelques problèmes avec le cryptage, mais je les ai réglés. Et j'ai ajouté quelques lignes de codes afin que la coupure qu'ils ont connue la semaine dernière ne se reproduise pas.

— Super, je vais vérifier.

Elle naviguA jusqu'à son répertoire et était sur le point d'ouvrir le fichier lorsqu'elle entendit la porte s'ouvrir. Elle tourna immédiatement le regard vers celle-ci. Rachel avait-elle décidé de venir travailler, après tout ?

Mais ce n'était pas Rachel qui pénétrait dans la suite, mais bien un homme blond, la quarantaine épanouie, voire début de la cinquantaine, vêtu d'un costume bien ajusté. Lorsque son regard se posa sur Alexi, il hésita. Se trouvait-il au mauvais endroit ?

Savannah se leva.

— Je peux vous aider ?

Le regard de l'étranger se posa sur elle.

— Je suis bien chez Rice Communications, n'est-ce pas ?

Il parlait avec un accent qu'elle ne pouvait définir.

— Oui.

Il sourit, son visage affichant un air de soulagement.

— Alors, je suis au bon endroit. Je suis désolé d'être un peu en retard, mais je souffre un peu du décalage horaire et je dois avoir oublié de régler le réveil, la nuit dernière. J'aurais dû demander au personnel de l'hôtel de me réveiller.

Confuse, Savannah regarda Alexi qui, impuissant, haussa les épaules.

— Je suis désolée, vous êtes… ?demanda Savannah.

La main tendue, l'homme s'approcha d'elle.

— Victor Stricklund, ravi de vous rencontrer.

— Stricklund ?

Ce nom ne lui disait rien.

Il hésita à nouveau.

— Oui, de Stockholm. Suède.

Il plissa le front.

— Nous avions rendez-vous une demi-heure plus tôt. Encore une fois, je suis désolé d'être en retard. J'espère que vous pourrez néanmoins m'accorder un peu de votre temps. J'ai fait tout ce chemin depuis la Suède.

Savannah continua à secouer la tête.

— Mais je n'ai pris aucun rendez-vous avec vous.

— Eh bien, je ne vous ai pas parlé personnellement, c'est vrai, mais j'ai parlé à votre assistante, il y a juste quelques jours.

— Rachel ?

— Oui, oui, Rachel, confirma-t-il en lui tendant la main.

Elle se sentit forcée de la lui serrer.

— Monsieur Stricklund, il doit y avoir un malentendu. Rachel savait que je ne pouvais prendre aucun rendez-vous cette semaine.

— Mais j'ai reçu une confirmation de sa part.

Savannah regarda Alexi.

— J'ai demandé à Rachel de ne pas prendre de rendez-vous pour cette semaine et d'annuler tout ce qu'il y avait à mon agenda. Ne l'a-t-elle pas fait ?

Alexi sembla surpris.

— Je suis presque certain que si. Du moins, elle a dit l'avoir fait.

Savannah se retourna vers l'homme d'affaires suédois.

— Je suis désolée, Monsieur Stricklund, je ne sais que dire à propos de cette confusion. Rachel n'aurait jamais dû prendre ce rendez-vous.

— Mais je suis ici, maintenant. J'ai fait tout ce chemin depuis la Suède. Vous pouvez certainement me consacrer une heure pour parler affaires.

Elle soupira.

— Je suis désolée. C'est juste que… je ne peux pas.

Elle sentit une boule dans sa gorge. Elle ne pouvait s'occuper d'affaires en ce moment. Elle pouvait à peine tenir le coup, et il lui était impossible de discuter business avec un nouveau client potentiel.

— Je peux revenir cet après-midi si cela vous convient mieux, proposa Stricklund.

— Monsieur Stricklund—

Alexi l'interrompit.

— Je m'en occupe, Savannah.

Il regarda ensuite l'étranger.

— Monsieur Stricklund, Mademoiselle Rice doit faire face à une urgence familiale et ne peut prendre le moindre nouveau travail dans l'immédiat. Nous sommes désolés. Je vais m'assurer que vous soyez remboursé de vos dépenses de voyage. Mais je vais devoir vous demander de laisser Mademoiselle Rice en paix, maintenant.

Sidéré, le regard de l'homme d'affaires bondissait de Savannah à Alexi. Il paraissait à présent énervé.

— Urgence familiale ? Qu'est-ce qui peut être si important—

— Ma fille…

Elle ne réalisa même pas avoir parlé. Elle savait qu'elle n'avait pas à se justifier, mais les mots avaient simplement trouvé leur chemin à travers ses lèvres.

— …elle a disparu.

La gorge de Savannah se serra comme d'ordinaire, lorsqu'elle parlait de Buffy.

Stricklund tressauta visiblement.

— Oh, mon Dieu ! C'est horrible ! Vous devez être morte d'inquiétude.

Il posa une main sur sa poitrine.

— Je suis désolé, ajouta-t-il, je dois m'excuser. Si j'avais su…

— Je suis désolée pour le dérangement, dit Savannah, la voix retrouvée.

Stricklund fit un geste dédaigneux de la main.

— Ne vous inquiétez pas pour moi. Y a-t-il quelque chose que je puisse faire ?

Réconfortée par cette soudaine gentillesse et préoccupation, elle secoua la tête.

— Non, il n'y a rien que vous puissiez faire, Monsieur Stricklund.

— La police, elle la recherche, n'est-ce pas ?

— Oui, oui.

— Ce n'est pas assez, j'en suis sûre. J'ai beaucoup de contacts. Peut-être puis-je trouver quelqu'un qui pourra vous aider à la rechercher ?

Elle força un sourire.

— C'est très gentil de votre part, mais ce n'est pas nécessaire. J'ai déjà engagé une firme privée pour participer aux recherches.

Et elle espérait que Scanguards accepterait le dossier et retrouverait Buffy. Mais elle n'avait pas encore eu de nouvelles de John. Pourquoi mettait-il autant de temps à la contacter ?

— Oh, bien, c'est bien. On ne peut se fier à la police seule.

Elle hocha la tête.

— Eh bien, dit-il, alors je ferais mieux de vous quitter.

Il lui prit la main et la lui serra.

— Je suis certain que, bientôt, votre fille et vous serez réunies. Je peux le sentir.

— Merci, Monsieur Stricklund.

Il lui relâcha la main, hocha la tête à l'intention d'Alexi et quitta la suite.

Pendant quelques instants, le bureau fut tout silence et tout ce qu'elle put entendre était le bruit de son propre cœur.

— Est-ce vrai ?

Elle regarda à nouveau Alexi.

— Que tu as engagé une firme extérieure pour aider à rechercher Buffy. Ou as-tu juste dit cela pour te débarrasser de Stricklund ?

— Non, c'est vrai. J'ai contacté Scanguards, la nuit dernière.

— Scanguards ?

Alexi plissa le front, tapota quelque chose sur son clavier, puis désigna l'écran.

— Je pensais bien avoir vu ce nom auparavant. Mais n'est-ce pas juste une sorte de société de sécurité ?Tu vois, les gardes de sécurité qui surveillent les bâtiments administratifs, la nuit ?

— Je suppose que cela fait partie de leur job. Mais ils mènent également des enquêtes.

— Tu veux dire comme un travail de détective ?

— Oui, la police les a recommandés.

— Alors, je suppose qu'ils doivent être bons.

De tout ce qu'elle en avait vu jusque-là, durant sa rencontre avec John, et selon les recherches qu'elle avait faites sur la société, en plus de la vive recommandation de l'inspecteur Donnelly, elle était convaincue qu'ils étaient les meilleurs, si pas les seuls à pouvoir l'aider à retrouver Buffy.

Elle croisa le regard d'Alexi.

— Je l'espère.

Alexi hocha la tête.

— Ils la retrouveront. Il le faut. Ou cela va devenir vraiment ennuyant ici. Qui d'autre va m'ennuyer avec un million de questions, alors que j'ai une échéance limite à respecter sinon Buffy, hein ?

Il sourit chaleureusement.

— Ouais, elle fait ça, n'est-ce pas ?

Il lui fit un clin d'œil.

— Quand elle sera adulte, elle sera aussi intelligente que sa mère. Tu verras.

Savannah força un sourire.

— Merci, Alexi. Tu es le meilleur.

8

John ne s'était pas soucié de rentrer chez lui au lever du soleil et était plutôt resté au bureau afin de continuer à examiner les rapports de police relatifs aux enlèvements. Plusieurs heures avant le coucher du soleil, il se doucha au gymnase du sous-sol et alla se servir du sang au robinet du salon V, l'aire de loisirs de Scanguards uniquement accessible aux vampires. C'était comme le salon d'un hôtel pourvu de confortables places assises, un bar et une cheminée. Durant la journée, il était désert, mais sa carte d'identification lui donnait accès à cette zone réservée.

Il avait englouti deux verres remplis de O-Négatif et posait à présent la tête sur le coussin d'un des profonds canapés, les yeux fermés. Il était trop énervé pour pouvoir dormir, mais cela lui faisait du bien de se reposer les yeux après avoir lu des centaines de pages de rapports pour tenter de trouver un dénominateur commun aux enlèvements. Sans succès. Pas étonnant que la police séchât.

Au son de l'ouverture d'une porte, il cligna des yeux et reconnut Oliver, un vampire qui travaillait pour Scanguards depuis presque trois décennies, tout d'abord en tant qu'assistant humain du fondateur de la société et, ensuite, après sa transformation, en tant que garde du corps.

Lorsqu'Oliver le repéra, il lui fit signe et s'approcha.

— Tu as vu Blake ?

— Nan.

— Tu es là tôt.

John souffla.

— Tard, tu veux dire.

— Tu as dormi ici ?

— N'ai pas eu vraiment le temps de dormir.

Il désigna le verre vide devant lui.

— Suis juste venu me réapprovisionner.

— Beaucoup de travail ?

— Tu peux dire ça.

— Tu as appris que Gabriel proposait de faire patrouiller des hybrides de manière régulière ?

Un demi gloussement sortit de la bouche de John. Apparemment, Gabriel reprenait ses paroles à son compte.

— Suis allé chez Amaury, la nuit dernière. Je dois, manifestement, babysitter les jumeaux, ce soir.

Oliver se mit à rire et laissa courir une main dans ses cheveux noirs hirsutes.

— Je n'appellerais pas ça babysitter. Ce sont ces deux-là qui sont le plus avancés dans leur formation. Sans compter Ryder.

— Je remarque que tu n'inclues pas Grayson dans cette liste.

Oliver roula des yeux.

— Grayson est à peu près aussi mature que mon fils.

— Ton fils a quoi ?Onze ans ?

— Douze.

— Eh bien, il vaut mieux que Grayson n'apprenne pas que tu penses qu'il n'est pas plus adulte que Sebastian, alors.

— T'inquiètes, je sais me taire.

John hocha la tête.

— Je peux te demander quelque chose ?

— Vas-y.

— Tu as été impliqué dans cette affaire de bordel de sang, il y a vingt ans, pas vrai ?

Oliver se raidit, ce souvenir n'étant pas très plaisant. Bien avant que John n'eût rejoint Scanguards, la compagnie avait démasqué un groupe de vampires qui retenait des femmes prisonnières pour leur sang. Tels des souteneurs, ils les avaient vendues comme nourriture à d'autres vampires.

— Oui, c'est vrai. Nous avons sauvé Ursula et toutes les autres. On s'est assuré de s'occuper de tous les vampires impliqués. J'ai tué leur chef moi-même.

Il y avait une lueur de satisfaction dans les yeux d'Oliver, lesquels scintillaient à présent d'une couleur dorée, tandis que sa nature de vampire refaisait surface.

— Ouais, j'en ai entendu parler. Es-tu sûr qu'il ne reste plus personne de ce groupe ?

— Absolument. Pourquoi tu demandes ça ?

John soupira.

— C'est cette affaire que j'évalue pour Donnelly.

— Qu'est-ce qu'il t'a envoyé ?demanda Oliver avec intérêt tout en s'asseyant sur la chaise opposée.

— Enlèvements d'enfants.

— Hum.

— Ouais. Ils n'ont aucune piste. J'ai parcouru les rapports de police pour voir si je pouvais trouver des similitudes.

— Et ?

— Je ne vois rien. Certains des enfants ont été enlevés durant la journée, d'autres la nuit.

Ce qui, en soit, rendait douteuse l'implication de vampires.

— Aucun modus operandi commun, poursuivit-il. Et les enfants proviennent de milieux différents. Certains sont noirs, certains sont blancs, et d'autres asiatiques. À nouveau, aucun mode opératoire. Alors, j'essaie de trouver s'il y a autre chose qui les relie. J'ai pensé à l'affaire des bordels de sang.

Oliver secoua la tête.

— Tu peux t'arrêter là. Toutes les victimes étaient chinoises. En fait, quand j'ai cherché d'où elles venaient après qu'on les ait libérées, on a découvert qu'elles provenaient toutes de la lignée directe de l'empereur chinois. Elles avaient toutes le même sang. C'est pour cela qu'elles avaient été enlevées. Je ne vois pas comment des enfants provenant de milieux divers pourraient éventuellement avoir le même genre de connexion. Je doute que ce soit leur sang.

John savait que cela était peu probable, mais il refusait que toute piste demeurât inexplorée.

— Hum.

— Les parents ont reçu des demandes de rançon ?

— Non. Aucun d'entre eux.

— Quel âge ont les enfants ?

— Entre neuf et douze ans. Toutes des filles.

Oliver le regarda droit dans les yeux.

— Toutes des filles ?

John hocha la tête.

— De jolies filles ?Tu vois, du genre jolies comme JonBenet Ramsey ?ajouta Oliver.

John se remémora les photos jointes aux rapports de police.

— Ouais.

Il put remarquer que le cerveau d'Oliver travaillait, et il sut dans quelle direction celui-ci se dirigeait. Il avait eu la même pensée quelques heures auparavant, mais n'avait pas voulu aller jusqu'au bout de celle-ci.

— Combien ?

— Une douzaine, rien que pour ces cinq ou six dernières semaines.

Oliver soupira.

— Enfoirés. Espèces de malades.

— J'espérais avoir tort. En réalité, j'espérais que ce n'était juste qu'un groupe d'escrocs.

Cela, il pourrait aisément s'en occuper. Car il connaissait la façon de penser des vampires, savait comment ils agissaient, connaissait leurs points faibles. Un vampire cherchait du sang, avant tout. Cela signifiait que les enfants seraient certainement traumatisés, alors qu'on ne pourrait rien faire subir de tel à ces vampires. Il était douloureux de nommer cela.

— C'est un réseau de pédophilie.

Oliver pinça les lèvres.

— C'est ce que je serais tenté de dire.

Il se leva de son fauteuil.

— Désolé, vieux, mais il y a beaucoup de malades, là dehors.

— Ouais, très malades.

~ ~ ~

Deux heures plus tard, John pénétrait dans la petite salle de réunion située à l'étage où se trouvait la direction. Il y avait là les bureaux de tous les directeurs de Scanguards. Trois personnes l'attendaient déjà : Samson, Gabriel et Quinn, le créateur d'Oliver qui semblait ne pas avoir plus de vingt-cinq ans. Avec ses attrayants cheveux blonds, il donnait l'impression d'être le coureur de jupons par excellence, alors qu'il était l'heureux compagnon de sang-mêlé d'une femme vampire. Ils étaient assis autour de la table de conférence, en train de parler. Ils levèrent les yeux dès l'entrée de John.

En dépit de sa tenue décontractée, Samson respirait l'autorité. Ses yeux noisette étaient alertes, ses cheveux noirs coiffés vers l'arrière et ses épaules étaient décontractées.

— 'Soir, Samson.

John hocha la tête à l'intention de Gabriel et de Quinn.

— Prends un siège, John et briefe-nous, dit Samson en désignant le siège face à lui.

Il jeta un œil vers Gabriel.

— J'ai entendu dire que Donnelly essaie de nous brancher sur une affaire. Qu'as-tu trouvé ?

John s'assit et déposa son dossier devant lui, sans toutefois l'ouvrir. Il n'en avait pas besoin. Il avait mémorisé le moindre détail pertinent. Et maintenant, il devait défendre cette affaire afin que Scanguards acceptât la mission. Il avait fait cela des douzaines de fois par le passé, mais jamais avec si peu de raisons convaincantes et autant de passion.

— Ces dernières semaines, il y a eu un grand nombre d'enlèvements d'enfants dans la région de la Baie. C'était toutes des filles âgées entre neuf et douze ans. Aucun parent n'a reçu de demande de rançon. Les enfants ont tout simplement disparu.

— Et tu penses que des vampires sont impliqués dans leur disparition ?demanda Samson.

— Considérant que certains des enfants ont été enlevés en plein jour, non. Toutefois—

— Alors, pourquoi sommes-nous en train d'en discuter ?demanda Samson. Rends cette affaire à Donnelly.

— Je ne pense pas que ce soit si évident, protesta John. C'est du lourd. Plus lourd que ce que les gars de Donnelly sont préparés à gérer.

— Peut-être est-ce le cas, mais notre accord avec la police de San Francisco est clair : nous ne nous impliquons que si l'on a affaire à des créatures surnaturelles. Nous n'avons tout simplement pas les effectifs pour faire plus que cela.

Samson fit un mouvement afin de se lever.

John bondit de son siège.

— S'il te plaît, écoute-moi, Samson. Je pense que nous avons affaire à un réseau de pédophilie. Ce sont des petites filles. Si nous ne les aidons pas, on pourrait les perdre pour toujours.

Samson ferma les yeux pendant une seconde et soupira.

— Ne pense pas que je suis sans cœur, John. Je ne le suis pas. Je plains ces enfants et leurs parents, mais nous ne pouvons prendre plus de cas que nous ne pouvons en gérer.

Il échangea un regard avec Gabriel et Quinn.

Quinn tapota le dossier qui se trouvait devant lui.

— Tout le monde accepte déjà plus de tâches qu'il ne peut en faire. Nous sommes surchargés. Et puisqu'on a dû envoyer certains de nos hommes en vue de respecter nos engagements envers les Gardiens de la Nuit, nous sommes en sous-effectif.

John le savait. Il y avait à peine quelques mois que Scanguards s'était alliée avec les Gardiens de la Nuit. Ils avaient accepté de s'entraider à combattre le mal. Suite à cela, Scanguards avait envoyé certains membres de son personnel aider ces guerriers immortels dans leur combat contre les démons, tandis que les Gardiens de la Nuit les aidaient en retour chaque fois que Scanguards avait besoin de leurs qualifications. En ce moment, les besoins nécessaires aux Gardiens de la Nuit pour combattre les démons l'emportaient sur les besoins d'assistance de Scanguards.

— Mais c'est important. Nous parlons d'enfants. Des innocents. Je ne suis pas confiant quant à la capacité des hommes de Donnelly à traiter cette affaire. Ils n'ont aucune piste.

— Tu en as ?répliqua immédiatement Gabriel.

John déglutit.

— Pas encore. Mais je le sens. Il y a un lien entre ces enfants qui va me conduire aux coupables. Je le trouverai. S'il le faut, je travaillerai jour et nuit.

Gabriel secoua la tête.

— John, sois raisonnable. Autant nous voulons tous aider ces familles à récupérer leurs enfants, autant ce serait aux dépens des autres que nous avons juré de protéger. En d'autres temps, si nous avions davantage d'hommes à notre disposition, cela ne ferait aucun doute que nous accepterions cette affaire. Mais nos mains sont liées.

— Et tu ne peux pas travailler jour et nuit, ajouta Samson. J'apprécie ton dévouement. Mais si tu travailles vingt-quatre heures sur vingt-quatre, sept jours sur sept, tu vas tomber en burn-out et tu commettras une erreur. Une de celles qui te coûtera ta propre vie ou celle de quelqu'un que tu as en charge. Je ne peux le permettre.

— Et si un de ces enfants était le tien ?aboya John, réalisant qu'il faisait preuve d'insubordination.

Samson plissa les yeux.

— Je vais ignorer cette question. Tu me comprends, John ?Rends cette affaire à Donnelly. C'est la leur. Ils ont le personnel. En persévérant, ils trouveront.

— En persévérant ?Ce pourrait être trop tard pour ces enfants.

Peut-être l'était-ce déjà. Peut-être que certains d'entre eux avaient déjà fait l'objet d'horreurs qui les traumatiseraient à vie.

Samson soupira.

— S'il y a du changement, si nous pouvons libérer quelques hommes pour leur venir en aide, nous le ferons. Mais dans l'état actuel des choses, il y a peu de chance que ça arrive rapidement. Je suis désolé.

Il se leva et sortit de la pièce.

John demeura là, debout, en train de dévisager Gabriel et Quinn. En retour, tous deux le regardaient, les yeux empreints de regret. Il lança un regard suppliant à l'intention de Gabriel.

— Et les hybrides ?Ne peut-on pas les assigner ?

— Ils le sont déjà, dit Gabriel en désignant son collègue. Quinn les a déjà inscrits au tableau en fonction de leur niveau de compétence et d'entraînement. Nous les employons là où c'est possible. Et bien plus tôt que je ne le souhaiterais.

— Tu sais ce que ces gens feront à ces filles, n'est-ce pas ?demanda John, les mâchoires crispées et les poings serrés. Ce qu'ils ont déjà peut-être fait.

Gabriel ferma les yeux pendant un instant, tandis que la cicatrice de son visage semblait pulser. Ensuite, il se leva.

— John, tu as reçu des ordres.

Il quitta la pièce, alors que Quinn remuait ses papiers.

— Damian et Benjamin t'attendent dans le salon V. Je suggère que tu reprennes le boulot.

Il se leva et se dirigea vers la porte avant de regarder par-dessus son épaule.

— J'aimerais pouvoir faire quelque chose, ajouta-t-il.

John grogna et attendit que Quinn eût quitté la pièce. Rattrapé par l'épuisement et le manque de sommeil, il s'affala à nouveau sur son siège. Ou peut-être était-ce juste le fait de savoir qu'il allait devoir affronter Savannah avec de mauvaises nouvelles.

Scanguards ne l'aiderait pas à retrouver Buffy.

9

Les jumeaux se trouvaient effectivement au salon V, quoique ne paraissant pas trop désabusés d'avoir dû attendre John. La serveuse, une femme vampire plutôt charmante, s'assurait que les jeunes et jolis hybrides ne pussent s'ennuyer. Tout comme Amaury, leur père, Damian et Benjamin avaient les cheveux foncés et les yeux bleus, une large carrure et plein de charme. Bien que vrais jumeaux, il était aisé de les distinguer. Leur coiffure était différente, Benjamin préférant un style plus court avec ses cheveux coupés ras, alors que ceux de Damian recouvraient ses oreilles et lui étreignaient la nuque. Ils n'étaient toutefois pas aussi longs que ceux de son père. Leurs caractères étaient toutefois tout à fait similaires.

En fait, John aimait ces deux hybrides. Ils étaient intelligents et faciles à vivre. Plus que cela, ils étaient drôles. Ils avaient de très bons goûts musicaux, un sens de l'humour aigu et ne s'offusquaient pas facilement. Tous deux aimaient les bolides et conduisaient des Porsche, le même modèle que leur père. Ils adoraient clairement leurs parents, mais étaient assez autonomes, conscients du fait que leurs parents étaient également un couple qui avait besoin de son propre espace. C'était pour cette raison qu'ils venaient récemment de quitter l'appartement familial situé dans le district de Tenderloin, un quartier plutôt miteux du centre de San Francisco, pour emménager dans un autre appartement que possédait Amaury dans le même building.

— Hé, John, l'appela Damian. Tu veux une boisson avant de sortir ?

Ayant eu largement assez de sang un peu plus tôt, lorsque le salon avait été désert, John secoua la tête.

— C'est bon pour moi. Videz votre verre.

Benjamin descendit le fonds de son verre, puis essuya une goutte de sang de son menton. Bien qu'ils bussent du sang— ils le devaient s'ils voulaient conserver leur force de vampire— les hybrides pouvaient également manger de la nourriture humaine. Damian et Benjamin consommaient ces deux types de nourriture en abondance, et leur force physique en témoignait.

Damian adressa un charmant sourire et un clin d'œil prometteur à la serveuse, puis redéposa le verre vide sur le comptoir.

— À plus tard, chérie. J'dois sauver le monde.

Elle ricana et souffla un baiser dans sa direction.

John s'abstint de rouler des yeux et attendit que les jumeaux le rejoignissent.

— On va où ?demanda Damian en gratifiant John d'une tape dans le dos, comme s'ils étaient potes.

— À toi de me le dire. C'est toi qui veux sauver le monde, rétorqua John.

Benjamin gratifia son frère d'une claque sur la nuque.

— Crétin ! lui dit-il.

Plutôt que de se sentir insulté, Damian gloussa.

— Tu lui aurais dit la même chose si je n'avais pas été plus rapide.

— Bonne chose que tu aies toujours été plus rapide que moi. Je ne voudrais pas t'empêcher de te ridiculiser.

— On y va, Messieurs ?interrompit John en désignant la porte.

Tant Damian que Benjamin s'adonnèrent à des révérences exagérées, comme s'ils avaient répété, puis se mirent à rire lorsqu'ils réalisèrent qu'ils avaient tous deux pensé à la même répartie.

— Sérieusement, John, dit Damian, tandis que son frère et lui suivaient leur boss jusqu'aux ascenseurs. Que fait-on ce soir ?

— Ouais, comment pouvons-nous t'aider ?ajouta Benjamin.

— Aider ?

John douta qu'un de ces deux plaisantins pût l'aider dans ce qu'il avait à faire en premier lieu.

— Vous pouvez entrer dans vos voitures et me suivre. J'ai une petite visite à rendre, ajouta-t-il.

— Super, à qui ?demanda Damian.

Les portes de l'ascenseur s'ouvrirent, et John y entra, les deux hybrides sur ses talons.

— Vous ne rendez visite à personne. Vous resterez tous les deux dans vos voitures et m'attendrez. Ça ne prendra que deux minutes. Pigé ?

— Oui, monsieur, dirent-ils à l'unisson.

Eh bien, au moins, ils avaient appris à obéir aux ordres. C'était un bon début.

Quelques minutes plus tard, John était assis au volant de sa Mercedes, déboulant du garage souterrain de Scanguards, deux Porsche

Carrera à ses trousses. Non désireux d'éterniser l'inévitable, il emprunta la route la plus directe vers le quartier de Lower Pacific Heights. Il aurait certainement pu passer un coup de fil à la place, mais il devait récupérer sa veste. Il l'avait prêtée à Savannah et l'avait oubliée chez elle la nuit précédente. Telle était la seule raison pour laquelle il allait la voir en personne.

Et non pas parce qu'il voulait la voir une dernière fois.

À d'autres ! Il n'y croyait même pas lui-même. Il ne pouvait se soucier moins de sa veste. En fait, elle ne faisait pas partie du top dix de ses vêtements préférés. S'il venait à la perdre durant une bataille, il n'irait certainement pas la rechercher. Et pourtant, cette veste représentait le prétexte parfait pour revoir Savannah. Comme c'était pathétique ! Il savait qu'il valait mieux ne pas le faire. Non seulement elle serait déçue et en colère dès qu'il lui aurait appris que Scanguards ne l'aiderait pas à retrouver Buffy, mais il se torturerait également en se trouvant face à elle. Ouais, au moins, il pouvait se l'admettre. Il avait pensé à respirer à nouveau son odeur depuis qu'il lui avait souhaité une bonne nuit, moins de vingt-quatre heures plus tôt.

Mais rien n'en ressortirait, car il ne pouvait le permettre. Il ne pouvait s'autoriser à s'abandonner au besoin qui avait soudain refait surface, ce besoin de se connecter à une femme, pas juste pour des plaisirs charnels, mais pour sentir un autre être lui toucher le cœur, uniquement afin de savoir qu'il en possédait toujours un. Que ce dernier battait toujours. Qu'il n'était pas mort avec Nicolette, quatre ans auparavant. Mais permettre à une autre femme d'entrer dans sa vie serait une trahison envers Nicolette, une trahison envers l'amour qu'elle avait pour lui. Un amour pour lequel il avait fait le serment qu'il durerait toute la vie.

Il se trouvait néanmoins là, à stopper sa voiture en face du condominium de Savannah, avant de couper le moteur. Il demeura assis, silencieux. Il n'avait pas besoin de sa veste et pouvait simplement sortir son portable de sa poche, composer le numéro et lui dire au téléphone— d'une manière pragmatique et détachée— que Scanguards avait décidé de ne pas accepter son affaire. Après tout, il l'avait avertie à ce sujet. Préalablement, il lui avait dit que Scanguards ne prenait pas chaque affaire qu'elle se voyait offrir. Bien qu'il n'en eût pas révélé la véritable raison. Il n'y avait aucune preuve de l'implication de vampire dans les disparitions des enfants. À chaque rapport de police supplémentaire qu'il avait lu, sa conviction s'en était renforcée. Et bien qu'il eût pu mentir à Samson et Gabriel en prétendant qu'il y avait un indice désignant des vampires, il savait que ce n'était pas exact. Il ne pouvait même pas blâmer ses patrons quant à leur décision. À leur place, il aurait fait le même choix.

Et maintenant, c'était son job d'être porteur de mauvaises nouvelles.

Il regarda le téléphone dans sa main, puis la poignée de la portière. Son cœur battait comme un marteau-piqueur, et il pouvait entendre son sang se précipiter dans ses veines, ce son retentissant dans ses oreilles telle une tempête au-dessus de sa tête.

Le temps de prendre une décision était venu.

~ ~ ~

Savannah se leva rapidement du divan. S'était-elle assoupie ?Cela ne l'aurait pas surprise. Après tout, elle avait à peine dormi la nuit précédente et, durant la journée, elle avait sillonné la ville, visitant chaque endroit où elle avait déjà emmené Buffy. Elle savait qu'elle avait peu de chances de réussite mais, rester là à ne rien faire, à attendre, impuissante, était pire.

À nouveau ce bruit qui l'avait réveillée. Elle se précipita vers l'interphone.

— Oui ?

— C'est John Grant.

Elle appuya sur le bouton d'ouverture de la porte et observa John, tandis qu'il gravissait les escaliers menant à son étage. Elle ne pouvait apercevoir son visage, l'ampoule électrique ayant dû griller après son retour à la maison. Lorsqu'il atteignit le palier et que la lumière du couloir illumina son visage, Savannah sut que les nouvelles qu'il apportait n'étaient pas bonnes.

— Non, murmura-t-elle. Buffy ? Avez-vous—

Il tendit la main et lui prit la sienne. D'une rapide secousse de la tête, il l'arrêta.

— Aucune nouvelle de Buffy, dit-il.

Le cœur de Savannah se calma une fraction de seconde. Mais le regard solennel qu'arborait le visage de John continuait à l'inquiéter.

— Quelque chose ne va pas, n'est-ce pas ?

Il referma la porte derrière lui.

— Il faut qu'on parle.

Elle détestait ces mots, car ils étaient rarement synonymes de bonnes nouvelles. D'une main tremblante, elle désigna le salon et le suivit. Il ne s'assit pas, mais se retourna plutôt pour lui faire face et rencontra son regard. Visiblement mal à l'aise, il se mit à remuer.

— Quand vous êtes venue me voir à mon bureau, hier, je vous ai dit que Scanguards n'acceptait pas chaque affaire qui lui était proposée, commença-t-il.

Le souffle de Savannah se coinça dans sa gorge, tel un père Noël obèse dans une cheminée trop étroite.

John baissa le regard sur ses chaussures.

— Je suis désolé. Mais nous ne pouvons pas vous aider.

Elle secoua la tête. L'incrédulité se heurta à la réelle crainte, à présent avérée, de ne jamais revoir sa fille.

— Non. Non. S'il vous plaît, ne dites pas cela.

Elle ne reconnut pas sa propre voix. Haut-perchée, implorante, à la limite de l'hystérie. Oui, Savannah était tout cela. Car elle était une mère, une mère qui avait peur pour sa fille. Une lionne qui était prête à faire n'importe quoi pour récupérer son petit.

— Je suis désolé, Mademoiselle Rice, j'aimerais pouvoir faire quelque chose. Mais la décision est prise.

Elle secoua la tête et fit un pas vers lui.

— S'il vous plaît, je paierai plus. Le double de votre tarif habituel. J'ai de l'argent, vous pouvez vérifier. Quoi que cela coûte, je paierai.

— Ce n'est pas une question d'argent. Il ne s'agit pas de cela.

— De quoi s'agit-il, alors ?S'il vous plaît, dites-le-moi. Que puis-je faire pour que vous m'aidiez à retrouver ma fille ?S'il vous plaît, vous êtes mon seul espoir !

Elle sentit les larmes lui piquer les yeux, mais les refoula.

— La police n'a pas été capable de retrouver un des autres enfants, et ils ont disparu depuis plus longtemps que Buffy. Vous savez qu'ils ne peuvent pas m'aider. Mais je sais que vous le pouvez.

Elle ne savait pas d'où lui venait cette confiance, mais son instinct lui dictait que John retrouverait sa fille. Si seulement il acceptait de l'aider.

— Vous n'en savez rien. Il n'y a aucune garantie. Même si je pouvais accepter l'affaire. Mais je ne le peux pas. J'ai les mains liées.

Bien qu'il se conformât à son refus, il y avait de la compassion dans ses paroles. Savannah n'avait pas encore vu cette compassion chez lui, lorsqu'il l'avait interrogée pour la première fois au sujet de Buffy. Mais elle avait vu autre chose, cette nuit-là. Une chose, qu'à présent, elle exploiterait. Pour Buffy.

— Si ce n'est pas de l'argent que vous voulez, alors c'est autre chose.

Elle lui agrippa la main.

— Tout ce que vous voudrez, ajouta-t-elle.

Elle verrouilla son regard au sien et se rapprocha, ramenant son corps à quelques centimètres du bien plus grand corps de John.

— Je vous donnerai n'importe quoi si vous m'aidez. N'importe quoi.

Il y eut une étincelle dans les yeux de John, presque comme la naissance d'une flamme. Elle ne s'était pas méprise à son sujet, la nuit précédente. N'avait pas mal jugé les regards volés qu'il lui avait lancés. Les regards d'un homme qui voulait quelque chose. Qui la voulait, elle, ou son corps, du moins.

Et pourtant, il ne réagit pas. Il demeura debout, comme figé sur place, ses yeux semblant être la seule partie de lui à être en vie. Mais Savannah n'abandonnerait pas, alors qu'elle venait juste de découvrir son point faible.

— Je coucherai avec vous aussi souvent que vous le voudrez, comme vous le voudrez. Vous pouvez exiger n'importe quoi de moi, peu importe ce que c'est. Je le ferai. Je comblerai tous vos fantasmes sans la moindre protestation.

Elle lui prit la main et la dirigea vers sa poitrine, l'amenant à tenir un sein dans le creux de sa main. Les yeux de John semblèrent scintiller, tandis que ses lèvres s'entrouvraient.

— J'ai vu comment vous me regardiez, la nuit dernière. Déshabillez-moi si vous le voulez. Touchez-moi. Je sais que vous le voulez.

Elle lui attrapa l'autre main et la posa sur son autre sein. Bien que les paumes de mains de John fussent immobiles, Savannah se sentit réagir sous celles-ci. Ses mamelons se raidirent, bien qu'elle ne pût en comprendre la raison. Il n'était pas question de son propre plaisir. Il était question d'un marché qu'elle conclurait avec lui. Son corps, en échange de son aide.

— Mademoiselle Rice, dit-il, les dents serrées, remuant à peine les lèvres. Ne faites pas—

— Savannah, l'exhorta-t-elle en posant les mains sur les siennes.

Elle les serra de sorte qu'il fût forcé de presser ses seins.

— S'il vous plaît, vous pouvez avoir tout ça. Vous pouvez m'avoir. Et me faire faire ce que vous exigerez. Je m'assurerai que vous y preniez plaisir. Je le promets. Vous pouvez me baiser maintenant.

Elle baissa une main vers son entrejambe. Quelque chose de dur la salua à cet endroit. John ne semblait pas aussi insensible qu'il ne le laissait suggérer.

— Ou je peux vous sucer. Préféreriez-vous que je fasse ça ? Voulez-vous que je me mette à genoux, votre queue dans ma bouche ?

Elle se moquait de ce qu'elle avait à faire pour qu'il l'aidât. Elle n'avait plus de fierté. Elle ne pensait qu'à sa fille.

Soudain, les mains de John abandonnèrent ses seins. Elles lui encadrèrent le visage avant même qu'elle n'eût pu dire ou faire autre chose, et sa bouche vint s'écraser sur ses lèvres en un baiser auquel elle ne s'était pas attendue. Un baiser qui ne pouvait être décrit que comme sauvage. Et, à sa surprise, celui-ci n'était pas non souhaité. Par chaque partie de son corps. Elle ressentit l'envie de John, le désir qu'elle avait lu dans ses yeux et qu'il libérait à présent. Et en dépit du motif pour lequel elle tentait de le séduire, son corps réagissait comme s'il était un homme qu'elle désirait.

Il transpirait le pouvoir et la force, et elle avait oublié le goût qu'avait un tel homme. Sa bouche la malmenait, sa langue exigeait qu'elle s'abandonnât. Elle ne résista pas, ne l'aurait d'ailleurs pas pu, même si elle l'avait voulu. Elle répondit à son baiser, glissant une main sur sa nuque et l'autre sur sa taille afin qu'il ne pût s'échapper ou changer d'avis, maintenant qu'il avait accepté le marché qu'elle lui proposait. Elle pressa son corps contre le sien et l'entendit grogner en guise de réponse. Mais il ne se libéra pas. Il la repoussa plutôt vers le mur, l'écrasant entre celui-ci et son corps tout aussi dur.

Elle gémit, incapable de contenir le plaisir inattendu que ce baiser provoquait en elle.

En réponse à sa réaction, John sembla devenir encore plus passionné, une main glissant à présent vers son postérieur et l'enrobant comme s'il avait tous les droits de le faire. Et tel était le cas. Elle lui avait accordé ce droit en lui proposant carte blanche. En lui offrant de faire, avec son corps, tout ce qui lui ferait plaisir. Quoiqu'elle n'eût pas pensé que cela lui aurait procuré autant de plaisir à *elle*.

Soudain, elle sentit de l'air frais sur ses lèvres et réalisa qu'il avait, non seulement, mis un terme au baiser, mais également à leur étreinte. Il se tenait à présent à environ cinquante centimètres d'elle. Elle avait dû être si étourdie par son baiser qu'elle ne l'avait ni vu ni senti bouger.

La respiration de John était lourde, et il la dévisageait, ses yeux captant la lumière d'une lampe jouxtant le canapé, leur conférant une lueur dorée. Il y avait quelque chose de beau et pourtant de dangereux caché dans ces yeux.

— Je suis désolé, dit-il en s'étouffant, comme s'il pouvait à peine parler, les mâchoires crispées comme s'il ne pouvait ouvrir la bouche. Je n'aurais pas dû faire cela.

Soudain, elle eut la sensation d'être nue, exposée.

— John…

Elle ne savait à présent plus que dire, que faire. Elle ne fit donc rien.

— C'est mal. Je ne peux pas faire ça, dit-il.

Le cœur de Savannah s'écroula. Il ne voulait pas d'elle. Ce qui signifiait qu'il n'acceptait pas le marché. Il ne l'aiderait pas. Elle se plaqua une main sur la bouche afin de s'empêcher de sangloter. Elle s'était humiliée. Et pour quoi ?Pour rien. Ne pouvant supporter qu'il pût lire le désespoir dans ses yeux, elle baissa la tête.

Pourquoi n'était-il pas parti ?Pourquoi n'était-il pas déjà à la porte, impatient de sortir de chez elle ?Appréciait-il son humiliation, sa défaite ?

— Je ne peux accepter votre offre. Je ne suis pas ce genre d'homme. Je ne tomberais jamais si bas.

— Tomber si bas… répéta-t-elle. Ouais, vous avez raison.

Elle sentit soudain les mains de John lui agripper les biceps, et elle tourna rapidement le regard vers lui.

— Vous m'avez mal compris. Je ne profiterais jamais d'une femme vulnérable. Ce que je viens juste de faire était une erreur, et je m'en excuse. Mais je ne suis qu'un homme, et il y a des moments où, même moi, je ne peux combattre mes besoins. Même quand c'est moi qui dérape. Ce n'est pas votre faute. Vous avez fait ce que vous pensiez juste. C'est entièrement ma faute. J'aurais dû résister.

Sa faute ?Alors que c'était elle qui s'offrait à lui ?Le suppliant de la prendre ?Comment pouvait-ce être sa faute ?

— John, je —

— Non, s'il vous plaît, je dois me racheter.

Il déglutit avec difficulté.

— Je vous aiderai à retrouver Buffy. Je ferai tout ce qui est en mon pouvoir, ferai usage de toutes mes compétences, mes relations, mes ressources, quoi qu'il faille, pour ramener votre fille à la maison.

Il lui lâcha les bras et fit un pas en arrière.

— Mais je n'accepterai pas cette forme de paiement de votre part. Ni votre argent ni votre corps. Vous ne devriez jamais avoir à vendre votre corps à quiconque. Quelle qu'en soit la raison.

Les lèvres de Savannah s'entrouvrirent, et un souffle de surprise s'échappa de ses poumons. Avait-elle bien entendu ?

— Vous allez m'aider ?Vous allez accepter cette affaire ?

Il hocha la tête.

— Et vous ne voulez pas..., ajouta-t-elle.

Elle hésita et chercha le visage de John.

Leurs regards se suspendirent.

— Je ne voudrais jamais une chose qui n'est pas librement offerte. Il se peut que vous pensiez maintenant que cela ne vous dérangerait pas de coucher avec moi mais, plus tard, vous aurez du ressentiment à mon égard. Croyez-moi. Il vaut mieux ne plus jamais parler de ça.

Prétendre que leur étreinte passionnée n'avait jamais eu lieu ?

Lentement, elle hocha la tête. Le respect qu'elle avait pour lui venait juste de tripler. Elle ne connaissait aucun homme qui rejetterait son offre et continuerait à l'aider. Seul un saint le ferait. Ou un eunuque. Et John n'était ni l'un ni l'autre. Il avait été excité, et son baiser avait été expérimenté et passionné. Non, John n'était pas un saint. Il aimait le sexe. Il la trouvait attirante. Et pourtant, il avait refusé son offre et lui avait promis, en même temps, de l'aider à retrouver Buffy.

Non, John n'était pas un saint. Il était un homme d'honneur et un homme intègre. Un homme en qui elle pouvait avoir confiance.

10

John sentit que ses canines s'étaient enfin complètement rétractées. Le danger était passé. Pour l'instant. Mais il se trouvait toujours dans l'appartement de Savannah, toujours en sa présence. Et il avait toujours le goût de son baiser en bouche.

Il avait agi avec impulsivité, sans réfléchir. Et comme un animal. Mais son self-control s'était brisé tel une brindille sous le poids d'un éléphant, ne lui laissant d'autre choix que de faire ce que son corps lui commandait. Ce que Savannah avait, en fait, offert. Offert par désespoir. Et c'était pour cette raison que son esprit avait finalement triomphé de ses instincts basiques. Qu'il avait été en mesure de s'arracher des bras de Savannah. Et de justesse, d'ailleurs. Ses canines étaient déjà descendues, se préparant à la morsure à laquelle elles aspiraient. Savannah n'avait aucune idée d'à quel point elle avait été proche de découvrir ce qu'il était réellement. Pas le héros qu'elle croyait qu'il était, mais bien le vampire qui voulait boire son sang.

— Merci, murmura-t-elle.

Il accueillit ses paroles d'un hochement de tête. Elle devait probablement être soulagée de ne pas avoir à subir ce qu'elle lui avait proposé. Après tout, quelle femme se soumettrait volontairement à un étranger, l'autorisant à faire ce qu'il voulait avec elle sans même savoir à quel point cet homme pouvait être dépravé ? Quoique John ne se considérât pas comme dépravé, mais il avait ses appétits, et ceux-ci étaient insatiables. Une baise rapide en missionnaire ne suffirait pas à combler sa faim. Et tout particulièrement parce qu'il n'avait pas pratiqué ce genre d'activité depuis un moment.

— Je ferais mieux de partir, dit-il.

Elle acquiesça d'un hochement de tête, mais ne bougea pas.

— Qu'allez-vous faire pour la retrouver ?

— Je dois me renseigner sur toutes les personnes présentes dans sa vie et découvrir ce que Buffy a en commun avec les autres enfants qui ont disparu. Des choses comme aller à la même école, avoir eu les mêmes babysitters, les mêmes médecins, n'importe quoi qui les relie. Il doit y avoir quelque chose.

— Je comprends. S'il y a la moindre chose que je puisse faire pour vous aider…

— J'ai reçu votre mail contenant toutes les informations au sujet de vos employés. Je commencerai par là.

Il ne mentionna pas qu'il avait déjà vérifié les antécédents de la babysitter, ainsi que l'endroit où elle habitait.

— Je vous contacterai bientôt, ajouta-t-il. Mais si vous vous souvenez de quoi que ce soit d'autre, même si cela semble insignifiant, je veux que vous m'appeliez. De jour comme de nuit.

Il sortit une carte et la lui donna. Elle ne mentionnait que son nom et son numéro de portable.

— C'est ma ligne privée. Appelez-moi uniquement à ce numéro, peu importe l'heure, même si vous pensez que je pourrais être endormi.

Elle prit la carte.

— Je le ferai.

En la gratifiant d'un dernier regard, John passa à côté d'elle et rejoignit le hall, puis prit la porte. Une fois en bas, il ouvrit la porte d'entrée et sortit, content de pouvoir respirer l'air frais de la nuit et se débarrasser de la délicieuse odeur de Savannah. Une odeur qui le rendait fou de désir.

Les jumeaux l'attendaient, tous deux appuyés contre une des Porsche garées de l'autre côté de la rue. Ils échangèrent un sourire.

John traversa la rue pour les rejoindre.

— J'espère que tu n'as pas dû te dépêcher à cause de nous, dit Benjamin, d'un air suffisant.

— Comme je l'ai dit tout à l'heure, c'était une petite course.

Damian désigna le building.

— Ouais, j'ai pu voir ça. Petite, mais elle en valait visiblement la peine.

John regarda par-dessus son épaule et observa la fenêtre du second étage. Celle-ci était bien éclairée. C'était le salon, là où il avait embrassé Savannah. L'endroit où il l'avait pressée contre le mur et embrassée était encadré par la fenêtre, comme si un photographe l'avait présenté de la sorte. Avec leur vision d'hybrides, laquelle était aussi parfaite que celle d'un vampire, les jumeaux avaient dû tout voir aussi nettement que s'ils avaient été assis face à un écran de télévision.

Merde !

Il tourna à nouveau la tête vers Damian et Benjamin et les regarda furieusement.

— Ce ne sont pas vos affaires, bordel ! Pas un putain de mot de tout ça. Est-ce clair ?

Les deux hybrides échangèrent rapidement un regard, puis acquiescèrent.

— Nous n'avions pas de mauvaises intentions, dit Damian.

— Tu as droit à une vie privée. Nous ne nous en mêlerons pas, ajouta Benjamin.

— Bien. Il est temps de s'occuper de vos formations pratiques.

— Excellent. Qu'allons-nous faire ?demanda Damian avec enthousiasme.

Les deux hybrides le dévisageaient avec beaucoup d'impatience.

Cela le percuta à ce moment. Que Scanguards eût refusé cette affaire d'enlèvements importait peu, car tout ce dont il avait besoin, c'était deux gars pouvant fouiner pour lui. Et deux gars très impatients— et plutôt capables— se tenaient juste devant lui, désireux de suivre le moindre de ses ordres, uniquement pour prouver qu'ils étaient prêts pour leur examen final et pouvoir rejoindre les rangs des gardes du corps avérés de Scanguards.

Mais il devait s'assurer que les règles de ce jeu leur fussent connues. Et c'était lui qui décidait de ces règles. Car, pour les prochains jours, il serait leur supérieur, celui qui déciderait de la manière dont ils occuperaient leur temps.

— Écoutez. J'ai décidé que vous étiez suffisamment prêts que pour vous engager dans une opération clandestine *super secrète*. Personne, et je dis bien, personne ne peut découvrir la nature de cette mission. C'est vital si vous voulez réussir ce test. Compris ?

Tous deux sourirent.

— Cool !

— Durant cette mission, présumez que tout le monde pourrait être armé et dangereux, car il se peut qu'ils le soient. Ceci est une épreuve avec des munitions de combat. N'importe qui pourrait vous attaquer n'importe quand, un humain ou un vampire. Leurs armes seront réelles, tout comme leurs balles et leurs intentions de vous nuire. Ne faites confiance à personne, mis à part moi et l'un l'autre. Tout le monde est suspect jusqu'à ce que vous puissiez prouver qu'ils ne le sont pas.

Ils hochèrent la tête avec enthousiasme, les yeux écarquillés d'excitation.

— Prenez les plus grandes précautions dans tout ce que vous ferez. Traitez ceci comme une vraie mission, pas comme un exercice d'entraînement. Gardez votre couverture. Personne ne peut découvrir que vous n'êtes pas humains. Faites usage de chacune de vos habiletés dans les cas que vous jugerez nécessaires.

— Oui, bien sûr, dit Damian plutôt impatiemment. Allez, ne sois pas si mystérieux. Quel est l'objectif ?

John expulsa un souffle lent.

— L'objectif est de démanteler un réseau de traite d'enfants et de sauver une douzaine de filles âgées de neuf à douze ans.

— Ouah ! s'exclama Benjamin. Impressionnant !

Les deux frères se donnèrent un coup d'épaules.

— Qui sont les mauvais ?demanda Damian.

— C'est à vous de le découvrir.

— Compris, dit Damian.

John désigna sa voiture.

— Toutes les données se trouvent dans un dossier.

Il leur fit signe de le suivre jusqu'à sa voiture. Il avait emmené le dossier avec lui afin de le remettre à Donnelly après avoir dit à Savannah que Scanguards n'acceptait pas l'affaire. Mais maintenant, tout avait changé.

Il fallut une demi-heure pour relayer toutes les données pertinentes aux jumeaux et pour qu'ils pussent photographier les pages des rapports de police qu'ils jugeaient importantes. John leur donna ensuite les instructions finales.

— La dernière fille a disparu il y a quatre jours. Buffy Rice. C'est notre piste la plus récente. C'est pour cette raison que je veux que vous commenciez par elle. Nous devons surveiller son environnement, les gens qui la connaissent. Sa mère gère une compagnie de cyber sécurité et emploie deux programmeurs, Alexi et Rachel. Je veux que vous vous sépariez et vous occupiez chacun d'un. Trouvez ce qu'ils ont fait à chaque minute depuis la disparition de Buffy. Vérifiez leurs antécédents, leurs finances, leurs habitudes. Tout ce qui pourrait être étrange, je veux que vous m'en parliez. J'ai leurs coordonnées ici.

Il sortit son portable et déroula le menu jusqu'à l'email que Savannah lui avait envoyé.

— Alexi, c'est le nom d'une fille ?demanda Damian.

— C'est un homme.

John réprima un gloussement. Il avait compris que Damian aurait voulu enquêter sur une fille.

— Amuse-toi, il est tout à toi, ajouta-t-il. Benjamin s'intéressera à Rachel.

Benjamin sourit et adressa un clin d'œil à son frère.

— Plus de chance la prochaine fois, fréro.

Damian l'ignora.

John copia les noms et adresses d'Alexi et de Rachel et les envoya par texto aux jumeaux. Leur portable sonna, et tous deux regardèrent leur écran.

— Je l'ai, dirent-ils à l'unisson.

— L'heure tourne, dit John. Faites le point avec moi toutes les deux heures, que vous ayez des nouvelles ou pas. Je veux savoir où vous êtes à tout moment. Restez prudents.

Alors qu'il observait les jumeaux s'avancer d'un pas nonchalant vers leurs voitures avant d'y entrer, il ne put qu'espérer que rien de mal ne leur arrivât. Amaury aurait sa peau s'il arrivait malheur à ses fils. Mais Scanguards ne lui avait pas laissé le choix. Il devait aider Savannah. Non pas parce qu'elle l'avait embrassé ou proposé de coucher avec elle, mais parce que John avait le cœur brisé lorsqu'il la voyait les larmes aux yeux à chaque fois qu'elle parlait de Buffy. Elle avait besoin que sa fille revînt dans ses bras, en sécurité. Et dès qu'il aurait accompli cela, il serait, lui aussi, de nouveau en paix avec lui-même. Il pourrait retourner à sa solitude et continuer à vivre, nuit après nuit. Accomplir son devoir envers Scanguards. Et, peut-être un jour, surmonter la perte qu'il avait subie.

Peut-être qu'en sauvant cette petite famille, il pourrait se racheter de n'avoir pas pu sauver la sienne.

11

John se tenait à la porte de la salle de garde et observait ses hommes le croiser après avoir reçu leurs ordres pour la nuit. Il s'agissait d'une douzaine de vampires bien entraînés et lourdement armés. En tant que chef de la garde royale, il était responsable d'eux, de la sécurité de son roi, de sa reine et de leurs trois enfants hybrides. Les triplés, David, Zack, et Monique fêtaient leur seizième anniversaire, et cette célébration voulait qu'un grand nombre d'invités fussent attendus au domaine royal situé au nord de La Nouvelle Orléans. Ce qui se traduisait par la nécessité d'une plus grande sécurité lors de cette soirée. Mais cela signifiait également que John fût réquisitionné toute la nuit et plus que probablement toute la matinée plutôt que de rentrer chez lui, dans la maison qu'il partageait avec Nicolette, sa compagne de sang-mêlé. Cette demeure, située dans le Garden District, entendrait bientôt les rires de leur premier enfant.

John regarda par-dessus son épaule lorsqu'il entendit des pas s'approcher depuis un autre couloir. Cain, son roi, mais également son meilleur ami, se dirigeait vers lui, son visage affichant un sourire.

— 'Soir Cain, le salua John. Tu sembles détendu.

Cain lui adressa un clin d'œil. Faye a cet effet sur moi. De plus, il se pourrait que je sois bientôt débarrassé de ces gosses. Quand penses-tu que je puisse leur demander de déménager ?Je veux dire par là qu'ils ont seize ans. Ils devraient être capables de vivre seuls, pas vrai ?

John gloussa.

— Ils te collent un peu trop ?

— Plus que tu ne le crois.

En dépit de ces paroles, John savait que Cain ne faisait que plaisanter. Il aimait ses enfants et, si ceux-ci venaient à vivre séparés de leurs parents, il ne ferait que s'inquiéter. John devrait alors engager davantage de vampires gardes du corps afin de les protéger. Chacun de ces mômes bénéficiait, déjà en ce moment, d'une sécurité rapprochée personnelle.

Faye apparut soudain au bout du couloir et les rejoignit.

— Comment va Nicolette ?

John sourit.

— Elle grossit chaque jour davantage.

Et il n'avait jamais rien vu de plus beau.

Faye sourit.

— Ce ne sera plus très long, n'est-ce pas ?

— Au moins encore un mois.

— J'en doute. Quand je l'ai vue, la semaine dernière, on aurait dit que ça pouvait arriver d'un jour à l'autre.

Cain enroula le bras autour de la taille de son épouse.

— Depuis quand es-tu médecin ?

— Je ne le suis pas. Mais les femmes savent ces choses.

Elle regarda ensuite de nouveau John.

— Tu lui as dit qu'elle était invitée aux festivités, n'est-ce pas ?demanda-t-elle.

— Oui, j'ai relayé l'invitation. Elle n'était pas trop sûre de comment elle se sentait. Alors je lui ai laissé le choix de décider plus tard. Je sais qu'elle voulait faire une sieste. Il se peut qu'elle vienne plus tard.

— Et conduire elle-même ?demanda Faye, surprise.

— Bien sûr que non. Je me suis assuré qu'il y ait une voiture et un chauffeur disponibles pour elle si elle veut nous rejoindre.

Faye laissa échapper un souffle de soulagement. Elle avait toujours été une reine aimante.

— Dieu merci ! J'espère vraiment qu'elle se sentira suffisamment bien pour se joindre à nous.

— Moi aussi, dit John.

— Tu sais, je pensais, ajouta Faye, en échangeant un regard furtif avec Cain, pourquoi ne resteriez-vous pas tous les deux au cottage de la garde royale jusqu'à l'arrivée du bébé ?Nous pourrions ainsi garder un œil sur elle quand tu es en service.

— Ce ne sera pas nécessaire, dit John en désignant son mari du doigt. Cain m'a ordonné de prendre des vacances dès que les festivités d'anniversaire seront terminées.

Il ne les aurait jamais demandées, mais Cain était venu vers lui, la nuit précédente, pour lui annoncer sa décision sur un ton ne tolérant aucun refus. Quoique John n'eût pas protesté, car passer davantage de temps avec Nicolette avant qu'elle ne donnât naissance à leur bébé était le plus beau cadeau que son ami eût pu lui offrir.

— Pourquoi ne me l'as-tu pas dit ?dit Faye à Cain en le gratifiant d'une tape sur l'épaule. Je t'aurais personnellement remercié d'avoir été si gentil envers John.

— Oh, tu m'as déjà remercié tout à l'heure, affirma Cain avec un rictus.

Ils échangèrent un regard complice, et John dut secouer la tête. Ils étaient toujours des tourtereaux, même après autant de temps passé ensemble. Tout comme Nicolette et lui. Bien qu'ils n'eussent pas été suffisamment chanceux d'avoir le bonheur d'avoir des enfants durant leur première année de mariage, comme ce fut le cas pour Faye et Cain. Mais, à l'époque, le roi et la reine avaient reçu de l'aide : tous deux étant vampires, ils avaient demandé à Maya, un médecin vampire de chez Scanguards, d'utiliser son traitement révolutionnaire à base de cellules souches afin que Faye pût concevoir. Une chose que les femmes vampires ne pouvaient faire avant que Maya n'eût fait cette découverte. Le traitement du médecin transformait l'utérus d'une femme vampire en utérus humain. Le fœtus qui en résultait était alors à moitié vampire et à moitié humain, intégrant un peu d'ADN humain des cellules souches du donneur dans son patrimoine génétique.

Le traitement avait fonctionné dès la première tentative et avait donné des triplés. Trois minuscules hybrides toujours affamés et poussant des cris qui maintenaient tous les gens du royaume sur le qui-vive.

Et à présent, ils avaient soudainement seize ans.

— Tout est prêt pour ce soir ?demanda Cain.

— Les feux d'artifice sont installés en ce moment même. Les décorations sont prêtes. Très gothiques.

John gloussa.

Faye applaudit.

— Je ne sais comment te remercier, John ! Je ne peux croire que tu aies eu l'idée d'organiser une fête d'anniversaire sur le thème des vampires. Cela résout tous nos problèmes avec les invités humains des enfants. Puisque tout le monde sera en costume de vampire, personne ne sourcillera si l'un de nous est vu en train de boire du sang ou de montrer une canine.

— C'est du génie, approuva Cain.

John haussa les épaules.

— J'ai pensé qu'avec tous ces livres sur les vampires qui sont classés en tête de liste des bestsellers et cette nouvelle série télé sur le même thème qui, entre parenthèses, est totalement irréaliste, aucun humain ne trouverait étrange que trois adolescents aient réclamé une fête sur le thème des vampires.

— C'est une bonne chose que ces vampires que l'on voit à la télé ne soient en rien comme nous, commenta Cain. Aussi longtemps que les humains se méprendront à moitié sur ce que nous faisons et la manière dont nous vivons, nous n'aurons pas à nous inquiéter qu'ils puissent un jour nous découvrir. Notre secret est en sécurité.

— J'espère qu'il en demeurera de la sorte.

John désigna la porte.

— Je ferais mieux de vérifier que tout est prêt pour accueillir nos invités.

— OK. Je vais avoir un mot avec les enfants et réitérer les règles pour ce soir.

Cain lui adressa un clin d'œil.

— Juste au cas où, ajouta-t-il. Tu sais comment ils sont quand ils sont excités.

John hocha la tête à l'intention de Faye et de Cain, puis sortit. Le manoir abritant le roi, la reine et leur triple progéniture contenait également des quartiers destinés à la garde royale, des gardes du corps hautement entraînés dont le travail consistait à veiller à ce que rien de mal n'arrivât à la famille.

À l'extérieur, plusieurs petits cottages, tous adaptés à la sécurité des vampires, étaient éparpillés sur toute l'étendue des terres. Une longue et large allée menait à une route publique située à plusieurs kilomètres. Le long de cette allée, des tentes et des stands avaient été érigés, de même qu'une scène et une piste de danse. Cela ressemblait davantage à un carnaval qu'à une fête d'anniversaire. Les membres du personnel fourmillaient, occupés à disposer les objets de dernière minute, pendant que les premiers invités arrivaient déjà, stationnant leur voiture dans une zone réservée à cet effet. Depuis cet endroit, ils étaient conduits vers les jeunes fêtant leur anniversaire, tandis que le personnel de sécurité les fixait discrètement des yeux à la recherche d'armes.

John examinait la zone, scrutant les invités en approche. Tout semblait bon. Il ne détectait aucun problème. Il y en avait rarement. Son personnel était extrêmement bien entraîné et dévoué, et les invités avaient été présélectionnés avant l'envoi des invitations.

Son portable vibra. Il le sortit de sa poche et sourit en lisant ce qui était affiché à l'écran.

— Hé, mon amour, murmura-t-il en guise de réponse. Comment te sens-tu ?

— Je me sens vraiment bien ce soir, répondit Nicolette. Un peu chaud mais, sinon, ça va. Et je m'ennuie.

Il rit sous cape.

— Tu t'ennuies ?Alors, pourquoi n'envoies-tu pas un texto au chauffeur pour lui demander de t'amener ici ?Faye a demandé de tes nouvelles. Et j'aimerais te voler une danse si je le peux.

— Je suis aussi grosse qu'une vache, John ! Tu ne voudras pas danser avec moi.

Elle parut essoufflée, ce qui rappela à John la façon dont elle respirait à chaque fois qu'ils faisaient l'amour. Sa voix avait été semblable lorsqu'il lui avait fait l'amour deux jours plus tôt, tandis qu'elle était allongée sur le côté afin d'atténuer la pression dans son dos, John derrière elle, la pénétrant doucement d'avant en arrière tout en lui caressant le ventre et ses gros seins.

— Je suis trop grosse pour danser, ajouta-t-elle.

Il jeta rapidement un œil tout autour de lui. Personne ne se trouvait sur la terrasse encadrant la maison. Il baissa néanmoins la voix.

— Tu n'es pas trop grosse pour faire l'amour. Donc, si tu ne veux pas danser avec moi, me laisseras-tu au moins te faire l'amour demain matin ?

Un léger gloussement traversa le téléphone.

— Oh, John. Honnêtement, je ne sais pas comment tu peux me trouver attirante, alors que je ressemble à un ballon qui se dandine sur deux bâtons.

De rire face à la description qu'elle se faisait d'elle-même, il jeta la tête en arrière.

— Ne sais-tu pas à quel point ça me fait bander de simplement penser à toi et ton gros ventre, tes gros seins et ton superbe cul ?murmura-t-il. Si je ne me souciais pas de ta santé et de celle du bébé, je te baiserais chaque jour comme un fou jusqu'à ce que tu donnes naissance à notre fils. Alors, mets ton beau petit cul dans cette limousine et viens ici afin que je puisse au moins te tenir dans mes bras et faire semblant d'être civilisé.

— Je t'aime, John, dit-elle. Je serai là dans une heure, je dois juste enfiler des vêtements décents.

— Je t'aime aussi.

~ ~ ~

L'arrivée des invités, quelques complications relatives aux feux d'artifice prévus et une confusion dans la tente qui abritait la nourriture le maintinrent si occupé que, lorsque John regarda à nouveau sa montre, une heure et demie s'était écoulée depuis qu'il avait parlé à Nicolette. Avait-elle mis davantage de temps pour se changer et enfiler quelque chose de plus approprié pour une fête ou était-elle bloquée dans le trafic ?Il ne pouvait s'empêcher de s'inquiéter. Il le faisait toujours lorsqu'il était loin d'elle.

Il forma le numéro du portable de Nicolette. La sonnerie retentit plusieurs fois, puis il aboutit sur la boîte vocale. Il mit fin à l'appel sans laisser de message et chercha plutôt le numéro du chauffeur qu'il avait choisi pour elle. La sonnerie retentit une fois avant que l'appel ne fût accepté.

— Hello.

— Dean, c'est John Grant. J'ai essayé d'appeler sur le téléphone de ma femme. Est-elle avec toi ?

Il entendit le bruit du moteur de la voiture et, ensuite, à nouveau la voix du chauffeur.

— Oh, bonjour Monsieur Grant. Nous sommes en route. Désolé pour le retard.

Il perçut ensuite la voix de Nicolette à travers le haut-parleur de la voiture.

— John, désolée mais je dois avoir oublié mon portable à la maison. J'ai essayé toutes mes robes, mais aucune ne me va.

Tout comme il l'avait supposé. Il n'y avait rien dont il devait s'inquiéter.

— Eh bien, au moins tu es en chemin, maintenant.

— Nous ne sommes plus qu'à dix minutes. Nous allons sortir de l'autoroute dans une seconde, dit-elle. Voilà déjà notre sortie.

— Super !

— Merci, Dean, ajouta-t-il. Je vous vois tous les deux sous peu.

Il était sur le point de mettre fin à l'appel lorsqu'il entendit à nouveau la voix de Dean.

— Oh putain !

Ensuite, un cri haut-perché provenant de Nicolette.

Le sang de John se glaça.

— Nicolette ! cria-t-il dans le téléphone. Qu'est-ce qui ne va pas ?Dean ?Qu'est-ce qu'il se passe ?

Mais sa voix fut étouffée par le crissement de pneus, le bruit du métal venant claquer contre du métal et du verre brisé.

— Noooooooon !

Le téléphone toujours pressé contre l'oreille, il se mit à courir avant même de comprendre ce qu'il était en train de faire. Il y eut un autre bruit, comme si quelque chose de gros avait claqué contre le métal ou le béton, quelque chose de dur et, ensuite, tout redevint silencieux.

— Nicolette !

Mais elle ne répondit pas. Ne le pouvait pas, car la ligne était coupée.

Il n'y avait qu'un seul autre moyen de la joindre. *Si* elle pouvait l'entendre. Leur lien télépathique, un lien que seuls les couples liés par le sang possédaient.

Alors qu'il courait en direction du parking, il lui envoya ses pensées.

Nicolette ! Tu vas bien ? Que s'est-il passé ? S'il te plaît, parle-moi !

Rien. Aucune réponse.

Non !

Il arriva à hauteur du voiturier, attrapa la clé qu'un invité lui tendait, sauta dans la voiture, claqua la portière et démarra.

John.

Cette parole lui parut si faible à l'esprit, mais il l'entendit nettement.

Nicolette, j'arrive. Tiens bon, mon amour. J'arrive.

John.

De nouveau, le message était faible.

Dépêche-toi.

Il descendit l'étroite route à toute vitesse et enfonça, aussi loin que possible, la pédale de l'accélérateur.

Je suis presque là, mon amour. Presque là. Plus que quelques minutes.

Il bifurqua sur la route publique en faisant déraper l'arrière de sa voiture d'emprunt, mais il parvint à maintenir le véhicule sous contrôle.

Je sens quelque chose.

Un sentiment de panique le heurta.

— Non. S'il vous plaît, que rien de mal ne se produise ! dit-il, à haute voix.

Tu dois sortir de la voiture ! Sors maintenant !

Le silence régna pendant quelques secondes, de trop longues secondes. Ensuite, il l'entendit à nouveau.

J'peux pas... la ceinture est coincée.

Ne voulant pas faire paniquer Nicolette, il tenta de se calmer.

Essaie de remuer la ceinture de sécurité. Essaie de la détacher. Vois si tu peux te dégager...

Je suis désolée.

Non ! répondit-il. *N'abandonne pas !*

Il arriva dans un virage. Derrière celui-ci se trouvait la rampe de sortie de l'autoroute, celle que Dean avait dû emprunter. Il fonça à toute vitesse, s'engagea dans le virage et sentit son cœur s'arrêter.

Je suis là, mon amour.

L'avant de la limousine était coincé entre un mur en béton de faible hauteur et l'arrière d'un gros semi-remorque. Un gros semi-remorque qui avait emprunté la rampe de sortie à trop grande vitesse et avait perdu le contrôle.

L'essence...

Nicolette ne termina pas sa pensée.

Une fraction de seconde plus tard, le réservoir à essence de la limousine explosa, engloutissant la voiture et ses passagers dans les flammes. John s'arrêta brutalement à seulement quelques mètres de cet enfer et bondit hors de sa voiture. En dépit de la chaleur ressentie comme si sa peau fondait sur ses os, il courut vers les flammes. Mais il s'en souciait peu. Tout ce dont il se préoccupait était de sauver sa femme et son enfant.

Avec une force surnaturelle, il parvint à atteindre la voiture. Les vitres s'étaient brisées, et les flammes en sortaient. Mais les flammes ne l'arrêteraient pas. Pas maintenant, pas alors qu'il était si proche.

Ses mains le brûlaient. Une douleur atroce le transperça, tandis qu'il tirait violemment sur la portière du côté passager afin de l'ouvrir. Excepté les flammes à l'intérieur, il ne pouvait rien voir. Fonctionnant à l'adrénaline pure, il décida sciemment de transformer ses mains en griffes et les tendit à l'intérieur. Là, se trouvait Nicolette. Il sentit son gros ventre et la ceinture qui la retenait. De ses griffes affûtées, il la trancha. Et pendant tout ce temps, le feu lui brûlait les vêtements et les cheveux.

Il attrapa Nicolette, la souleva et la sortit de la voiture. Une fois tous deux à terre, il la serra tout en se roulant plusieurs fois au sol afin d'éteindre les flammes.

— Nicolette, je te tiens.

Mais ses sens aigus de vampire lui avaient déjà signalé qu'il était trop tard. Il n'y avait aucun souffle, aucun battement de cœur, aucune circulation de sang dans les veines. Il posa une main sur son ventre.

Aucun battement de cœur à cet endroit non plus. Il ne restait plus que de la peau carbonisée, des cheveux roussis et des vêtements brûlés. Et, contrairement à John qui se rétablirait de ses brûlures grâce à une quantité suffisante de sang et de sommeil réparateur, il n'en serait pas de même pour Nicolette. Il n'y avait plus de vie en elle. John ne pouvait même plus la transformer en vampire dans le but de la sauver ; il était trop tard pour cela également. John avait échoué. Échoué à la protéger, échoué à la sauver. Il l'avait laissée tomber lorsqu'elle était des plus vulnérable.

Nicolette n'était plus.

Il se releva et regarda l'épave de la voiture, les flammes toujours vives, brûlant toujours intensément. Suffisamment intensément pour tuer un vampire.

— Nicolette, murmura-t-il. Je ne te quitterai pas.

Il se dirigea vers les flammes.

De puissants bras le tirèrent vers l'arrière. Les puissants bras d'un autre vampire.

— Non, John. Elle ne voudrait pas cela.

Il tourna la tête et regarda Cain.

— Je ne peux pas vivre sans elle.

— Tu vas devoir apprendre à le faire. Elle voudrait que tu le fasses.

Pardonne-moi, Nicolette.

Il refoula les larmes, se tenant là durant ce qui sembla une éternité.

Et, tel un lâche, il se détourna des flammes et autorisa Cain à l'aider.

<h1 style="text-align:center">12</h1>

Le manque de sommeil le rattrapait enfin. Après tout, il n'avait pas fermé l'œil la veille et, bien qu'il eût consommé davantage de sang que la normale, John savait qu'il avait besoin de faire un petit somme. Mais avant de pouvoir rentrer à la maison et se reposer quelques heures, il devait passer quelques coups de fil et rendre visite à quelqu'un.

Il s'était arrêté au bureau de la Mission de Scanguards, une heure avant le lever du soleil, afin d'utiliser leur système informatique et procéder aux vérifications des antécédents de la babysitter et de la voisine tout en s'assurant que personne ne le vît. Il était censé entraîner Damian et Benjamin et ne pas les laisser gambader en ville. Il ne serait pas aisé d'avoir à expliquer la raison pour laquelle ils n'étaient pas avec lui.

Ses observations au sujet de la babysitter et de la voisine n'avaient encore rien donné, et il ne misait pas tout non plus sur les vérifications des antécédents. Mais il se devait d'être minutieux.

Après le changement d'équipes, lorsque les vampires eurent quitté le bâtiment, il fut en mesure de s'occuper de diverses choses avant de sortir furtivement du garage souterrain afin de se rendre à Cow Hollow et la Marina. Les rayons du soleil levant ne pouvant pénétrer à l'intérieur de sa voiture, il était dès lors en sécurité.

Une fois fondu dans le trafic, il appela Benjamin, lequel décrocha dès la première sonnerie.

— Hé, John, j'allais justement faire le point.

— Bon. Quelles sont les nouvelles ?

— Alors, cette Rachel. Elle n'est pas très fiable.

— Comment cela ?

— Elle s'est fait porter malade ces deux derniers jours, mais elle n'est pas malade du tout.

— Où est-elle ?demanda John, avec intérêt.

S'était-elle sauvée après le kidnapping de Buffy ?

— Oh, elle est chez elle. Mais pas seule. On dirait qu'elle a organisé une fête privée où il y a de la drogue et du sexe. Pas certain qu'il y ait du rock'n roll, gloussa Benjamin.

John grogna.

— On dirait plutôt quelqu'un qui utilise l'absence de son patron pour faire l'école buissonnière en toute impunité. Pas quelqu'un qui est impliqué dans un kidnapping.

— C'est possible, dit Benjamin, mais la merde qu'ils reniflent n'est pas bon marché. J'ai compté bon nombre de lignes de coke. Tu as dit de vérifier tout ce qui semble étrange. Et étant donné que le type qui est avec elle conduit un tas de ferraille, je ne vois pas comment il a trouvé l'argent pour payer cette substance. Elle gagne bien sa vie ; j'ai trouvé ses souches de salaire mais, d'après les relevés des cartes de crédit que j'ai vus, il semble qu'elle dépense tout aussi rapidement ce qu'elle peut gagner.

— Tu es entré chez elle ?demanda John, non pas sans admiration.

Benjamin se montrait prometteur.

— Ouais, j'ai crocheté la serrure quand les deux sont tombés dans le cirage. Personne ne m'a vu. Je m'en suis assuré.

— Bon travail. Reste sur elle et suis-la si elle quitte la maison aujourd'hui, ordonna John.

Tu as déjà vérifié ses antécédents ?

— J'ai tout introduit dans le système tout à l'heure. Je n'ai encore rien reçu en retour.

— Merci. Appelle-moi quand tu as des nouvelles.

— Ouais.

John mit fin à l'appel et composa le numéro de Damian.

Le plus âgé des jumeaux répondit immédiatement.

— Bonjour, John. Encore debout ?

— À peine, répliqua John. Y a-t-il quelque chose que je doive savoir ?

— J'ai donc surveillé cet Alexi toute la nuit. Le parfait geek. Il maîtrise parfaitement tous les clichés : il rentre à la maison, commande une pizza et passe toute la nuit à jouer à des jeux d'ordinateur ou quelque chose comme ça. Ennuyeux à mourir, je te le dis. Aucune petite amie de ce que j'en sais. Aucune surprise à ce niveau. Mais ensuite, j'ai vérifié ses antécédents, et écoute ça.

John se raidit involontairement sur son siège.

— Ouais ?

— Il est russe. Tu le savais ?

— Non.

Son nom de famille, Denault, ne sonnait pas du tout russe, à l'inverse de son prénom.

— Ouais, les parents sont russes. Il a grandi à Saint-Pétersbourg. Apparemment, le grand-père était français.

— Eh bien, cela explique le fait que le nom de famille ne soit pas russe.

— Parle couramment le français. Venu aux États-Unis il y a cinq ans avec un visa de travail, a commencé à travailler pour Google, mais est parti. Je ne suis pas encore sûr du motif de son départ. Je vais essayer de trouver. Mais je m'égare. Le fait est qu'il est Russe. Et tu as dit que nous cherchions un réseau de trafic d'enfants. Et qui dirige ce genre de réseaux ?

Damian marqua une pause théâtrale.

— Les Russes, ajouta-t-il.

— C'est un peu stéréotypé, mais partons de ça.

Au moins, c'était un début.

— Que vas-tu faire ensuite ?poursuivit John.

— Je vais jeter un œil dans ses relations, voir qui il rencontre, à qui il parle, avec qui il correspond. Et je vérifierai la raison pour laquelle il a quitté Google et est venu travailler pour Mademoiselle Rice.

— Bien. Si tu as besoin d'aide, mets-toi en rapport avec ton frère. Et vérifie si cet Alexi possède des propriétés quelque part. Tu vois, le genre de celles où il pourrait cacher les enfants.

— J'allais le faire, rétorqua rapidement Damian, un peu sur la défensive.

— Hum-hum.

— J'allais le faire. Honnêtement ! Tu ne vas pas utiliser ça comme un point noir dans mon évaluation, n'est-ce pas ?

— Ne t'inquiète pas trop au sujet de ton évaluation. Fais juste en sorte que le travail soit fait. C'est un effort d'équipe. Ne l'oublie pas. Le but est de retrouver les filles. Peu importe les méthodes. Tu trouves les filles, tu réussis le test. Même si tu trébuches en chemin. Clair ?

Il n'y avait jamais de mal à encourager Damian et à lui faire miroiter une récompense.

— Absolument.

— Ok. Bon travail, jusqu'ici. Appelle-moi dès que tu as quelque chose. J'ai encore une course à faire et, ensuite, j'irai dormir quelques heures. Mais s'il y a du nouveau, réveille-moi.

— Certainement.

Damian raccrocha.

Au feu suivant, John bifurqua à droite, et ce ne fut que lorsqu'il fut arrivé à la moitié du pâté de maisons qu'il réalisa où son subconscient l'avait amené. Il était devant le condo de Savannah. Il laissa échapper un rire jaune. Il n'était qu'un malade de fils de pute. Après l'avoir pratiquement malmenée, la nuit précédente, il était de retour sur la scène de son crime, encore plus affamé.

Il arrêta la voiture et leva les yeux vers les fenêtres du second étage. Bien qu'il fût encore tôt, il aperçut un mouvement derrière une des fenêtres. Savannah se trouvait-elle dans la cuisine, en train de préparer le petit déjeuner ?Que se passerait-il s'il était là, avec elle, à la regarder préparer du café, peut-être toujours vêtue de son peignoir de bain, nue par-dessous ?Interromprait-elle sa tâche s'il l'attirait dans ses bras, ouvrait la ceinture de son peignoir et la caressait ?L'autoriserait-elle à l'asseoir sur ses genoux ?Le chevaucherait-elle, au milieu de la cuisine, venant s'empaler contre son sexe dur comme de la pierre, sans s'arrêter avant qu'il ne fît jaillir sa semence en elle ?

Il amena une main à son entrejambe. Putain ! Il était aussi dur que du granite. Et confiné dans sa voiture. Il n'y avait aucun garage disponible afin d'accéder à l'appartement de Savannah sans s'exposer aux brûlants rayons du soleil matinal. Une frustration d'ordre sexuel se répandit dans son corps. Il savait, néanmoins, que c'était mieux ainsi. Même s'il pouvait atteindre son appartement en toute sécurité, il ne devait pas le faire, même s'il y avait un soupçon d'attirance entre eux. Savannah se trouvait dans une position vulnérable, effrayée pour la sécurité de sa fille, consumée par la douleur. Il n'avait aucun droit de tirer avantage d'une femme de cette façon, même s'il ne voulait pas lui faire de mal, mais bien l'apaiser, lui procurer du réconfort.

Avant de pouvoir s'en empêcher, il composait déjà le numéro. Alors qu'elle ne répondait pas à la seconde sonnerie, il se demanda s'il n'avait pas simplement imaginé le mouvement derrière la fenêtre, piégé par son imagination. Il était sur le point de raccrocher lorsqu'un clic se fit entendre dans le téléphone.

— Oui ?

Il déglutit. Il ne sut pas quoi dire.

— Savannah, c'est John. John Grant, se sentit-il obligé de dire.

Qui pouvait savoir combien d'hommes prénommés John elle connaissait ?

— John.

Elle semblait essoufflée.

— Vous avez des nouvelles ?Avez-vous trouvé quelque chose ?

L'espoir qu'il entendit dans sa voix et la confiance qu'elle semblait avoir en lui touchèrent sa corde sensible. Si seulement il pouvait lui donner quelque chose qui l'aiderait à croire qu'elle allait récupérer Buffy.

— Pas encore grand-chose.

Il ferma les yeux.

— Oh.

La déception suintait de cette simple syllabe.

— Mais nous avons une piste potentielle.

— Quel genre de piste ?

— Il est trop tôt pour le dire.

Il ne voulait pas qu'elle agît de manière étrange en présence d'Alexi, pouvant dès lors l'alerter de quelque façon, s'il avait réellement quelque chose à voir avec la disparition de Buffy.

— Mon équipe et moi-même l'exploitons, ajouta-t-il.

Au moins, ce n'était pas un mensonge.

— Ce n'est que le début, poursuivit-il. Nous vérifions tout. Nous la trouverons.

Il savait qu'il promettait une chose qu'il ne pouvait garantir. Mais Savannah avait besoin de l'entendre. Avait besoin d'y croire.

— Merci, John. Je…

Elle hésita.

— Que se passe-t-il ?

Il fusilla les fenêtres de son appartement du regard, mais n'aperçut aucun mouvement.

— Je suis effrayée. Cela fait quatre jours, maintenant.

Il y eut un bruit de reniflement, comme si elle tentait de retenir ses larmes.

— Elle me manque, poursuivit-elle. Mon bébé me manque.

— Je fais tout ce que je peux.

— Je le sais. *J'*aimerais juste pouvoir faire quelque chose. Je me sens si inutile.

Il ne pouvait qu'imaginer à quoi ressemblait ce sentiment et espéra n'avoir jamais à en faire l'expérience lui-même.

— Je suis désolé, Savannah. Je sais que c'est dur. Je sais que vous l'aimez. Je la *retrouverai* pour vous.

Une lente expiration traversa la ligne. Si elle commençait à pleurer maintenant, il ne pourrait s'empêcher de traverser la rue en bravant le soleil pour la prendre dans ses bras et la réconforter.

— S'il vous plaît, Savannah, vous devez vous reprendre. Pour Buffy.

Et pour moi.

— D'accord. S'il vous plaît, appelez-moi dès que vous apprenez quelque chose.

— Je le promets.

John raccrocha et démarra avant de changer d'avis et de commettre quelque chose d'irresponsable.

Il quitta le quartier de Savannah et se dirigea vers Cow Hollow, un quartier branché aux maisons chères et au grand nombre de jeunes cadres dynamiques vêtus de pantalons de yoga ; sa destination de départ avant que son subconscient ne l'eût envoyé dans une autre direction.

La maison était dissimulée au pied des marches de la rue Lyon, son jardin bordant le parc du Présidio. Face à la rue et prenant la moitié de la largeur de la parcelle, se trouvait un double garage. John s'arrêta devant celui-ci et laissa le moteur tourner au ralenti, tandis qu'il faisait dérouler le répertoire de son téléphone jusqu'à ce qu'il eût trouvé la bonne personne de contact.

Il laissa sonner. Une fois, deux fois, trois fois. Finalement, après la quatrième sonnerie, juste avant d'aboutir sur la boîte vocale, une voix endormie répondit.

— Pendant la journée ?Vraiment, John ?

Deirdre ne semblait pas trop contente d'être réveillée. John avait l'intention de changer cela.

— Il faut que je te parle. Je ne peux pas attendre. Ouvre le garage pour moi.

— Tu es dehors ?

— Oui.

— Bien.

Quelques secondes plus tard, la porte de garage se souleva. Lorsqu'elle fut complètement ouverte, il entra la voiture à l'intérieur et coupa le moteur.

— Je suis rentré, dit-il dans le téléphone.

Un clic se fit entendre sur la ligne, puis la porte de garage se referma derrière lui, laissant le soleil à l'extérieur.

Quelques instants plus tard, il entra dans le hall qui conduisait au salon et à la cuisine. Il patientait à cet endroit lorsqu'il entendit des pas dans les escaliers en bois menant au second étage. Il leva les yeux. Deirdre, les cheveux en bataille et vêtue d'un long peignoir noir, descendait les marches.

— J'espère que ça en vaut le coup, dit-elle en guise de salutation.

— C'est le cas, lui assura-t-il.

Elle désigna la cuisine, et il la précéda dans cette direction. Il était venu plusieurs fois chez Deirdre après qu'elle eût emménagé, et il s'était assuré que l'endroit fût sécurisé pour les vampires. Toutes les fenêtres avaient été remises aux normes avec un film imperméable aux UV, bloquant ainsi les rayons du soleil. La maison était énorme. Deirdre avait de l'argent, beaucoup d'argent. C'était ce qui se produisait lorsque l'on vivait plusieurs siècles. Juste une question d'intérêts composés. Mais avec tout son argent, elle ne pouvait s'acheter un but dans sa nouvelle vie. John était sur le point de changer cela.

— Tu veux une boisson ?

Il secoua la tête.

— Ça va. Je me nourrirai quand je rentrerai chez moi.

Elle s'assit à la table de la cuisine, et il accepta la tacite invitation à en faire de même.

— J'ai besoin de tes compétences.

Intéressée, Deirdre haussa un sourcil. Bien.

— Je travaille sur une affaire impliquant probablement un réseau de trafic d'enfants. Moi y compris, il y a quelques personnes qui travaillent dessus, mais il y a une chose trop sensible que je ne peux leur confier. Alors, j'ai pensé à toi.

— Tu ne fais pas confiance à tes propres hommes ?

Ce n'était pas qu'il ne faisait pas confiance à Damian et Benjamin, car il avait confiance en eux, mais ceci devait être traité par quelqu'un d'autre. Quelqu'un qui avait davantage d'expérience.

— Tu es la personne la plus appropriée pour cela, ajouta-t-il.

— Dis toujours.

— J'ai besoin que tu fasses une vérification approfondie des antécédents de la mère de la dernière fille qui a disparu. Son nom est Savannah Rice.

Il fourra une main en poche et en sortit une enveloppe.

— J'ai besoin de savoir s'il y a quelque chose qui cloche chez elle.

— Tu l'as rencontrée.

John hocha la tête.

— Alors, pourquoi ne pas te renseigner sur elle toi-même ?

Il hésita. Il y avait nombre de raisons pour lesquelles il ne pouvait le faire. Et le fait qu'il eût embrassé Savannah et en eût encore désiré davantage y était certainement pour quelque chose.

— Disons juste que je suis trop proche pour voir quelque chose. J'ai besoin de quelqu'un qui puisse la regarder sans le moindre préjugé.

Sans la convoiter. Parce que s'il venait à enquêter sur Savannah, il était susceptible de négliger quelque chose, car il était déjà acquis à sa cause. Mais Scanguards ne fonctionnait pas de cette façon. Ils se renseignaient toujours sur leurs clients.

Deirdre tendit la main vers l'enveloppe.

— Trop proche, hein ?

Elle lui adressa un regard évaluateur.

— Tu y trouveras une carte d'accès temporaire à Scanguards, dit John en désignant l'enveloppe. De même que mes données de connexion aux différents systèmes dont tu auras besoin au bureau.

— Accès temporaire ?

John se mut sur sa chaise. C'était tout ce qu'il avait été en mesure de dénicher dans le dos de la haute direction. C'était tout ce que les membres humains du personnel travaillant la journée avaient été autorisés à délivrer sans l'approbation des deux co-chefs du service informatique et de la sécurité intérieure, Thomas et Eddie. Un accès permanent à Scanguards devait être examiné de près.

— Si tu es à la hauteur sur ce cas, je serai en mesure de t'obtenir un poste permanent.

Quel mensonge ! Il n'avait pas encore parlé à Samson ou Gabriel de la requête de Deirdre.

Lentement, elle hocha la tête et ouvrit l'enveloppe, en sortit le passe d'accès, une feuille avec les noms d'utilisateur et mots de passe de John, et une autre contenant les faits pertinents sur l'affaire et la personne sur qui elle devait investiguer. Il avait brièvement analysé ses actes en préparant la documentation, se demandant s'il pouvait faire confiance à Deirdre étant donné toutes les informations sensibles auxquelles elle aurait accès. Mais son instinct lui avait assuré qu'il saurait si elle venait à trahir sa confiance. En tant que créateur et protégée, ils étaient liés. Même si, dans leur cas, ce lien était précaire.

L'enveloppe contenait également une photo de Savannah qu'il avait décollée de son permis de conduire. Deirdre la regarda pendant un long moment, et John ne put s'empêcher de la regarder également.

— Belle, dit Deirdre.

Elle leva soudain les yeux vers lui, et il ne fut pas assez rapide pour décoller le regard de la photo. Une étincelle apparut dans les yeux de sa protégée, et il réalisa qu'elle était, en effet, une femme perspicace. Un sourire espiègle apparut sur les lèvres de Deirdre.

— Dis-moi ce que tu veux savoir.

— Tout. Ses connaissances, ses habitudes, ses finances, tout ce sur quoi tu peux mettre la main. Utilise mon bureau à Scanguards. Tu y trouveras tout ce dont tu as besoin.

— Il te le faut pour quand ?

— Hier.

Elle roula des yeux.

— Bien sûr. Ai-je besoin de la clé de ton bureau ?

— Non. La carte d'accès te laissera entrer. Mais assure-toi d'être partie avant le lever du jour.

Elle haussa un sourcil inquisiteur, mais ne s'adonna à aucun commentaire. Il apprécia cela. Elle était discrète.

— Je vais prendre quelques heures de sommeil à la maison, poursuivit-il. Appelle-moi sur mon portable dès la seconde où tu trouves quelque chose qui te semble étrange.

— Même si ça signifie que je doive te réveiller ?

Contre toute attente, elle afficha un sourire narquois.

— Tu vas travailler extra-rapidement, n'est-ce pas ?Juste pour *pouvoir* me réveiller. Pas vrai ?

— Tu vois, je suis très bonne dans ce genre de boulot.

Elle tapota l'enveloppe.

— Mais tu sais également que tu devras me mettre sur le coup jusqu'au bout, pas vrai ? poursuivit-elle.

— Jusqu'au bout ?

— Quand tu trouveras les mauvais et que tu seras prêt à les démolir. Je veux être là. Je veux aider à détruire ces enfoirés qui s'adonnent à un trafic d'enfants.

John se leva.

— Ne t'inquiète pas. Quand on en sera là, et j'espère que c'est pour bientôt, je m'assurerai que tu sois présente et armée jusqu'aux dents.

Deirdre se leva et resserra la ceinture de son peignoir.

— Je suis contente que nous nous comprenions. Maintenant, sors d'ici pour que je puisse m'habiller.

Il hocha la tête à son intention et partit.

Il savait qu'il pouvait faire confiance à Deirdre. Elle était une guerrière bien entraînée, une femme qui avait combattu pour son espèce pendant des siècles. Elle était loin d'être novice en matière d'enquêtes mais, avant tout, elle avait de l'expérience dans l'analyse des gens. Elle avait siégé à un conseil pendant de nombreuses décennies, prenant des décisions relatives à la vie et à la mort et, bien qu'une de ses décisions l'eût, en fin de compte, menée à l'exil, John ne lui tiendrait pas rigueur de cette décision.

Tout comme il espérait que Savannah ne lui tînt pas rigueur d'avoir enquêté sur elle. C'était uniquement pour le bien de Buffy. Savannah n'était pas du tout en mesure de lui raconter tout ce qui, dans sa vie, pourrait avoir un lien avec les ravisseurs. Ce n'était pas sa faute. Elle n'était pas entraînée à voir les connexions comme lui. Certaines choses lui sembleraient trop insignifiantes pour les lui mentionner. Mais Deirdre et lui verraient ces minuscules indices pouvant les mener à Buffy et aux personnes qui se trouvaient derrière la disparition de toutes ces filles.

13

Après avoir pris sa douche, Savannah se sécha et enfila son peignoir. L'eau chaude l'avait quelque peu apaisée sans toutefois la libérer de ses inquiétudes ou de sa peur. Après l'appel téléphonique matinal de John, elle s'était installée devant son ordinateur et avait regardé les photos de Buffy afin de se rappeler les endroits qu'elles avaient toutes deux visités à San Francisco. Ayant oublié certains de ces lieux, elle en avait rédigé une liste. Après le petit déjeuner, lequel consistait en une biscotte et un café, son appétit n'étant toujours pas retrouvé, elle avait sauté dans la douche.

Tandis qu'elle tendait à présent la main vers le sèche-cheveux, la sonnette de la porte l'interrompit. Ce bruit renvoya ses battements de cœur dans la stratosphère. Elle n'avait jamais été aussi nerveuse depuis la disparition de Buffy.

Elle enroula rapidement une serviette autour de ses cheveux mouillés et se précipita vers la porte. Elle dévala les escaliers et, à travers le judas, aperçut l'homme qui se trouvait à l'extérieur. Elle ne le connaissait pas, mais remarqua la sacoche qu'il portait en travers. Il s'agissait d'un de ces nombreux coursiers à vélo que les entreprises employaient afin de transmettre d'importants documents dans toute la ville. Alexi lui avait-il envoyé quelque chose du bureau ?Une chose qu'elle avait oublié de signer ?

Elle ouvrit brusquement la porte.

— Mademoiselle Rice?

Elle hocha la tête.

— C'est moi.

Il lui tendit une enveloppe.

— Il n'y a rien à signer. Bonne journée.

Il tourna sur les talons et se précipita dans les escaliers de l'entrée jusqu'à l'endroit où il avait posé sa bicyclette contre le mur du building.

Savannah referma la porte et remonta à son appartement tout en fixant l'enveloppe du regard. Ses nom et adresse étaient soigneusement tapés à la machine sur le devant de la lettre, confirmant qu'elle ne venait pas d'Alexi : il n'y avait aucune machine à écrire au bureau, et les traces présentes à l'intérieur des occurrences de la lettre 'a' dans 'Savannah' n'auraient pu être faites par une imprimante.

Son cœur se mit à battre plus vite. Il n'y avait rien d'autre sur l'enveloppe, aucune indication de l'identité de la personne ayant pu l'envoyer. Mais, d'instinct, elle sut qui en était l'expéditeur. Elle le sentait dans le battement de son pouls, de son cœur dans sa poitrine. Les doigts tremblants, elle déchira l'enveloppe et mit la main à l'intérieur.

Il n'y avait que deux choses : une feuille en papier pliée et une plus petite pièce pourvue d'une surface brillante d'un seul côté. Elle la retourna et se figea. Sa main se plaqua sur sa bouche afin d'étouffer un cri.

— Buffy ! s'étouffa-t-elle.

La photo représentait sa petite fille, les yeux écarquillés et effrayés, assise sur un matelas et tenant un journal dans les mains. Savannah se focalisa dessus. C'était le San Francisco Chronicle. Il s'agissait d'une preuve de vie. C'était ainsi que la police appelait ce genre de photos. Cette pensée la glaça dans tout son corps. Avant même de déplier la feuille, elle sut ce que c'était : une demande de rançon.

Deux émotions se heurtèrent en elle : le soulagement que les kidnappeurs l'eussent enfin contactée, et la douleur pour ce qu'elle voyait dans les yeux de sa fille : le regard de peur et de désespoir. Buffy ne pensait pas que sa mère pourrait la retrouver.

— Oh, chérie, s'il te plait, tiens bon pour moi. J'arrive. Maman va te ramener à la maison.

À travers les larmes qui commençaient à couler le long de ses joues, elle lut la lettre. Elle était dactylographiée.

Si vous voulez retrouver votre fille, amenez deux cent cinquante mille dollars en espèces à l'entrée du club du Trocadéro à Stern Grove, à 19h30 ce soir. Après avoir retiré l'argent à votre banque, ne rentrez pas. Laissez votre portable chez vous. Venez seule. Ne prenez ni taxi ni Uber ou Lyft, ni votre voiture personnelle. Prenez les transports publics jusqu'à la 19è Avenue, et puis marchez. Ne dites rien à personne. Si vous impliquez la police, je le saurai, et Buffy mourra.

J'espère que vous comprenez ces instructions et que vous les exécuterez à la lettre.

P.S : Pas la peine de contacter le coursier à bicyclette. La livraison de cette lettre est à charge d'un compte qui mène à une impasse. Vous ne trouverez pas non plus d'empreinte, excepté celles du coursier. N'essayez donc pas de jouer à la plus maligne, Savannah.

Et avant que je n'oublie : ne contactez pas le détective privé à la Mercedes de luxe que vous avez engagé ou je m'assurerai qu'il meure également. Et cela, vous ne le voulez pas, n'est-ce pas ?

Elle tremblait, à présent. Le ravisseur l'observait. Il était au courant de l'existence de John. Il connaissait sa vie. Elle se précipita à la fenêtre du salon et regarda à l'extérieur. Se trouvait-il dehors, à cet instant précis, en train de l'observer, s'assurant qu'elle se soumît à ses exigences ?La manière dont il s'était adressé à elle en l'appelant par son prénom, comme s'il la connaissait, comme s'il avait le droit de l'appeler par son prénom, la fit à nouveau frissonner sur toute la longueur de sa colonne vertébrale.

Espèce de malade !

Mais il était inutile d'être bouleversée en cet instant précis. Elle devait demeurer calme et décider des prochaines étapes à suivre. N'avait-elle pas espéré ceci ?Espéré recevoir une demande de rançon afin de pouvoir la payer et récupérer sa fille ?Et elle était là, maintenant, dans ses mains tremblantes.

John avait eu tort lorsqu'il avait pensé que la disparition de Buffy était liée à celle des autres filles. Les autres parents n'avaient reçu aucune demande de rançon ou ne l'avaient, du moins, pas rapporté à la police. Mais, elle, oui. Et autant elle voulait que John fût à ses côtés pour l'aider à surmonter ce dernier obstacle, autant elle ne pouvait prendre le risque de le contacter. Qu'en serait-il si le ravisseur venait à l'apprendre ?Non seulement elle mettrait Buffy en danger, mais John également.

Peut-être y avait-il un moyen de contacter John sans que le ravisseur ne fût au courant ?Elle jeta un œil à son portable qui se trouvait sur la table basse. Non, une conversation téléphonique avec un portable faisait toujours courir le risque d'être entendue. Peut-être la ligne fixe, alors ?Elle en détenait toujours une pour les cas d'urgence. Mais qu'en serait-il si quelqu'un l'avait branchée sur table d'écoute ?Était-ce ainsi que le ravisseur avait découvert qu'elle avait engagé John en tant que détective privé ?Car simplement l'apercevoir entrer à son appartement n'aurait pas révélé la raison de sa visite. Ou alors la plaque minéralogique de John conduisait-elle à Scanguards, ce qui avait amené le kidnappeur à faire le rapprochement ?

Elle laissa échapper un souffle de frustration. Comment pouvait-elle savoir si un mode de communication était sûr, alors qu'elle ne savait pas comment le ravisseur avait découvert qu'elle avait engagé un détective privé ?Qui le savait ?Elle ne l'avait dit à personne. À vrai dire, elle avait à peine parlé à quiconque après avoir engagé John.

Soudain, cela devint clair : Alexi. Elle l'avait dit à Alexi. Et s'il était impliqué ?Il avait les compétences techniques pour procéder à une surveillance approfondie de sa maison et de son bureau, de son portable, de sa ligne fixe et même de ses emails. Merde ! Et il connaissait ses faits et gestes, savait quand elle déposait Buffy à l'école, connaissait sa routine. Tout comme il savait qu'elle possédait suffisamment d'argent pour payer une rançon. Et s'il avait eu accès à ses relevés de comptes, sachant qu'elle pouvait accéder à plusieurs centaines de milliers de dollars au pied levé ?Et qu'il avait, ensuite, élaboré son plan en conséquence ?

Elle jura à voix basse.

Mais il n'y avait rien qu'elle pût faire. Elle ne pouvait parler de ses doutes à John car, si Alexi enregistrait ses communications, il le découvrirait. Et s'il avait demandé à quelqu'un de la surveiller, il serait au courant si elle venait à se rendre dans une cabine téléphonique ou un cybercafé afin de contacter John. Non, elle ne prendrait pas ce risque. Elle devait agir seule. Elle devait récupérer son bébé.

Savannah laissa tomber la lettre et la photo de Buffy sur la table basse et retourna dans la salle de bain afin de se sécher les cheveux. Elle devrait paraître parfaitement normale lorsqu'elle se rendrait à la banque afin que personne n'eût le moindre soupçon qu'elle pût être sous la contrainte lorsqu'elle retirerait l'argent de la rançon. Elle savait que le personnel de la banque était entraîné à observer minutieusement tout ce qui lui paraissait étrange. Et s'il pensait qu'elle avait besoin d'aide, il contacterait la police dès qu'elle aurait quitté l'établissement.

Savannah veilla tout particulièrement à sa tenue, comme si elle se rendait à une réunion d'affaires. Elle était contente que l'uniformité de sa peau mate cachât le fait qu'elle n'avait pas beaucoup dormi et avait pleuré. Tout ce dont elle avait besoin, c'était un peu d'anti-cernes, et personne ne saurait qu'elle avait vécu l'enfer ces derniers jours. Lorsqu'elle fut prête, elle s'assit à la table de la cuisine et prit une profonde inspiration. Elle disposait de beaucoup de temps afin de retirer l'argent et se rendre au point d'échange, mais elle ne pouvait rester assise chez elle à attendre. Il valait mieux aller de bonne heure à la banque et s'assurer qu'il n'y eût aucun contretemps pour obtenir autant d'argent liquide et, ensuite, attendre quelque part, à un ou deux kilomètres du point de rencontre, jusqu'à ce qu'il fût temps d'y aller. À pieds.

Elle comprenait la raison pour laquelle il ne voulait pas qu'elle se déplaçât en taxi ou au moyen de tout autre service de transport privé : quelqu'un pourrait la tracer. Peut-être que cela signifiait que le ravisseur suspectait John de vouloir essayer de la retrouver s'il ne pouvait la joindre durant la journée. Si elle marchait ou prenait un transport public, John n'aurait aucun moyen de la tracer ou de lui venir en aide en s'attaquant au ravisseur dès qu'elle aurait récupéré Buffy. Le kidnappeur— et à ce stade, elle devait supposer que ce fût Alexi—avait pensé à tout. Peut-être était-ce la raison pour laquelle il lui avait fallu autant de temps pour envoyer la demande de rançon : il avait dû tout organiser pour que l'échange se fît sans problème.

Il était midi lorsqu'elle se rendit à la banque. Ils la connaissaient bien ; après tout, elle figurait parmi leurs clients les plus aisés et était en affaire avec eux depuis de nombreuses années. Lorsqu'elle demanda à parler à la manager, elle fut immédiatement conduite à son bureau.

— Mademoiselle Rice, quelle belle surprise. Aurais-je oublié un rendez-vous dont nous étions convenues ?demanda-t-elle en lui tendant la main.

— Madame Barnstable, si contente de vous voir.

Savannah força un sourire.

— J'aurais vraiment dû prendre rendez-vous, poursuivit-elle, mais tout a tellement été plus rapide que prévu dans cette affaire sur laquelle je travaille.

Madame Barnstable pointa la chaise face à son bureau du doigt et, bien que Savannah sût qu'elle ne resterait pas longtemps, elle s'assit et croisa les mains sur les genoux.

— Eh bien, comment puis-je vous aider ?demanda vivement la directrice.

— Comme vous le savez, un de mes comptes est créditeur d'une somme assez substantielle et j'ai, de surcroît, l'opportunité d'investir dans une propriété à logements multiples à Cole Valley qui est, comme vous le savez, une région tellement prisée.

Madame Barnstable appuya une main contre sa poitrine.

— J'adore cette région ! Eh bien, si vous avez besoin d'un prêt pour vos investissements, je pourrai vous l'accorder avant ce soir. Aucun problème.

Savannah afficha un autre faux sourire sur son visage, alors qu'à l'intérieur d'elle-même, elle voulait crier.

— Magnifique, magnifique ! Cela peut attendre une semaine mais, ce dont j'ai besoin aujourd'hui, cet après-midi, en fait, c'est du liquide pour le paiement de l'acompte.

— Vous voulez dire un chèque bancaire ?

— Non, de l'argent liquide. Deux cent cinquante mille dollars.

— C'est inhabituel.

— N'est-ce pas ?répondit Savannah en se penchant en avant. Mais je suis en compétition avec un acheteur asiatique qui arrive avec une valise remplie d'argent liquide et, si je ne peux en faire de même et verser l'argent cet après-midi, je n'obtiendrai pas la propriété.

Elle secoua la tête.

— Je sais que ce que font ces acheteurs est fou, poursuivit-elle, mais je ne peux laisser cette propriété me glisser entre les mains. Vous comprenez, n'est-ce pas ?

Madame Barnstable sourit.

— Bien sûr. Ce n'est pas du tout un problème, Mademoiselle Rice. Nous sommes toujours heureux de pouvoir vous satisfaire.

Elle se mit ensuite à rire.

— Et, de toute façon, c'est votre argent, enchérit-elle.

Elle se tourna vers son ordinateur et tapa quelque chose sur son clavier.

— Laissez-moi juste me connecter et autoriser le retrait, dit-elle encore. Et ensuite, je demanderai à un de mes caissiers de préparer les coupures.

— Excellent.

Savannah soupira de soulagement. L'argent se trouvait presque entre ses mains, et la directrice ne soupçonnait rien du tout.

— Quelqu'un de chez nous peut se rendre avec vous jusqu'à votre place de stationnement, proposa la directrice.

— Un service automobile m'attend à l'extérieur, donc, c'est inutile, merci, mentit Savannah. Et j'ai apporté ma serviette.

Elle désigna la serviette en cuir qu'elle avait déposée à côté de ses pieds en s'asseyant.

— Parfait.

Madame Barnstable souleva le cornet de son téléphone et composa un numéro.

— Heather, dit-elle un instant plus tard, je viens juste d'autoriser un important retrait pour Mademoiselle Rice. Veux-tu bien t'en occuper, s'il te plaît, et amener le liquide dans mon bureau lorsqu'il sera compté ?

Il y eut une courte pause.

— Merci, Heather, ajouta-t-elle.

Elle reposa le cornet du téléphone.

— Cela va prendre environ quinze minutes, poursuivit-elle. Aimeriez-vous un café ou un peu d'eau en attendant ?

Bien qu'elle n'eût pas soif, Savannah se força à accepter une bouteille d'eau et sirota la boisson fraîche, tandis que la sueur lui coulait le long du dos et entre les seins. Elle fut heureuse que son tailleur dissimulât cette réaction corporelle.

Demeurer assise dans le bureau de la directrice, à attendre l'argent, lui parut être les quinze plus longues minutes de sa vie. Lorsqu'un cognement à la porte se fit entendre, elle bondit presque de sa chaise et dut empoigner les accoudoirs afin de se forcer à demeurer assise.

Dans quelques instants, elle détiendrait l'argent de la rançon. Et dans quelques heures, elle aurait récupéré sa fille.

14

John se réveilla en milieu d'après-midi, trop tôt pour quitter la maison... et avec une érection de la taille de la Californie. Pas étonnant : il avait rêvé de Savannah, de la manière dont sa peau mate scintillerait de transpiration lorsqu'il lui ferait l'amour jusqu'à ce qu'elle en fût épuisée. Persévérer dans ce genre de pensées en étant éveillé n'aiderait pas à réduire son érection.

En un juron, il bondit du lit et se dirigea vers la salle de bain. La maison qu'il avait récemment achetée après avoir rejoint Scanguards se situait à Noe Valley, un quartier familial du centre de San Francisco idéalement proche des quartiers généraux de la compagnie. Elle n'était pas grande : trois chambres, deux salles de bain, une petite cuisine avec coin à manger et un living d'une taille convenable.

Il l'avait choisie, car elle était entourée d'un luxuriant jardin garni d'arbres et de buissons d'âge mûr, ce qui prodiguait de l'ombre et une certaine intimité. De surcroît, le garage situé sous le bel-étage était pourvu d'escaliers menant directement à l'habitation, caractéristique essentielle pour tout vampire désireux d'aller et venir durant la journée.

À la réflexion, il aurait dû choisir un quartier différent, un de ceux dans lequel il n'aurait pas entendu les nombreux enfants jouer dehors pendant l'après-midi, dès leur retour de l'école. C'était leurs voix et leurs rires qui le réveillaient habituellement tôt, lui rappelant ce qu'il aurait pu avoir, une famille à lui.

Aujourd'hui, son ouïe ne percevait aucune voix d'enfant. Ce n'était pas cela qui l'avait réveillé. Il savait que le rêve saisissant qu'il avait fait de Savannah en était, cette fois, la raison. Peut-être qu'une douche froide lui ferait récupérer tous ses sens.

Nu, John fit un pas dans la douche et fit couler l'eau. Il se tourna vers le pommeau et laissa l'eau froide le heurter. Mais il avait beau la diriger en quantité vers son membre, cette satanée chose ne voulait pas dégonfler.

— Putain, jura-t-il en tapant le poing contre le mur, fêlant dès lors un carreau du carrelage datant des années cinquante. Bon, de toute façon, il devait remettre la salle de bain au goût du jour. Ce n'était pas grave. Mais libérer ses frustrations sur le carrelage de la salle de bain ne l'aiderait pas à se sortir de la situation embarrassante dans laquelle il se trouvait en ce moment. Une seule chose pourrait l'aider : prendre le problème en main.

Il succomba alors à son besoin primaire et saisit son sexe de la main droite. S'arc-boutant contre le mur de la douche, il commença à se caresser, pompant ardemment et rapidement son érection. Il laissa échapper quelques souffles d'air. Il s'était privé trop longtemps des plaisirs de la chair. Telle était la raison pour laquelle il était sur le fil du rasoir. La raison pour laquelle il devait s'adonner à ceci, maintenant, avant de revoir Savannah, avant qu'il ne posât les mains sur elle et la plaquât sur une surface plane afin de la prendre, enfoncer son sexe dans la douceur de son intimité et lui faire comprendre ce qu'il était : un animal, une bête, un vampire.

Oui, il voulait qu'elle le sût, voulait voir l'expression dans son regard lorsqu'elle apercevrait ses canines et la lueur rouge dans ses yeux qui n'apparaissait que lorsque le vampire qui était en lui prenait le contrôle.

Tout comme en ce moment, alors que ses canines descendaient, tandis qu'il laissait courir la main de haut en bas sur son sexe, appuyant et relâchant, à présent un peu plus doucement, comme le ferait une femme. Comme le ferait Savannah, le pompant de ses douces mains avant de tomber à genoux et passer sa langue humide sur le bout enflé de son sexe afin de le faire gémir de plaisir.

Ses lèvres succulentes enroulées autour de son membre, le baignant dans une chaude humidité. Une main entoura ses testicules, des testicules à présent tendus et brûlant du besoin de libérer leur semence. Un ongle égratigna doucement la bourse bien tendue, tandis que sa bouche le prenait en profondeur, l'engloutissant au paradis. Elle le suça tout d'abord presque malicieusement mais, lorsqu'il poussa plus ardemment à l'intérieur de sa bouche, elle capta le message et le suça avec davantage de détermination, plus fort et plus rapidement. Le contraste de sa peau mate contre son teint blanc était pure perfection. Un yin et un yang parfait, l'obscurité et la lumière se complétant, faits l'un pour l'autre. Reliés l'un à l'autre, interdépendants, indivisibles. Une dualité, une unité que la nature avait créée. Que l'homme ne pourrait jamais détruire.

Il sentit la pression monter dans ses testicules, la main posée sur son sexe serrant plus fort, se déplaçant plus rapidement, tandis que celle qui enveloppait ses testicules lui envoyait un picotement à travers tout le corps. Il avait à présent le pouls galopant, son cœur battant plus vite que jamais. Il sentit l'approche de son orgasme, savait qu'il était temps de lâcher prise, de libérer ce fantasme qui l'avait amené à ce stade. Il se concentra sur une image de plus, celle de Savannah levant les yeux pour le dévisager, toujours agenouillée, un regard d'amour et de désir dans les yeux.

Il jouit immédiatement. Son sperme jaillit du bout de son sexe et aboutit contre le mur en carrelage avant de s'écouler en stries chaudes et épaisses. Il libéra un soupir de soulagement. Peut-être qu'à présent, il serait à même de passer la prochaine nuit et se concentrer sur ce qu'il avait à faire.

Il se doucha rapidement, se sécha et s'habilla. Un coup d'œil à l'horloge lui indiqua que le soleil ne s'était pas encore couché. Mais cela n'avait pas d'importance. Il se rendrait de toute façon à son bureau. Deirdre y serait toujours, et il pourrait examiner les choses qu'elle avait dégotées. Le fait qu'elle ne l'eût pas encore appelé signifiait probablement qu'elle n'avait encore rien trouvé de significatif jusqu'ici. Ce qui était bon et mauvais. Bon, parce que cela voulait dire qu'il n'y avait rien dans la vie de Savannah qui ne valût de hisser le drapeau rouge et, mauvais, parce que cela signifiait qu'il n'y avait aucune piste à suivre.

Il ne lui fallut que vingt minutes pour arriver au quartier général de Scanguards dans le quartier de la Mission, et trois de plus pour atteindre son bureau. Il y entra sans frapper.

Deirdre poussa un cri perçant et se leva rapidement. Lorsque son regard se posa sur lui, elle le sermonna.

— Bon sang, tu m'as fait sursauter. Ne pouvais-tu pas me dire que tu venais !

John referma la porte derrière lui.

— Je ne voulais pas t'effrayer.

Il n'alla pas jusqu'à s'excuser. Après tout, c'était son bureau, pas le sien. À vrai dire, elle n'avait pas de bureau. Elle n'était même pas réellement autorisée à se trouver là.

Deirdre se rassit.

— De toute façon, j'allais t'appeler dans une minute.

De curiosité, il se rapprocha du bureau et jeta un œil à l'écran de l'ordinateur.

— Tu as trouvé quelque chose ?

— Je pense.

Son cœur se mit à marteler sa poitrine. La façon dont Deirdre le regardait le rendait mal à l'aise. Comme si elle avait trouvé quelque chose d'incriminant dans les antécédents de Savannah.

— Vas-y, Deirdre, ne me fais pas te tirer les vers du nez.

— Rappelle-moi de ne pas te choisir comme patron, siffla-t-elle.

Il plissa les yeux.

— Que tu l'aimes ou pas, je *suis* ton patron. Pour l'instant.

— Eh bien, puisque tu le demandes si gentiment…

— Personne ne t'a jamais dit que tu as de mauvaises attitudes ?

— Personne ne t'a jamais dit que *tu* es impatient ?rétorqua-t-elle, avant de sourire d'un air suffisant, de manière inattendue. Bien que je ne puisse t'en blâmer.

Elle désigna l'ordinateur et poursuivit.

— Je ne pense pas que tu aies du temps à perdre. Savannah Rice a retiré une importante somme d'argent liquide à sa banque, il y a quelques heures. La mise à jour vient seulement d'avoir lieu il y a quelques minutes, c'est pour cela que je ne l'ai pas vu plus tôt. J'étais sur le point de me déconnecter mais, quand j'ai vu la somme d'argent qu'elle avait retirée, j'ai voulu garder un œil là-dessus.

John regarda fixement Deirdre.

— Combien ?

— Deux cent cinquante mille dollars.

— Comptant ?

— Oui, espèces sonnantes.

— Putain ! jura-t-il. Il n'y a qu'une seule raison pour laquelle elle ferait ça.

— C'est pour cette raison que j'étais sur le point de t'appeler. Elle doit avoir reçu une demande de rançon. Et, maintenant, elle va payer les ravisseurs.

John sortit son portable de sa poche et le regarda.

— Aucun appel manqué, aucun texto.

Pourquoi Savannah ne l'avait-elle pas appelé ?Il retrouva son numéro et appuya sur le bouton d'*appel*. La sonnerie retentit une fois, deux fois, trois fois, puis une quatrième fois avant d'aboutir sur la boîte vocale.

— *Ici Savannah Rice. Je suis désolée de ne pouvoir répondre au téléphone dans l'immédiat. S'il vous plaît, laissez un message et je vous rappellerai dès que je le pourrai.*

Bip.

— Savannah, où êtes-vous ?Il faut que je vous parle. Je suis au courant pour l'argent. S'il vous plaît, appelez-moi !

Il mit fin à l'appel, puis lui envoya un texto contenant la même requête.

— Quelque chose cloche, dit Deirdre.

Cela, John le savait déjà.

— Beaucoup de choses clochent. Elle n'aurait pas dû recevoir de demande de rançon. Aucun des autres parents n'en a reçue.

— Alors, peut-être que son cas n'a aucun lien avec les autres ?

John secoua la tête.

— Non, ils sont liés. D'une manière ou d'une autre. C'est juste que je n'ai pas encore découvert de quelle manière.

Mais il n'avait pas le temps d'en discuter pour le moment.

— Je dois retrouver Savannah. Maintenant, ajouta-t-il.

— Son portable est allumé. Je vais voir si je peux avoir accès à son GPS, proposa Deirdre.

— Bien, accepta-t-il, se dirigeant déjà vers la porte. J'essaie à son appartement. Appelle-moi dès que tu auras une localisation à me donner.

Il n'attendit même pas la réponse de Deirdre, sortit plutôt précipitamment du bureau et dévala le couloir. Penser que Savannah rencontrait, seule, les ravisseurs, lui envoya un frisson tout le long de sa colonne vertébrale. Et si quelque chose se passait mal ?

Arrivé à sa voiture, John bondit à l'intérieur et sortit en toute hâte du parking. C'était à présent la pleine heure de pointe. En temps normal, La Mission était un quartier encombré ; durant l'heure de pointe, c'était mortel.

— Allez, espèces d'idiots, hurla John aux autres conducteurs. Mais cela n'aida en rien. Cela ne servit qu'à l'agacer davantage.

De plus, que ferait-il lorsqu'il arriverait à l'appartement de Savannah ?Le soleil ne s'était toujours pas couché. John détestait que ce fût l'été, que les jours fussent plus longs, lui laissant moins de temps pour se déplacer à l'air libre. Il faudrait encore patienter une heure avant le coucher du soleil et pouvoir ainsi quitter, en toute sécurité, le cocon protecteur que représentait sa voiture spécialement transformée.

Mais il ne pouvait penser si loin dans l'immédiat. Il devait, tout d'abord, se rendre à l'endroit où se trouvait Savannah ou à celui où Deirdre avait localisé son portable, quel qu'il fût. Impatiemment, il activa la communication « mains libres » de sa voiture et appuya sur le numéro de Deirdre.

Elle répondit immédiatement.

— Oui ?

— Tu as la localisation ?

— J'y travaille, dit-elle, laconiquement. M'interrompre ne me fera pas aller plus vite.

Un clic sur la ligne. Deirdre lui avait raccroché au nez.

— Putain !

Mais il n'était même pas fâché contre elle, mais bien contre les circonstances dans lesquelles il se retrouvait : coincé dans le trafic , incapable de parvenir jusqu'à Savannah plus rapidement qu'un escargot traversant un carré de pelouse.

Il tenta à nouveau de joindre Savannah mais, après quelques sonneries, tomba encore sur la boîte vocale. Cette fois, il ne laissa aucun message.

Il n'était pas certain de ce qui le tracassait davantage : que Savannah rencontrât les ravisseurs seule ou qu'il ne l'eût pas vu venir. Cela le fit se sentir inutile, et il détestait ce sentiment.

Conscient qu'il lui faudrait encore au moins quinze minutes avant d'arriver à l'appartement de Savannah, il composa le numéro de Damian. La sonnerie retentit deux fois avant que le jeune homme ne décrochât.

— Où es-tu ?demanda-t-il.

— J'arrive juste à Glen Park. Pourquoi ?

— Merde !

Damian se trouvait encore plus loin du quartier dans lequel vivait Savannah que lui.

— Tu as toujours un œil sur Alexi ?poursuivit-t-il.

— Ouais, il vient juste de s'arrêter dans une quincaillerie. Le voilà qui ressort. Pourquoi ?

— Reste sur lui. J'ai des raisons de croire que Savannah vient juste de recevoir une demande de rançon.

— Hein ?Je pensais que tu avais dit qu'on était sur une affaire relative à un réseau de trafic d'enfants. Es-tu es en train de changer les règles en cours de route ?

— Tout ceci est réel, Damian ! Une vraie affaire. Tu piges ?

John claqua sa main droite contre le volant et klaxonna à l'intention d'un stupide conducteur devant lui.

— Ne perds pas Alexi, ajouta-t-il. S'il est derrière l'enlèvement, il va se préparer pour l'échange contre l'argent.

— Euh, oh, lâcha Damian.

— Quoi ?

— Il a acheté de la corde et du ruban adhésif à la quincaillerie.

— Oh, merde ! suis-le, où qu'il aille. Demande à Benjamin de t'aider.

— Pas de problème.

John mit fin à l'appel, aperçut une ouverture devant lui et dépassa le conducteur indécis qui lui bloquait le passage. Il parvint à parcourir la distance d'un pâté de maisons avant de devoir éviter un autre obstacle. Au feu suivant, il tourna à gauche avant que les véhicules arrivant en sens inverse ne pussent franchir le carrefour et, finalement, sous les klaxons de colère des autres conducteurs, il parvint à échapper aux principales files de l'embouteillage.

Il fit usage de sa connaissance des raccourcis de la ville afin d'éviter davantage de bouchons et finit par atteindre Pacific Heights.

Encore quelques blocs, et il bifurqua dans la rue dans laquelle se trouvait l'appartement de Savannah. De l'extérieur, tout semblait calme. Il ne vit aucune lumière dans les pièces du devant mais, à vrai dire, il était trop tôt pour avoir besoin de lumière à l'intérieur : le soleil était toujours levé, bien qu'il y eût davantage de brouillard à cet endroit que dans la Mission ou son propre quartier. Il en fut bien aise, car le brouillard l'aiderait au moins à se protéger un peu.

John avança aussi près que possible des marches de l'entrée du duplex de Savannah et arrêta la voiture. Il sortit un petit étui en cuir de la boîte à gants et le fourra dans sa poche intérieure. Il regarda ensuite derrière son siège et, à son soulagement, se trouvait encore là une vieille couverture qu'il avait déposée quelques nuits auparavant, dans le but de la donner au prochain sans-abri qu'il rencontrerait. Il s'en saisit et l'enveloppa autour de son torse, couvrant sa tête et ses épaules tout en la tenant serrée sous son menton.

— Allons-y, murmura-t-il en ouvrant la portière.

Il bondit de la voiture aussi rapidement que possible, claqua la portière et se précipita vers les escaliers. Il put déjà sentir les rayons UV chauffer son corps, bien que ce ne fût pas comme s'il était directement exposé durant un jour ensoleillé. Il atteignit les marches de l'entrée et les gravit à toute vitesse jusqu'au deux portes. Il avait à présent un plafond au-dessus de lui, mais n'était pas encore sorti de l'auberge, car la lumière du soleil pouvait toujours l'atteindre, par l'arrière, côté rue.

John sonna, mais n'attendit pas de réponse. Il sortit plutôt l'étui en cuir de sa poche, en extirpa un crocheteur et se mit au boulot. Il se voûta par-dessus la serrure, s'assurant que sa tête et ses épaules fussent cachées par la couverture et que sa large carrure protégeât ses mains du soleil. Il put, cependant, sentir la chaleur sur l'arrière de ses mollets, lesquels n'étaient recouverts que du fin tissu de son pantalon cargo. Son vêtement ne lui prodiguait pas grande protection, et John savait qu'il y aurait des brûlures à cet endroit. Mais il s'en moquait. Il guérirait. Il avait connu de pires brûlures par le passé et avait survécu.

Un clic se fit enfin entendre dans la serrure. John poussa la porte, se précipita à l'intérieur et la reclaqua derrière lui. Soupirant de soulagement, il fit une pause pendant une brève seconde, laissant l'obscurité de la cage d'escalier l'apaiser.

Il écouta. Aucun bruit ne parvenait de l'appartement du dessus. Savannah aurait dû entendre le claquement de la porte. Et pourtant, il n'y avait aucune réaction. Cela ne faisait que confirmer ce qu'il suspectait déjà. Qu'il arrivait trop tard.

John gravit les marches et entra dans le couloir. Il portait toujours la couverture autour des épaules, la lumière pénétrant par les fenêtres de la cuisine et par l'avant de la maison, là où se trouvait le salon, pouvant toujours le brûler.

Sans appeler Savannah par son prénom, il se déplaça de pièce en pièce en commençant par la salle de bain, puis sa chambre au milieu de la maison— la pièce la plus sombre— et ensuite la chambre de Buffy et la cuisine. Rien. Elle n'était pas là. Il rebroussa chemin jusqu'à l'endroit où il était entré, puis continua vers le salon. Il y faisait plus clair. Une grande fenêtre en saillie laissait pénétrer les rayons UV. John se protégeait le visage du mieux qu'il le pouvait lorsque son portable se mit soudain à sonner. Il retourna dans le couloir et l'ombre que celui-ci prodiguait et répondit.

— Qu'as-tu pour moi ?

— Elle doit être chez elle, répondit Deirdre.

— Je suis dans son appartement. Elle n'y est pas.

— Son téléphone y est. Laisse-moi l'appeler.

Il y eut une courte pause. Ensuite, John entendit la sonnerie d'un téléphone portable provenant du salon.

— Je l'entends.

Il retourna dans le salon et aperçut le téléphone sur la table basse. À côté de celui-ci se trouvaient plusieurs objets : une enveloppe, une lettre et une photo. Il attrapa le tout et se dépêcha de regagner le couloir.

— J'te rappelle, dit-il à Deirdre avant de couper la communication.

Il reconnut immédiatement la personne sur la photo : Buffy. Il réalisa également ce que signifiait cette photo : une preuve de vie. Son regard se tourna brusquement vers la lettre. Mais avant de la lire, il l'approcha de son nez. Il perçut une odeur étrange. Quelque chose d'âcre. Un humain pouvait ne pas la sentir, mais son sens aigu de l'odorat la percevait. Étrange. Mais il n'avait pas le temps d'y réfléchir plus longuement. Il lut plutôt la lettre, le cœur battant la chamade.

Merde ! Pourquoi Savannah ne l'avait-elle pas appelé ?

Lorsqu'il eut terminé la lecture, il en comprit la raison. Le ravisseur avait fait croire à Savannah qu'il observait le moindre de ses mouvements et qu'il tuerait, non seulement Buffy, mais lui également si elle demandait de l'aide.

Il regarda sa montre.

— Oh mon Dieu !

Il ne faudrait pas moins d'un miracle pour arriver à temps à Stern Grove.

15

Après être descendue du bus deux pâtés de maisons plus tôt, Savannah arriva dans le quartier de Stern Grove par le côté nord-est. Sa serviette commençait à être lourde, et ses doigts de pieds lui faisaient mal dans ses hauts talons. Mais elle avait dû paraître professionnelle lors de sa visite à la banque et n'avait pas eu la moindre opportunité d'enfiler des habits plus décontractés. Elle aurait, a posteriori, dû se rendre au magasin de vêtements le plus proche et acheter un jeans et des chaussures confortables. Mais justement là était la question : a posteriori. Cela n'avait plus d'importance, maintenant. Elle était presque arrivée. Il n'y avait plus que trois blocs avant le Clubhouse du Trocadero. Elle n'y était jamais allée auparavant, bien qu'elle sût que le club se trouvait près du quartier dans lequel des concerts gratuits avaient été donnés durant des weekends d'été.

Le sentier sur lequel elle se trouvait menait à une zone boisée. L'ombre des grands arbres mêlée à la densité du brouillard rendait la zone encore plus sombre. Dès que le soleil se coucherait, ce qui arriverait bientôt, il ferait nuit noire à cet endroit. Involontairement, elle frissonna. La cause en était-elle le froid qui s'infiltrait dans ses vêtements ou la peur qui grandissait à présent en elle ?Elle n'en savait rien. Probablement les deux.

Elle avait toujours eu peur du noir et du silence. Et tout était silencieux, ici. Le bruit des voitures circulant sur la 19ᵉ Avenue bordant le parc du côté est et le boulevard Sloat du côté sud semblait étouffé. Elle n'entendait aucun animal, mais peut-être était-ce mieux ainsi. Après tout, même s'ils ne représentaient un danger que pour les chiens, les chats et les petits enfants, les coyotes erraient librement dans certains parcs de la ville. Ils demeuraient loin des plus grandes créatures. La nervosité rampait néanmoins le long de sa colonne vertébrale tel un serpent, la faisant frissonner.

Il lui fallut dix minutes supplémentaires pour atteindre le club. La vieille structure victorienne de couleur jaune ornée d'un porche sur tout le pourtour et d'une moulure blanche baignait dans l'obscurité. Aucune lumière n'éclairait l'intérieur ou les alentours. Il était fermé. Le ravisseur le savait probablement. Il ne voulait aucun témoin lors de l'échange.

Savannah regarda tout autour. Elle ne vit aucune voiture dans le parking. L'épais brouillard l'empêchait, cependant, de voir l'extrémité de celui-ci. Quelqu'un pouvait y être garé sans même qu'elle le sût. Elle regarda sa montre. Il était l'heure du rendez-vous moins deux minutes.

Au loin, elle entendit le moteur d'une voiture. Elle écouta attentivement. La voiture s'approchait-elle ou ses oreilles lui jouaient-elles un tour ?Elle scruta l'obscurité. Le brouillard remuait, créant de sinistres et sombres silhouettes. Comme si d'étranges créatures vivaient dans la forêt. Savannah avait à présent les mains tremblantes. Elle ne ferait rien de bon dans la brousse, pour sûr. Elle était une citadine jusqu'au bout des ongles. Consciente de devoir traverser cette épreuve, elle se força à contenir sa peur.

Un faisceau de lumière transperça l'obscurité autour d'elle. Elle ne put tout d'abord pas dire d'où il provenait mais, ensuite, elle entendit une voiture et se retourna. Deux phares arrivaient droit sur elle. Lorsqu'ils l'éclairèrent, la voiture ralentit. Elle plissa les yeux afin de tenter de distinguer la marque et le modèle du véhicule, de même que la plaque d'immatriculation, mais les phares l'aveuglaient. Elle ne put dire si c'était un van ou un grand SUV.

Il s'arrêta devant les escaliers du club, à environ huit à dix mètres d'elle. Elle put à présent remarquer que c'était un petit camion blanc semblable à celui d'un fleuriste ou d'un plombier. Il n'y avait aucune inscription sur le côté, rien ne permettant de l'identifier.

La portière du côté passager s'ouvrit, et un homme bondit du véhicule. Il était non seulement vêtu de noir, mais portait également un passe-montagne. Le conducteur demeura dans le camion, le moteur tournant au ralenti. L'homme masqué tendit la main vers la poignée de la portière coulissante et l'ouvrit à moitié. Savannah tenta de scruter l'intérieur, mais l'homme lui bloquait la vue.

Nerveusement, elle l'observa regarder sur sa gauche et sa droite, vérifiant sans doute si personne ne se cachait dans l'ombre. Mais elle savait qu'il n'y avait personne, personne pour la soutenir.

— Où est ma fille ?

— Où est l'argent ?demanda-t-il, ignorant ainsi sa question.

Elle souleva la mallette.

— Tout est là. Où est-elle ?Où est Buffy ?

Sa voix frémit, et elle sut que cela la mettait dans une position de faiblesse. À vrai dire, elle *était* dans une position de faiblesse !

L'homme désigna la portière coulissante.

— Là-dedans.

— Je veux la voir, exigea-t-elle, rassemblant tout son courage.

— L'argent d'abord.

Il lui fit signe d'approcher.

Lentement, elle fit quelques pas. Elle s'arrêta ensuite, la peau lui pinçant le cœur.

— Buffy ?cria-t-elle. Tu vas bien ?

Aucune réponse.

— Elle ne répondra pas. Elle est bâillonnée.

Il désigna ensuite à nouveau la mallette.

— Donne-moi l'argent, exigea-t-il.

Elle se rapprocha jusqu'à ne plus être qu'à un mètre du ravisseur. Il tendit la main vers la mallette contenant l'argent, et elle le laissa la lui prendre. Elle désigna le van ouvert derrière lui.

— Ma fille. Rendez-moi ma fille.

— Bien sûr.

Il se retourna et déposa la mallette dans le fourgon.

— Tu la verras bientôt.

Il pivota soudainement et agrippa Savannah des deux mains, la soulevant avant de la faire basculer brusquement vers l'avant de telle sorte que le haut de son corps atterrît dans le fourgon. Elle vint s'étaler sur le sol nu, mais parvint à tourner la tête de justesse afin de s'épargner toute blessure au visage. Elle s'aperçut, par la même occasion, que l'intérieur du fourgon était vide. Buffy n'était pas là.

— Nooooooon ! hurla-t-elle.

L'adrénaline la percuta dans ses veines, et elle balança des coups de jambes, tentant d'enfoncer ses hauts talons pointus dans le ventre du ravisseur.

— Aie !

Elle se retourna et donna à nouveau des coups de pieds mais, cette fois, ce salaud parvint à lui agripper les chevilles afin de l'empêcher de lui faire mal.

— Espèce de salope ! Tu paieras pour ça, la menaça-t-il.

Elle ne perdit pas d'énergie à crier à l'aide, car elle savait que personne ne viendrait. Elle se redressa plutôt, se projeta vers l'avant et lui asséna un coup de poing dans le visage. Il fit un bond sur le côté et lui tordit les jambes afin d'essayer de la retourner à nouveau sur le ventre.

— Fous cette espèce de salope dans le fourgon, hurla le chauffeur depuis la cabine.

Durant une seconde, son agresseur sembla distrait, et elle utilisa ce moment pour relever brusquement les jambes. Parvenant à en libérer une de l'emprise du ravisseur, elle la balança vers sa tête. Mais avant que celle-ci n'eût pu atteindre son objectif, le connard lui tordit l'autre jambe, la faisant hurler de douleur. Elle le sentit essayer de la pousser plus au fond du fourgon, mais elle agrippa la portière d'une main et s'y accrocha de toutes ses forces.

— Saute à l'intérieur, espèce d'idiot, hurla le chauffeur. Il faut qu'on se barre d'ici !

L'assaillant bondit dans le fourgon et aurait atterri sur elle si quelque chose ne l'avait pas fait brusquement tomber sur le côté. Quoi, elle ne put immédiatement le distinguer, mais elle put l'entendre : un grognement féroce se mêla au bruit sourd et un hurlement de douleur se fit entendre lorsque le ravisseur vint se cogner contre le rugueux intérieur en métal du fourgon.

— Putain ! cria le chauffeur.

Le fourgon démarra brusquement, tandis qu'une silhouette sombre tendait la main vers Savannah.

— Savannah !

Elle reconnut immédiatement la voix et relâcha la portière. John la sortit violemment du fourgon déjà en mouvement. Les bras de son sauveur fermement enroulés autour d'elle, ils se jetèrent tous deux au sol avant de rouler sur une distance d'environ deux mètres et s'arrêter sur l'accotement herbeux de la sombre route. Le moteur du fourgon s'emballa et, lorsque Savannah tourna la tête dans sa direction, elle ne put apercevoir que la faible lueur des feux arrière disparaissant au loin. Elle plissa les yeux afin d'essayer de lire la plaque minéralogique, mais ne put en distinguer la moindre lettre ou le moindre chiffre.

Les larmes coulèrent le long de ses joues.

— Vous êtes blessée ?

La voix de John était très soucieuse.

Elle secoua la tête et tenta de s'asseoir, mais une douleur cuisante la percuta dans le côté sur lequel elle avait atterrit dans le fourgon.

— Vous *êtes* blessée !

John l'aida à s'asseoir.

— Seulement quelques ecchymoses.

Ensuite, pour la première fois, elle le regarda et rencontra son regard.

— Elle n'était pas dans le fourgon, John. Ils ne l'ont pas amenée. Je leur ai donné l'argent, et ils n'ont pas amené Buffy.

Des sanglots lui déchirèrent la poitrine.

— Pourquoi ?ajouta-t-elle.

John l'aida à se relever.

— Je ne sais pas, Savannah. Je le regrette. Mais nous devons partir. Il n'y a rien que nous puissions faire ici. Ils sont partis.

— Je n'ai pas pu lire la plaque.

— Je suis surpris que vous ayez même eu la présence d'esprit d'essayer de la lire.

Il posa une main sur son coude.

— J'ai jeté un œil à la plaque, poursuivit-il. Je vais mettre tous mes hommes dessus, mais je n'ai pas beaucoup d'espoir. Des brutes pareilles n'utilisent pas des véhicules enregistrés à leurs noms.

Il désigna la direction dans laquelle le fourgon avait disparu.

— Ma voiture est par là.

Elle renifla, tentant d'arrêter ses larmes et autorisa John à la conduire vers sa voiture. Il l'aida à s'installer sur le siège passager, puis referma la portière et entra du côté conducteur. Un instant plus tard, le moteur vrombissait, et la voiture démarrait. Ce trajet en tout confort aurait dû l'apaiser, mais ce ne fut pas le cas. Elle tremblait toujours, était toujours sous le choc. Elle avait fait tout ce que les ravisseurs lui avaient demandé, et ils ne lui avaient pas rendu Buffy.

Tandis qu'elle se repassait les événements de la journée afin de tenter de découvrir si elle avait fait quelque chose pouvant justifier le changement d'avis du ravisseur de ne pas lui rendre sa fille, John passa un coup de fil et énuméra le numéro de plaque, requérant sa vérification immédiate.

S'il n'était pas arrivé à temps, Savannah serait à présent dans le fourgon et aurait également disparu. Qui, alors, aurait pu sauver Buffy ?Mais John l'avait trouvée.

— Comment ?

Il lui lança un regard latéral.

— Quoi ?

— Comment saviez-vous ?Comment m'avez-vous trouvée ?

16

John regarda les yeux inondés de larmes de Savannah. Son cœur s'était presque arrêté lorsqu'il avait vu le gangster tenter de la pousser dans le fourgon pour l'enlever. Il était arrivé au même moment que les ravisseurs, ce qui s'était avéré un bon timing étant donné que ni ces derniers ni Savannah n'avaient entendu le moteur de sa voiture. Il avait déjà éteint ses phares avant de stopper son véhicule. Son acuité visuelle supérieure lui avait permis de conduire sans phares dès son entrée dans le parc, juste au moment où le soleil s'était couché.

— Voyant que je ne pouvais vous joindre, je suis entré par effraction dans votre appartement et ai trouvé le mot du ravisseur.

— Pourquoi êtes-vous venu ?

— Je devais m'assurer que vous étiez en sécurité. J'étais pleinement prêt à observer sans intervenir. Je ne voulais pas vous mettre en danger, Buffy ou vous, mais, lorsque j'ai vu cette brute vous entraîner dans le fourgon, j'ai dû agir. J'ai alors su que Buffy n'était pas à l'intérieur.

Il la vit déglutir avec difficulté.

— Je crois savoir qui est derrière ceci, poursuivit-elle.

— Vraiment, répliqua John, complètement surpris.

— Alexi, mon employé. Vous avez lu le mot, vous avez vu ce qu'il disait ; de ne pas vous impliquer, vous, mon détective privé. Alexi savait que je vous avais engagé. En fait, il était le seul à savoir. Je n'avais rien dit, ni à ma voisine ni à Elysa ou même aux instituteurs. Et pourtant, le ravisseur savait. Ce doit être Alexi. Il a également les connaissances techniques pour me surveiller en permanence. C'est pour ça que je ne vous ai pas contacté.

Sa poitrine se souleva.

— Nous devons le suivre. Il nous mènera à Buffy, poursuivit-elle, ces mots franchissant ses lèvres en cascade.

John médita ces paroles pendant un instant. Il avait eu les mêmes doutes.

— J'ai déjà affecté deux hommes à sa surveillance. Ils ont pour ordre de ne pas le perdre de vue. Je leur ai parlé il y a moins d'une heure. Alexi était à Glen Park à ce moment-là.

Savannah se mut sur son siège.

— Ce qui laisse largement le temps d'aller à Stern Grove.

— Les ravisseurs portaient des cagoules. Ont-ils parlé ?

Elle hocha la tête, puis laissa retomber les épaules.

— Alexi a un accent prononcé. Ces deux types parlaient comme des Américains.

Elle soupira.

— Mais cela ne veut rien dire, ajouta-t-elle. Il peut les avoir engagés pour faire le sale boulot pendant qu'il surveillait Buffy.

C'était une possibilité. John hocha la tête mais décida de ne pas dire à Savannah que Damian avait vu Alexi acheter une corde et du ruban adhésif.

— Laissez-moi contacter mes gars pour voir où Alexi se trouve en ce moment.

Il sortit son portable et, plutôt que d'avoir cette conversation par le biais du kit mains libres de la voiture, amena le téléphone à son oreille et attendit que Damian décrochât.

— Hé, John.

— Damian, des nouvelles ?Où est Alexi en ce moment ?

— Chez lui.

— Tu en es certain ?

— Je suis juste devant chez lui. Ouais, j'en suis certain.

— Est-ce qu'il s'est arrêté quelque part avant de regagner son domicile ?

— En fait, il a traversé la rue en face de chez lui et a frappé à la porte d'un voisin.

— Il est entré ?

— Non. Il a juste tendu un sac de courses au vieil homme.

— Avec les trucs qu'il a achetés à Glen Park ?

— Ouaip. Le vieux l'a remercié et lui a donné l'argent des courses.

La corde et le ruban adhésif menaient à une impasse. Mais cela ne signifiait pas nécessairement qu'Alexi était hors de cause. Il pouvait toujours être impliqué.

— Reste sur lui. Je t'appellerai plus tard.

— Ok.

John raccrocha et regarda Savannah.

— Alexi est chez lui. Aucun signe de Buffy ou du moindre contact qu'il aurait eu avec quiconque pouvant nous mener à elle.

Durant une fraction de seconde, il pensa au vieil homme à qui Alexi avait donné la corde et le ruban adhésif. Se pouvait-il qu'il retînt Buffy pour lui ?C'était une possibilité, mais Damian avait mentionné que le vieil homme avait payé Alexi pour les achats. Il ne l'aurait pas fait s'il était le geôlier de Buffy.

Savannah tourna la tête et regarda par la fenêtre du côté passager. Dans le reflet de la vitre, John remarqua l'effort avec lequel elle se contenait, l'énergie que cela lui coûtait de demeurer forte face à cet échec.

Il fut content d'emprunter le virage aboutissant dans la rue de Savannah et encore plus soulagé de voir quelqu'un quitter un emplacement de stationnement devant son condo. John prit cette place et coupa le moteur.

Avant d'ouvrir la portière, il regarda tout autour grâce à ses rétroviseurs. Il en avait fait de même durant le trajet, mais n'avait vu personne les suivre. Et il était entraîné à cela. Il n'y avait aucun danger. Pour l'instant.

John sortit de la voiture et contourna le véhicule jusqu'au côté passager afin d'aider Savannah à en sortir. Lorsqu'ils atteignirent la porte d'entrée, Savannah la fixa pendant un moment, puis leva les yeux vers lui.

— Je ne sais pas ce qui est arrivé à mon sac à main. Je dois l'avoir perdu dans la lutte.

— Tout va bien.

Il enfouit la main dans sa veste et en sortit à nouveau son crocheteur. En quelques secondes, la porte fut ouverte. Il fit entrer Savannah.

— Vous faites cela souvent ?

Il haussa les épaules et referma la porte derrière eux.

— Ça fait partie du boulot.

Elle ne sourit pas, l'expression de son visage reflétant la douleur et la résignation. Alors qu'il la suivait dans les escaliers les menant à l'appartement, il remarqua qu'elle privilégiait son côté gauche, une main pressée sur les côtes de droite. Elle avait toujours mal, même si elle faisait bonne figure.

Faire bonne figure, il savait ce que c'était. Il l'avait également fait après la mort de Nicolette, lorsqu'il était demeuré couché pendant une semaine dans l'obscurité d'une chambre du palais de Cain, afin de guérir de ses sévères brûlures. Du sang humain frais l'avait aidé à traverser le pire et à faciliter son processus de guérison. Mais ce sang n'avait pas apaisé ses blessures émotionnelles. À présent, il les apercevait toutes deux chez Savannah : la douleur physique et la douleur émotionnelle. Il ne pouvait rien faire pour cette dernière, mais il avait un moyen pour guérir la première.

Dans l'appartement, il la guida vers le salon et la fit s'asseoir sur le canapé.

— Je pense qu'il vous faut un verre, dit-il. Vin rouge ?

Elle hocha la tête et était sur le point de se lever lorsqu'il la repoussa délicatement.

— Dans la cuisine ?ajouta-t-il.

Elle leva les yeux vers lui avec une expression de gratitude dans le regard.

— Sur une étagère sous l'îlot.

— Je vais la chercher.

Il se dirigea vers la cuisine et trouva la bouteille. Il l'ouvrit et remplit un verre à moitié. Il jeta ensuite un œil dans le couloir afin de s'assurer que Savannah n'eût pas quitté le salon. Négatif. Il amena une main vers ses lèvres, allongea ses canines et se piqua la pulpe du pouce. Lorsque le sang suinta de la minuscule blessure, il maintint le pouce au-dessus du verre et laissa couler le sang dans le vin rouge. Il pressa son doigt afin d'accélérer l'écoulement. Il ramena ensuite le pouce vers ses lèvres et lécha l'incision. Sa salive la referma instantanément, ne laissant ni cicatrice ni la moindre trace de blessure. À l'aide de son doigt, il mélangea le liquide afin que la couleur du vin camouflât celle du sang. Savannah ne le goûterait même pas ; la saveur de cette trop faible quantité de sang serait masquée par le vin.

Savannah était toujours assise à l'endroit même où il l'avait laissée, mais elle tenait à présent la photo de Buffy dans une main. John fixa la photo du regard, son cœur se brisant en voyant la petite fille effrayée qui y était représentée. Il lui sembla la connaître, bien qu'il ne l'eût jamais rencontrée en personne. Mais lorsqu'il la regardait, tout ce qu'il voulait, c'était la protéger. La protéger comme si elle était à lui.

John s'assit à côté de Savannah, lui tendit le verre de vin et voulut prendre la photo.

— Voici. Cela vous aidera à vous sentir un petit peu mieux.

En effet, physiquement, du moins. Le sang de vampire avait des vertus guérisseuses auxquelles les humains étaient très réceptifs. Il n'était pas difficile de s'occuper de quelques côtes meurtries.

— Buvez, l'encouragea-t-il doucement en lui prenant la photo de la main avant de la redéposer sur la table basse.

Savannah en prit plusieurs gorgées, puis encore quelques-unes, comme si elle réalisait que l'alcool l'aidait à calmer ses nerfs. En vérité, sans même en avoir conscience, c'était l'instinct vital de son corps qui avait très grand besoin du sang curatif de vampire. C'était la nature, la parfaite symbiose entre les deux espèces. Un autre yin à un yang. Car tout comme le sang de vampire de John pouvait la guérir, son sang humain pouvait également le guérir.

Un instant plus tard, elle déposa le verre vide sur la table et regarda John.

— Et quoi, maintenant ?Que vais-je faire ?Je leur ai donné l'argent. Pourquoi ne m'ont-ils pas rendu Buffy ?Je ne comprends pas ça. J'ai suivi les instructions.

— Je ne le comprends pas non plus.

Il désigna le mot du ravisseur.

— Ceci n'aurait pas dû se produire. La demande de rançon. Aucun des autres parents n'en a reçu.

— Alors, peut-être que la disparition de Buffy n'est pas liée à celle des autres enfants. Peut-être est-ce personnel. Ce doit être Alexi. Il faut que ce soit lui.

Elle le regarda, ses yeux le suppliant d'être en accord avec son hypothèse, comme si cela allait tout arranger.

Il lui prit les mains et les serra dans les siennes.

— Nous ne savons pas si c'est lui. Mais je suis d'accord. Quelque chose cloche. Les bandits n'en avaient pas après l'argent. Ce soir, ils en avaient après vous. Pourquoi ne demander que deux cent cinquante mille dollars, alors qu'ils auraient pu en demander un million puisqu'ils savaient que vous aviez autant d'argent à la banque ?

Stupéfaite, elle eut un mouvement de recul.

— Comment savez-vous cela ?

— J'ai procédé à une vérification de vos antécédents. C'est une procédure standard. Nous le faisons avec tous nos clients, lui expliqua-t-il, se sentant toutefois toujours obligé de s'excuser.

— C'est comme ça que j'ai appris que vous aviez retiré un quart de million de dollars aujourd'hui, ajouta-t-il. Si je ne l'avais pas su, je ne pense pas que j'aurais réalisé que quelque chose clochait.

Elle sembla méditer ses paroles, puis hocha lentement la tête.

— Je comprends.

Elle renifla.

— Pensez-vous que l'argent était juste un prétexte pour m'obliger à les rencontrer ?poursuivit-elle.

— Oui. Ils voulaient s'assurer que vous soyez seule. Ils savaient que vous ne risqueriez pas la vie de Buffy.

— Mais pourquoi ?Si Alexi voulait m'enlever, il existe des moyens plus faciles. Il sait où j'habite, il connaît mes habitudes.

— Nous devons considérer que ce n'est pas Alexi, même si, croyez-moi, je ne l'écarte pas totalement. Mais il se passe autre chose. Et je vais découvrir ce que c'est. La disparition de Buffy est liée aux autres enfants. Je peux le sentir.

Et ses instincts le trompaient rarement.

Savannah pressa une main sur sa bouche, refoulant un sanglot.

— Je ne veux pas croire à cela. Je ne peux tout simplement pas.

De nouvelles larmes se formèrent dans ses yeux.

— Car imaginer qu'elle a été enlevée par un réseau de trafic d'enfants signifie que les chances de jamais la revoir, de la tenir à nouveau dans mes bras…

Un sanglot étouffa ses paroles. Mais John savait à quoi elle pensait. Qu'elle ne reverrait jamais Buffy.

Cela lui fit mal de la voir dans cet état, de la voir perdre espoir. Il lui agrippa les épaules.

— S'il vous plaît, Savannah, faites-moi confiance. Je vous ramènerai Buffy. Je sais que j'y arriverai.

Il avait des pistes. Alexi était l'une d'entre elles. L'étrange odeur sur la demande de rançon en était une autre à exploiter. Et, après tout, peut-être que la plaque minéralogique du fourgon le mènerait à quelque chose.

— Je veux vous croire. Vraiment. Mais elle me manque. Elle me manque tellement.

Ses mains s'agrippèrent à présent à la veste de John, comme si elle avait besoin de s'accrocher à quelque chose afin de s'empêcher de s'effondrer.

— J'ai peur pour elle. J'ai si peur. Elle est tout ce que j'ai.

Il l'attira à lui, la prit dans ses bras et la serra fortement.

— Je sais ce qu'elle représente pour vous. C'est pour cette raison que je vais vous la ramener. Je travaillerai sans relâche jusqu'à ce qu'elle revienne près de vous. Jusqu'à ce qu'elle soit à nouveau en sécurité.

Il déposa un baiser sur le haut de la tête de Savannah.

Que c'était bon de tenir Savannah dans ses bras, de savoir qu'elle était à présent en sécurité.

— Quand j'ai vu cet homme vous pousser dans le fourgon, mon cœur s'est arrêté, ajouta-t-il.

D'une main, il lui caressa le dos, tandis que l'autre se dirigeait vers sa nuque, sans qu'il l'eût voulu. Comme si le besoin de sentir sa peau, sa chaleur, était tout simplement trop fort pour y résister.

Savannah leva soudain la tête et le regarda, les yeux toujours empreints de larmes. Mais il y avait également autre chose en eux. La prise de conscience. La prise de conscience que John était là, en train de la toucher, de la tenir. Dès ce moment, il aurait dû la relâcher, aurait dû se lever et s'éloigner d'elle aussi loin que possible, mais il n'en fit rien.

— Vous m'avez sauvée, murmura-t-elle. Ses lèvres étaient rouges et mouillées par ses larmes.

Il put renifler le sel, voulut également y goûter. Il savait qu'il ne le devait pas. Néanmoins, il plongea la tête vers son visage.

— Vous devez m'arrêter.

Elle n'honora pas sa supplication, ne recula pas. Voulait-elle ceci ?En avait-elle peut-être même besoin ?Se sentir proche d'un autre être afin de savoir qu'elle n'était pas seule ?Il tenta de justifier ce qu'il était sur le point de faire en répondant par l'affirmative à ces questions, alors qu'il savait, ou du moins, suspectait la raison pour laquelle elle n'opposait aucune résistance. C'était le sang de vampire qu'elle avait en elle. Bien qu'administré en petite quantité, ce dernier était puissant sur un humain inaccoutumé à en boire. Il ne pouvait lui faire faire une chose qu'elle ne voulait absolument pas faire mais, mélangé à de l'alcool avalé si rapidement, il représentait la mixture parfaite pour annihiler les inhibitions de quelqu'un. Pour autant que ces inhibitions eussent même déjà existé. À la réponse que Savannah avait accordée à son baiser de la nuit précédente, il savait qu'elle n'en avait pas beaucoup en ce qui concernait l'amour physique.

Quant à ses propres retenues, il n'en avait plus, pas après ce qui s'était presque passé ce soir. Il aurait pu la perdre. Et cette pensée représentait la goutte qui faisait déborder le vase.

— Savannah, s'il vous plaît, gémit-il, dans une ultime tentative de la laisser le repousser et rejeter ses avances, alors qu'il savait que c'était inutile.

Il savait ce qui était en train de se passer. Et cette fois, cela ne se terminerait pas par un simple baiser.

17

Les lèvres de John se rapprochèrent et, autant Savannah savait qu'il était mal d'accepter le réconfort qu'il lui offrait, autant elle ne pouvait y résister. Elle était censée penser à Buffy, à la manière de la sauver mais, à cet instant précis, elle était égoïste. De sa vie, elle n'avait jamais été aussi effrayée qu'au moment où le voyou l'avait poussée dans le fourgon et où elle avait réalisé que Buffy n'était pas à l'intérieur. Elle tremblait toujours de peur en réalisant ce qui aurait pu, ce qui se serait plutôt passé si John n'était pas arrivé à temps. Était-ce donc si mal de rechercher à présent du réconfort dans les bras de son sauveur ?De vouloir une chose qui noierait la peur et le désespoir, ne fût-ce que pour un petit moment ?

Elle ne bougea la tête que lentement jusqu'à ce que ses lèvres vinssent caresser celles de John. C'était comme si quelque chose s'allumait entre eux car, une seconde plus tard, ils s'embrassaient avec tant d'acharnement, avec tant d'urgence, que pas même un tremblement de terre secouant San Francisco n'aurait pu les séparer.

Les lèvres de John étaient exigeantes, s'écrasant fermement contre les siennes, sa langue glissant avec une telle certitude, une telle assurance, comme s'il ne s'était jamais rien refusé. Tout comme elle ne refuserait rien ce soir, tant à lui qu'à elle-même. Elle autorisa cette invasion, l'accueillit avec une réelle impatience, sachant qu'il l'emmènerait à toute allure dans un monde où la peur, la douleur et le mal n'existaient pas.

Il avait le goût de la virilité masculine, de la force, du pouvoir. Il avait les mains posées sur elle, la caressant, la serrant, l'explorant… la déshabillant. Déjà, il faisait tomber la veste de ses épaules, la libérant, l'empêchant temporairement de le toucher. Mais lorsqu'elle en fut débarrassée, elle ramena les mains sur la poitrine de John, n'agrippant, cette fois, pas seulement les revers de sa veste, mais glissant par-dessous celle-ci. À travers sa chemise, elle sentit la chaleur qu'il dégageait. Elle s'y serait brûlée, à défaut de prudence.

Et sous cette chemise, ses muscles tendus se contractaient sous ses caresses. Mais avant qu'elle n'eût pu les palper plus amplement, elle sentit les mains de John sur sa peau nue, ses seins nus. Elle n'avait même pas remarqué qu'il avait déboutonné son chemisier sous lequel elle ne portait rien. Elle détestait les soutiens-gorges, les avait toujours détestés et, chaque fois qu'elle le pouvait, elle n'en portait pas.

John gémit dans sa bouche, tandis que ses mains jouaient avec la chair dénudée, pressant ses seins tour à tour, la caressant ensuite tendrement, lui pinçant ensuite légèrement les mamelons. En guise de réponse, Savannah libéra un soupir et vint écraser ses seins dans les mains de son partenaire, le suppliant en silence de continuer. Elle n'osait pas parler, ne pouvait exprimer ses désirs, non pas par timidité, mais bien parce qu'elle avait peur que le fait de parler pût détruire la magie qui s'installait entre eux et les extirper de ce fantasme auquel ils se livraient. Et elle ne voulait pas retourner dans le monde réel, ne voulait pas affronter la réalité.

Le baiser de John devint plus intense. Ses lèvres étaient infatigables, tout comme sa langue qu'il frottait contre la sienne, chaque caresse devenant plus insistante, chaque exploration plus intime. Des mains, il la libéra de son chemisier et le lança n'importe où. De l'air frais souffla sur le dos de Savannah, mais sa poitrine était en feu. John avait un toucher magistral. Ses grandes mains étaient parfois rêches et, pourtant, elle aimait sentir leurs caresses, sentir sa peau glisser sur la sienne. Elle aimait la danse de ses doigts sur ses seins, aimait la paume de ses mains qui les serrait afin d'en explorer la fermeté.

Elle répondait à chacune de ses caresses, se serrant très fort contre lui lorsqu'il pressait ses seins dans ses mains et frissonnant lorsqu'il lui titillait les mamelons et les faisait durcir comme des pierres. Elle avait toujours pensé que ses mamelons n'étaient pas très sensibles, mais John lui prouvait le contraire. Ses doigts suscitaient des réactions chez elle qu'elle ne réalisait pas être capable de ressentir. Et tout ce temps durant, il continuait à l'embrasser.

Elle voulut également explorer son corps, sentir sa peau sous la paume de ses mains. Bien qu'elle eût du mal à se concentrer, tant John la transformait en pâte à modeler, elle parvint à déboutonner sa chemise. Elle put enfin glisser les mains sur son torse. Ce faisant, un sursaut visible le percuta et, dans un premier temps, elle pensa avoir fait quelque chose de mal. Mais la manière dont il l'embrassa à présent devint encore plus passionnée, et elle sut qu'il voulait qu'elle le touchât.

Savannah le débarrassa de sa veste, puis en fit de même avec sa chemise. Sous ses doigts occupés à explorer son torse, elle sentit une fine touffe de poils. À part cela, son torse était doux, tout comme elle l'aimait. Elle aurait adoré déposer des baisers sur sa poitrine, mais elle ne pouvait interrompre celui qu'ils partageaient. Elle ne voulait pas briser ce moment magique. Elle se contenta donc de lui caresser le torse et explorer la fermeté de ses muscles, tout comme il explorait la mollesse de sa chair.

Soudain, ignorant le temps qu'ils venaient de passer à se caresser de la sorte, elle se sentit soulevée et réalisa que John la portait et l'emmenait hors du salon, ses lèvres toujours sur les siennes. Ses seins lui parurent subitement froids, mais savoir qu'il l'emmenait au lit, là où ils poursuivraient leurs explorations, la força à demeurer patiente.

Elle sentit la douceur de sa couette sous son dos. Ce ne fut qu'à cet instant que John abandonna ses lèvres et la relâcha. Elle le dévisageait, tout d'abord effrayée que ce pût être la fin, qu'il eût peut-être recouvré ses sens, lorsque son regard atterrit sur son pantalon. Une nette protubérance étirait le tissu recouvrant son entrejambe. Lorsqu'elle leva les yeux vers son visage, elle le vit la fixer du regard, ses yeux n'arborant pas leur habituelle couleur chocolat. Ils étaient plutôt imprégnés d'une teinte dorée. Avant qu'elle n'eût pu s'interroger à ce sujet, il tendit les mains vers elle et lui ôta rapidement le pantalon. Elle s'était préalablement débarrassée de ses hauts talons dans le salon, d'un simple coup de pied.

Elle ne portait à présent plus qu'un simple slip bikini. Noir et en dentelle. John le regarda et émit un grognement bas et grave. Ce son provoqua un frisson tout le long de sa colonne vertébrale et fit agréablement picoter tout son corps. Sans la quitter du regard, il baissa les mains vers son pantalon et le déboutonna, puis le laissa glisser le long de ses hanches. Il dut se pencher afin de se déchausser et, d'un coup de pied, balança ses bottes avant de se libérer de son pantalon. Lorsqu'il se redressa, le regard de Savannah s'abattit sur le boxer-short qu'il portait.

Le tissu gris s'étirait et le serrait étroitement à l'avant. Une goutte de liquide l'avait assombri à un endroit. Savannah se lécha involontairement les lèvres. Elle avait provoqué cela. Toute sa féminité s'éveilla à cette pensée, à cette pensée d'exciter John.

En un gémissement, il croisa les pouces dans la ceinture de son slip et l'abaissa complètement. Son sexe se mit au garde-à-vous, long, épais et dur, son extrémité scintillante de liquide pré-éjaculatoire. Du liquide auquel elle voulait gouter, qu'elle voulait lécher.

Elle s'assit et se décala vers le bord du lit afin de pouvoir l'atteindre. John ne l'arrêta pas lorsqu'elle enroula une main tout autour de son érection et rapprocha son visage de celle-ci. Lentement, elle leva les yeux et le vit en train de l'observer, les mâchoires serrées, comme si ce qu'elle s'apprêtait à faire allait lui faire mal.

Sans rompre le contact visuel, elle lécha l'extrémité de son sexe, goûtant ainsi le liquide salé avant de l'avaler. John bascula la tête en arrière et gémit. Au même moment, son érection glissa dans la bouche de Savannah.

— Putain ! jura-t-il.

Elle emprisonna son membre dur entre ses lèvres et le suça plus en profondeur. Elle adorait la façon dont il lui répondait, la manière dont il serrait chacun de ses poings, comme s'il lui fallait se retenir pour ne pas l'agripper et s'engouffrer violemment et profondément dans sa bouche. Et elle aimait sa saveur, aimait l'avoir à sa merci, aimait pouvoir le faire jouir, comme ça, si elle le voulait. Elle aimait ce pouvoir, cela la rendait forte. Et, à cet instant précis, elle avait besoin de se sentir forte. Elle le suça donc plus fort, le prit plus profondément en bouche. D'une main, elle lui malaxa les testicules, tandis que de la paume de l'autre, elle serrait la base de son sexe, montait et descendait tout en continuant à le lécher et le sucer jusqu'à ce que, finalement, John lui agrippât les épaules des deux mains. Elle pensa d'abord qu'il allait commencer à aller et venir rapidement et puissamment dans sa bouche mais, ensuite, en un gémissement, il recula brusquement et ôta son sexe de sa bouche.

Quelques instants plus tard, il la repoussa sur le matelas et saisit sa petite culotte. Il tira, et la dentelle se déchira, mettant le vêtement en pièces. John ne sembla pas s'en préoccuper, pas plus que Savannah car, déjà, il était occupé à se coucher sur elle, lui écartant les jambes afin de se créer de l'espace. Avant qu'elle n'eût pu reprendre son souffle, il s'enfouit pleinement dans son intimité. Ses testicules claquèrent contre la chair et son os pelvien frôla le clitoris lorsqu'il vint se loger au plus profond d'elle. Elle jouit presque, juste à ce moment-là, mais il se retira instantanément avant de replonger.

Lorsqu'il commença à la chevaucher, profondément, violemment et rapidement, ses lèvres revinrent se poser sur celles de Savannah, et il l'embrassa avec la même sauvagerie que celle avec laquelle il allait et venait en elle. Elle n'avait jamais été avec un homme aimant de cette façon, comme si le monde allait s'éteindre et que c'était la dernière fois qu'il se retrouvait avec une femme. Comme s'il devait faire en sorte que cela comptât. C'était nouveau pour elle. Nouveau et addictif.

Était-ce ce dont elle avait toujours eu terriblement envie sans jamais avoir osé le demander ?Un homme qui aimait sans retenue, sans un minimum de civilité ?Un homme qui prenait ce qu'il voulait et lui donnait ce dont elle avait besoin ?Pourquoi n'avait-elle jamais vécu ceci ?

Maintenant, elle le sentait, sentait la chaleur qui la brûlait, l'excitation qui la parcourait dans toutes ses veines, l'air qui se précipitait hors de ses poumons à un rythme qu'elle voulait interminable. Elle sentait la manière dont leurs corps étaient en connexion, la peau mate glissant sur la peau pâle, la transpiration rendant chaque mouvement encore plus érotique.

Les longs cheveux de John lui caressaient la poitrine, tandis qu'il poursuivait le baiser. Elle glissa une main sur sa nuque, l'y caressa et le fit frissonner, tandis que, de l'autre, elle lui étreignait le postérieur et le pressait de la prendre encore plus fort, de s'enfouir plus en profondeur. Elle se mouvait avec lui, adorant les étincelles qu'il provoquait en elle à chaque fois qu'il enfonçait son membre dans le centre de sa féminité. Et il s'enfonçait en elle, violemment et avec acharnement. Elle ne comprenait pas pourquoi cela ne la blessait pas, pourquoi elle n'était pas endolorie par ce traitement brutal, mais elle était contente qu'il n'en fût rien, car elle avait besoin de cela, avait besoin de sentir cet homme la prendre avec une passion presque bestiale. Même les bruits qu'il émettait ressemblaient à ceux d'un animal : ses grognements et ses gémissements ressemblant davantage aux rugissements d'un lion qu'à la voix d'un homme.

Tout paraissait plus intense que ce qu'elle avait déjà pu expérimenter jusqu'alors en matière de sexe. Ses battements de cœur faisaient écho dans ses oreilles, son corps semblait hypersensible, réagissant à chaque caresse en lui envoyant de minuscules frissons sur sa peau. Sa poitrine se soulevait, son cœur pompant davantage d'oxygène dans son sang. Déjà, elle put le sentir, sentir l'orgasme en approche. Et, comme si John pouvait également le sentir, il modifia l'angle de sa position de sorte qu'à chaque poussée en elle, il vînt se frotter contre son clitoris, jusqu'à ce qu'elle ne pût plus retenir les vagues de son orgasme.

Telle une énorme explosion, elle jouit, tandis qu'un cri de libération s'arrachait de sa gorge. Elle n'avait jamais été du genre à crier, n'avait jamais émis de pareils sons, mais John avait libéré quelque chose en elle qu'elle pensait ne jamais pouvoir réenfouir. Quelque chose de totalement primitif.

18

John sentit les muscles de Savannah se contracter autour de son sexe au moment où elle jouit, et il se laissa également aller. Il jouit violemment et longtemps, envoyant sa semence profondément dans ce fourreau si accueillant. Comme pour la faire sienne. Comme si, en agissant de la sorte, il pouvait empêcher un autre homme de la revendiquer.

Les secondes passèrent avant que les spasmes de son corps ne pussent s'affaiblir. Son cerveau commença à refonctionner. Lentement, il roula sur le côté et se reposa, tout près d'elle, les yeux fixés sur le plafond.

Qu'avait-il fait ?

S'il avait pu se flageller, il l'aurait fait. Car il méritait une sévère raclée. Il avait profité de la vulnérabilité de Savannah. Et non seulement cela, il l'avait baisée tel un animal, sans la moindre finesse, sans tendresse, sans se soucier de ce qu'elle aimait ou pas. Pendant qu'il lui avait fait l'amour, il ne lui avait murmuré aucun mot tendre, ni même de mot grossier, bon sang ! Fait l'amour ?Il ne devrait pas être autorisé à appeler cela ainsi. Car il n'avait pas agi comme un amant. Il avait agi comme un homme des cavernes, comme un animal sauvage en rut. Un sentiment de honte l'inonda. Ce n'était pas de cette façon qu'il avait imaginé le déroulement des choses.

Certes, il pouvait blâmer le fait qu'elle eût presque été kidnappée ce soir-là, et qu'il avait dû se rassurer de ne pas l'avoir perdue. Mais c'était plus que cela. C'était plus profond. Savannah était parvenue à le déstabiliser, à faire émerger cette partie de lui qu'il maintenait cachée. Celle qui n'était que vampire, animale et dominante. S'il ne l'avait pas embrassée durant tout ce temps, s'il avait osé poser les lèvres sur son cou ou toute autre partie de son corps, il l'aurait mordue. Et l'aurait perdue. Car, par horreur, elle l'aurait repoussé. En effet, que pouvait-il y avoir de plus effrayant que le fait de réaliser que l'homme avec lequel elle couchait fût une dangereuse créature avide de son sang ?

S'il avait été un amant doux et tendre, peut-être, alors, aurait-il pu éventuellement lui révéler ce qu'il était et lui montrer qu'elle n'avait pas à avoir peur de lui. Qu'une morsure pouvait être une expérience d'amour. Mais la façon dont il s'était conduit ce soir, la façon dont il l'avait baisée, avec une passion quasiment brutale, avait rendu cela impossible. Elle serait folle de croire qu'il fût capable de tendresse et d'amour.

En une nette inspiration, il s'assit et balança les jambes en-dehors du lit. Cela ne pouvait plus jamais se reproduire. Ou ses chances de gagner Savannah seraient réduites à néant.

La gagner ?Était-ce son plan ?Quand avait-il pris cette décision ?

Il expulsa un souffle incertain. Il n'avait aucune raison de croire que Savannah pût même être intéressée par lui. Elle regrettait probablement déjà d'avoir couché avec lui. Ou pourquoi alors ne lui disait-elle rien ou ne tendait-elle pas la main vers lui ?Sinon, pourquoi régnait-il ce silence gênant entre eux ?Ne désirant pas percevoir un air de regret sur son visage, il n'osa pas la regarder. Il tendit plutôt la main vers son shorty et se redressa. Il l'enfila, tournant toujours le dos à Savannah, tandis qu'il regardait tout autour de lui, à la recherche du reste de ses vêtements.

Son regard atterrit sur la commode à tiroirs. Sur celle-ci, se trouvait une photo encadrée de Buffy. Il se figea en plein mouvement. Il avait déjà vu des photos de la fillette, mais celle-ci était différente. Celle-ci avait été prise par un professionnel. Buffy prenait la pose. Et il y avait quelque chose dans cette photo qui l'attirait. Il y avait quelque chose de familier. Il l'avait déjà vue, bien qu'il sût avec certitude qu'elle ne se trouvait pas dans le dossier de la police. Pas dans celui de Buffy.

— C'est ça, murmura-t-il. Le lien.

— Quoi ?

Derrière lui, il entendit Savannah s'asseoir dans le lit.

Il se retourna vers elle, ses yeux s'imprégnant de son corps dénudé. Dieu qu'elle était magnifique ! Ses cheveux étaient ébouriffés, son corps luisant de transpiration, et ses yeux étaient empreints de passion. Mais, comme si elle était embarrassée, elle tira la couette afin de se couvrir. Regret. Oui, il le voyait à présent. Mais, pour le bien de Buffy, il devait mettre cette déception de côté.

Il tendit le bras pour attraper la photo et la lui montra.

— Quand as-tu fait prendre cette photo d'elle ?lui demanda-t-il, s'autorisant à présent à la tutoyer.

Surprise, Savannah la fixa du regard pendant un instant.

— Il y a deux ou trois semaines, pourquoi ? répondit-elle ensuite.

— Parce que je pense que c'est le lien. C'est le lien manquant que je recherchais.

Il redéposa la photo sur la commode, puis tendit la main pour attraper son pantalon.

— Habille-toi.

— Où allons-nous ?

— À mon bureau. Les autres dossiers de la police s'y trouvent. Il faut que j'y jette un œil pour confirmer mon pressentiment.

Elle bondit hors du lit, sa nudité n'étant soudainement plus un souci.

— Quel pressentiment ?John ?Qu'est-ce que tu vois ?lui demanda-t-elle, le tutoyant également en retour.

Mais, s'il avait tort, il ne voulait pas lui donner de faux espoir. Quoiqu'il ne pensât pas se tromper.

— Je t'expliquerai quand nous serons à mon bureau, et tu pourras le voir toi-même.

Tout en s'habillant, ils demeurèrent silencieux. John ne put toutefois pas s'empêcher de lui jeter quelques regards furtifs, alors qu'elle se faufilait dans un jeans et se glissait sous un pull à col roulé moulant. À nouveau, pas de soutien-gorge. Cette femme ne réalisait-elle pas ce qu'elle faisait à tout homme équilibré en ne portant pas de soutien-gorge ?Ne pouvait-elle le voir quand elle bougeait, que ses seins rebondissant si légèrement tentaient tout homme sain d'esprit de vouloir les toucher et les presser ?Pouvait-elle être si naïve de ne pas réaliser que même un pull à col roulé ne dévoilant aucun décolleté, aucune peau, ne pouvait camoufler son sex-appeal ?Ne pouvait camoufler ses courbes exquises. Ne pouvait camoufler ce corps fait pour le péché. Pour le sexe. Pour lui.

Savannah ne se soucia pas de rafraîchir son maquillage ni de perdre du temps à réorganiser ses cheveux devant le miroir. Elle se passa plutôt les doigts à travers ceux-ci plusieurs fois, puis regarda John.

— Prête.

Il n'avait jamais vu une femme se préparer aussi rapidement, particulièrement après le sexe. Il était plus que juste un peu impressionné.

— Allons-y.

— Tu ne portes pas de chemise, dit-elle.

Putain ! Il se sentit comme un idiot. Il désigna la porte de la chambre.

— Dans le salon.

Il pointa ensuite la photo du doigt.

— Nous devons l'emmener avec nous, ajouta-t-il.

Tandis que Savannah extirpait la photo du cadre, John termina de s'habiller. Quelques instants plus tard, il était prêt.

Ils roulèrent en silence. Le trafic était beaucoup plus fluide, maintenant, quoiqu'il se densifiât lorsqu'ils atteignirent la Mission. Nombre de restaurants populaires, de bars et de boîtes de nuit se trouvaient dans les alentours, ce qui, à n'importe quel moment de la nuit, transformait la conduite en challenge.

John entra dans le parking situé sous les quartiers généraux de Scanguards et se gara à l'emplacement qui lui était assigné. Il savait qu'il était contraire aux règles de faire entrer un client de cette manière dans le bâtiment, contournant ainsi le poste de sécurité où Savannah aurait dû s'enregistrer Mais il n'y avait pas de temps pour les formalités dans l'immédiat. De plus, Savannah n'était pas une cliente. Pas une officielle. Et moins il y avait de gens au courant de sa présence, et mieux c'était.

Ils atteignirent son bureau sans incident. John ouvrit la porte et fit entrer Savannah, content que Deirdre fût partie. Elle avait néanmoins collé un post-it sur son ordinateur.

Tu aurais pu me rappeler. D.

P.S : il n'y a pas de quoi.

Apparemment, Deirdre était un peu vexée qu'il ne l'eût pas avertie d'avoir pu joindre Savannah à temps ou pas. Il saisit le mot et l'émietta. Mais il ne fut pas suffisamment rapide, car Savannah l'avait vu et s'était débrouillée pour le lire.

— Un problème ?

— Non. Juste une collègue.

Ou plutôt une protégée passive-agressive. Il s'occuperait de Deirdre plus tard. Peut-être qu'un petit merci pour son aide arrangerait les choses.

Il sortit le dossier de la police qu'il avait planqué dans son tiroir du haut et l'ouvrit. Il le feuilleta et sortit les photos des enfants disparus, les alignant le long du rebord de son bureau. Savannah l'observa sans un mot.

Lorsqu'il eut terminé, il la regarda.

— Dépose la photo de Buffy à côté de celles-là.

Elle la sortit du sac à main qu'elle avait emporté, sac à main différent de celui qu'elle avait amené avec elle lors de sa rencontre avec les ravisseurs.

Lorsque la photo de Buffy fut posée à côté de celles des autres enfants, John prit un moment pour observer chacune d'entre elles. Elles n'avaient pas toutes le même décor ou ne représentaient pas la même pose. Certaines n'avaient pas été prises par des professionnels, mais visiblement par la famille. Mais soixante-quinze pourcents des photos ressemblaient à celle de Buffy : professionnelles, présentées de la même manière et, le plus important, elles divulguaient une chose en arrière-plan qui avait attiré son attention au départ.

Il pointa la photo du doigt.

— Tu vois ça ?

Savannah se pencha plus près.

— Qu'est-ce que c'est ?

John tapota sur le coin droit de la photo de Buffy, puis en fit de même sur certaines autres.

— Elles ont toutes la même couleur bleue en arrière-plan, ce qui, je suppose est un fond d'écran répandu pour les portraits, mais regarde de plus près.

Le regard de Savannah se détacha de la photo de Buffy et se dirigea vers celles des autres enfants. Soudain, elle dévisagea John, bouche-bée.

— Une déchirure.

Il hocha la tête.

— Oui. Les photographes possèdent différents arrière-plans en rouleaux qu'ils déroulent derrière la personne qu'ils photographient lorsqu'ils veulent changer de décor. Quelles sont les chances pour que plusieurs photographes possèdent un décor bleu divulguant une petite déchirure au même endroit ?

Savannah se redressa.

— Tous ces enfants… C'est le même photographe qui les a pris en photo.

John acquiesça.

— Voilà le lien.

Savannah pointa du doigt les autres photos, celles qui ressemblaient à des photos instantanées.

— Qu'en est-il de tous ces enfants ?

— Je parie que dès que nous appellerons leurs familles, nous découvrirons qu'elles ont toutes vu le même photographe mais que, tout comme toi, elles n'ont pas donné les photos prises chez lui à la police, mais plutôt les clichés instantanés de leurs enfants.

Lentement, Savannah hocha la tête.

— Je n'ai jamais pensé à donner la photo encadrée à la police. J'en avais tellement que j'avais prises moi-même.

— Exactement.

— Alors, quoi, maintenant ? Tu penses que c'est le photographe ?

— Nous verrons bien. Tu te souviens de son nom et de son adresse ?

Elle hocha rapidement la tête.

— Bien sûr.

— Bien. Alors, commençons par lui.

— Elle. Le photographe était une femme.

— Ok.

Cela ne revêtait aucune forme d'importance. Une femme pouvait tout aussi bien qu'un homme être impliquée dans un réseau de trafic d'enfants. En fait, c'était même une meilleure couverture. Les parents ne l'auraient pas perçue comme une menace.

— Je vais demander à un de mes gars d'appeler toutes les familles pour voir si elles sont toutes allées voir la même photographe. Peux-tu écrire son nom et son adresse pour moi ?demanda-t-il.

Elle sortit son portable.

— Je dois l'avoir dans mon agenda.

Elle commença à faire défiler le menu de son téléphone. Mais avant qu'elle n'eût pu parvenir à son agenda électronique, la porte s'ouvrit violemment.

John fusilla celle-ci du regard. Samson se tenait dans l'encadrement de la porte, un certain mécontentement dans les yeux. Et le fait qu'il déboulât au second étage plutôt que de convoquer John dans son bureau n'était pas non plus un très bon signe. Les problèmes avaient commencé.

— Samson.

Lorsque Samson aperçut Savannah, il s'arrêta net.

— Excusez-moi pour cette interruption.

Il hocha la tête à l'intention de Savannah, un léger sourire affiché sur son visage, puis regarda John.

— Tu as une minute, John, ajouta-t-il.

Ce n'était pas une question. C'était un ordre.

John contourna le bureau et suivit Samson à l'extérieur. Il regarda Savannah par-dessus son épaule.

— Je reviens dans une seconde.

Il referma ensuite la porte.

Samson se dirigea vers le bout du couloir, s'y arrêta et se retourna. John l'y rejoignit un instant plus tard.

— C'est quoi ce bordel, John ?balança Samson.

Bien qu'il pût deviner le motif de la contrariété de Samson, il n'allait pas fournir la moindre information. Il supposa que son patron n'avait pas connaissance de tout. Il valait donc mieux ne pas lui donner une raison supplémentaire de lui passer un savon.

— À quoi fais-tu allusion ?

Samson le poussa contre le mur, le visage à seulement quelques centimètres du sien.

— Pensais-tu vraiment que je ne le découvrirais pas ?

Il souffla.

— Utiliser les jumeaux pour travailler sur une affaire que Scanguards a renvoyée à la police de San Francisco et leur faire croire que c'est leur dernière mission pratique ?Tu as perdu l'esprit, putain ?

— Comment—

Samson fit un pas en arrière.

— Oh, s'il te plaît ! Tu sais très bien que Damian et Benjamin sont constamment en compétition avec Grayson, pas vrai ?Ça ne t'est pas venu à l'esprit qu'ils remueraient le couteau dans la plaie à la moindre occasion ?Et tu sais ce que Grayson a fait ?Il a accouru vers moi en se plaignant ne pas recevoir d'affaire aussi intéressante à résoudre que celle des jumeaux. Samson posa les mains sur ses hanches.

— Imagine, poursuivit-il, comme j'ai été surpris d'apprendre sur quoi les jumeaux travaillent : un réseau de trafic d'enfants. Et la personne qui leur a donné cette mission : toi !

Il enfonça l'index dans la poitrine de John.

— Veux-tu bien prendre la peine de m'expliquer ce que tu fabriques, bordel ?dit-il encore.

John s'éclaircit la gorge, tentant de gagner du temps. Apparemment, Samson n'en avait pas.

— Ma patience a des limites ! s'exclama-t-il.

— Écoute, Samson, je sais que tu ne voulais pas de cette affaire, mais je n'ai tout simplement pas pu la refuser.

— Vraiment ?Est-ce que cela n'aurait rien à voir avec cette femme que tu as baisée ?

Samson renifla, démontrant clairement qu'il avait compris.

John pensa que Savannah et lui auraient dû prendre la peine de se doucher après le sexe, mais le temps avait tout simplement manqué. Suivre cette piste était plus important que s'inquiéter de ce que son patron et ses collègues penseraient.

— Il s'agit d'enfants. De petites filles vulnérables. Des petites filles qui vont vivre l'enfer si nous ne les retrouvons pas à temps. Je peux les retrouver. Je peux les ramener chez elles.

Il serra les mâchoires.

— Et si je dois démissionner de Scanguards pour le faire, alors c'est ce que je ferai, précisa-t-il.

Un effet de surprise s'afficha sur le visage de Samson. Pendant un instant, il se tint là, en silence, abasourdi.

— Tu es sérieux, pas vrai ?Tu es prêt à nous quitter pour cette affaire ?

— Ce n'est pas juste une affaire.

Il s'agissait d'une petite fille dont il commençait à se soucier comme s'il avait le droit de le faire.

— C'est une affaire qui n'a rien à voir avec nous.

Samson baissa soudain la voix.

— Aucun vampire n'est impliqué, ajouta-t-il. Tu l'as dit toi-même. Même Donnelly ne pense pas que des êtres surnaturels y soient mêlés.

— Peut-être est-ce le cas. Mais ces gens sont néanmoins des monstres. Ils n'ont pas de canines, ne mordent pas, ne vident pas leurs victimes de leur sang, mais, par Dieu, ces gens ont moins d'humanité en eux que n'importe lequel d'entre nous.

Il garda le regard fixe, rencontrant celui de Samson.

— J'ai trouvé une piste. Je sais que je peux les choper. S'il te plaît, Samson, tu sais comment c'est. Tu t'es retrouvé dans la même situation. Quand ta fille a été enlevée—

— Arrête ! le coupa Samson en levant une main. Plus un mot !

Il prit quelques profondes inspirations, le souvenir du calvaire de sa propre fille se reflétant dans ses yeux. Il laissa courir une main dans ses cheveux noir-corbeau.

— Tu ne joues pas franc jeu, John. Tu sais que nous n'avons pas d'effectifs.

Lorsque John ouvrit la bouche afin de protester une fois de plus, Samson renchérit rapidement.

— Mais parce que je sais ce que ces parents traversent, et parce que je sais que tu veux bien faire, je vais te donner quarante-huit heures pour t'occuper de ça.

Quarante-huit heures n'étaient pas suffisantes pour résoudre cette affaire, mais John les prendrait et réclamerait davantage de temps plus tard.

— Merci, S—

— À une condition, l'interrompit Samson.

John retint sa respiration.

— Grayson et Ryder vont se joindre à toi et aux jumeaux.

Putain !

John déglutit.

— Grayson ?

Samson haussa un coin de la bouche.

— Tu ne me laisses pas le choix. Si je n'affecte pas Grayson à cette affaire, je n'aurai plus jamais la paix chez moi. C'est ton problème, maintenant, dit-il en se frottant une main sur l'autre, comme s'il se débarrassait d'un souci.

— Samson, tu ne peux pas—

— Je peux et je le ferai, l'interrompit-il en se retournant.

— Et, John, ajouta-t-il encore tout en se dirigeant déjà vers les ascenseurs, si Grayson a des ennuis, je t'en tiendrai pour responsable.

Samson disparut dans l'ascenseur. John entendit les portes se refermer, tandis qu'il se tenait, là, figé dans le couloir. La bonne nouvelle, c'était qu'il avait deux garçons de plus dans son équipe. Ryder était un jeune hybride très capable qui s'avèrerait utile. La mauvaise, c'était qu'il allait devoir composer avec Grayson, le fils du patron. Ce dernier était arrogant, manipulateur et pensait que tout lui était dû, ce qui rendait pénible le fait d'être son superviseur. Si ces traits de caractère avaient été les seuls à le définir, il aurait été haï par tout le monde. Mais Grayson avait également hérité du charme de son père et pouvait, s'il le voulait, mener n'importe qui par le bout du nez. Homme ou femme. Ce qui compliquait le fait de lui en vouloir pendant très longtemps.

En ce qui concernait les femmes, Grayson ressemblait à un Casanova des temps modernes : il n'avait pas encore rencontré de joli visage qu'il n'eût aimé. Et les femmes de son âge n'étaient pas les seules susceptibles de recevoir ses avances. Les plus âgées lui succombaient également. Ce qui signifiait que John allait devoir le tenir à l'œil afin qu'il ne posât pas les pattes sur Savannah. Dans le cas contraire, il devrait donner une leçon à ce chiot afin de lui apprendre qu'un homme ne pouvait convoiter la femme d'un autre homme.

19

Alarmé par l'apparition de Samson, nom qu'elle avait reconnu comme étant celui du propriétaire de Scanguards, Savannah avait écouté derrière la porte fermée. Elle n'avait pu distinguer chaque mot ou phrase, mais le timbre de voix des deux hommes ne lui avait laissé aucun doute quant au fait qu'ils se querellaient. Elle avait capté des mots comme *affaire* et *enfants*, lui indiquant qu'ils parlaient de *son* cas, celui de *Buffy*. Mais ensuite, leurs voix avaient soudain baissé considérablement, ne lui permettant plus d'entendre quoi que ce fût. Et elle n'avait décemment pas pu ouvrir la porte afin d'écouter.

Inquiète que Samson eût le moindre problème avec quoi que ce fût et que cela pût impacter la recherche de Buffy, elle se mit à se ronger les ongles et commença à faire les cent pas. Elle ne savait pas depuis combien de temps elle se trouvait seule dans le bureau de John. Soudain, la porte s'ouvrit. Elle se retourna et observa John entrer dans la pièce. Elle était sur le point de lui demander ce qui se passait lorsqu'elle vit deux jeunes hommes le suivre.

Tous deux avaient les cheveux noirs, étaient grands et beaux. Et tous deux la dévisageaient, l'un affichant un sourire poli, et l'autre la regardant d'une manière plus évaluatrice. Ce gamin l'examinait-il ?Et pourquoi lui semblait-il si familier ?

— Savannah, dit soudain John en désignant les deux hommes. Voici Ryder Giles et Grayson Woodford. Ils m'ont été assignés pour nous aider dans l'enquête. Les gars, voici Mademoiselle Rice, notre cliente.

Ryder tendit la main.

— Madame, ravi de vous rencontrer.

Surprise par sa politesse, elle lui serra la main.

— De même, répondit-elle.

Grayson fit alors un pas vers elle, la main également tendue.

— J'espère que je peux vous appeler Savannah.

Un charme fou se dégageait de sa personne. Elle savait à présent qui il était. Son nom de famille l'identifiait comme le fis du propriétaire.

Pourquoi Samson avait-il assigné son propre fils à cette enquête, alors que quelques minutes plus tôt, il s'était querellé avec John ?

— Très heureuse de vous rencontrer, dit-elle, évasive.

John la regarda.

— J'ai rapidement briefé Grayson et Ryder afin de leur indiquer où nous en sommes dans cette affaire, et ils connaîtront les détails plus tard. Mais, dans l'immédiat, nous devons aller nous renseigner sur cette photographe.

Elle hocha la tête.

— Et pour Alexi ?Je ne sais toujours pas—

— Ne t'inquiète pas, l'interrompit John. Damian et Benjamin le prennent en filature. Où qu'il aille, ils seront derrière lui. Il n'ira nulle part sans que nous ne le sachions.

Elle se sentit enveloppée par un sentiment de soulagement.

— En attendant, poursuivit John en s'adressant à Ryder et Grayson, vous parcourrez les dossiers de la police, appellerez chaque famille et leur demanderez si elles ont emmené leur fille chez le photographe avant leur disparition. Notez le nom du photographe et la date à laquelle elles se sont rendues au studio. Je m'attends à ce que ce soit la même photographe dans toutes ces affaires. Savannah, tu as le nom et l'adresse ?

Elle désigna un post-it sur le bureau.

— Je les ai notés.

— Merci.

John le prit et le montra aux deux employés de Scanguards.

— C'est la photographe.

Tous deux sortirent leur portable de leur poche et prirent rapidement une photo du post-it.

— Je ne veux pas que vous posiez de questions tendancieuses, ajouta-t-il. Ne leur dites pas le nom, sans quoi, nous pourrions obtenir de faux positifs. Compris ?

Ryder acquiesça.

— Oui, John.

— Pas besoin que nous passions ces coups de fil tous les deux, répondit Grayson. Il n'y en a qu'une douzaine, environ, c'est ça ?Ryder peut s'en charger tout seul.

Il gratifia son jeune collègue d'une tape dans le dos.

— Pas vrai, mon pote ?ajouta-t-il.

Ryder fit la grimace. Il était visiblement habitué à la domination de Grayson.

— Je préférerais venir avec vous et mettre la pression sur la photographe, poursuivit-il en s'adressant tout sourire à John et Savannah.

— Personne ne va mettre la pression sur personne. Nous allons poser quelques questions, c'est tout, dit fermement John, l'autorité colorant sa voix. Et si tu franchis les limites, tu auras du travail de bureau jusqu'au bout. Compris ?

Grayson grogna.

— Bien sûr, John, tu es le patron, répondit-il ensuite, après quelques secondes.

John hocha la tête, puis regarda Ryder.

— Tu sais quoi faire ?

— Bien sûr.

Le jeune homme contourna le bureau et prit place derrière celui-ci.

— Ce dossier-là ?

— Ouais. Vas-y.

John désigna ensuite les photos instantanées des enfants.

— Appelle d'abord les familles qui ont donné ces instantanés à la police plutôt que les photos prises par un professionnel. Appelle-moi et donne-moi les résultats dès qu'il sera confirmé qu'elles ont vu cette photographe.

— Ce sera fait. À tout à l'heure.

Ryder prit une des photos, vérifia le nom et plongea dans le dossier.

D'instinct, Savannah aimait ce jeune homme. Il semblait minutieux, digne de confiance et agirait selon les ordres de John. Elle en était un peu moins certaine en ce qui concernait Grayson. Bien que le fils du patron fût charmant, il avait également un côté rebelle. Peut-être lui fallait-il être ainsi pour aller de l'avant. Ou pensait-il qu'il n'avait pas à suivre les règles parce qu'il était le fils du patron ?Elle ne s'en souciait pas vraiment, du moment qu'il pût être productif et aider à retrouver Buffy.

— Allons-y, ordonna John. Savannah, tu viens avec moi. Grayson, prends un des fourgons et suis-nous.

— Rock'n'roll, répliqua Grayson en les suivant jusqu'aux ascenseurs.

Lorsque, quelques minutes plus tard, ils sortirent comme une flèche du garage dans la Mercedes de John, Savannah regarda dans le rétroviseur afin de s'assurer que Grayson les suivait. Mais elle ne vit aucun fourgon les suivre. La seule autre voiture sortant du garage derrière eux était une Audi sport.

— Il n'est pas encore derrière nous, dit-elle en lançant un regard latéral à John.

— Oh que si, dit ce dernier en grognant de mécontentement. Mais, comme d'habitude, il a décidé d'ignorer mes ordres et a pris sa voiture personnelle.

Il regarda dans le rétroviseur.

— La R8 derrière nous est la sienne. Frimeur.

— Ce ne doit pas être facile de travailler avec le fils du patron.

John haussa les épaules, mais demeura silencieux.

— Tout à l'heure, tu te disputais avec ton patron à propos de l'affaire ?demanda-t-elle.

Il tourna la tête dans sa direction.

— Qu'as-tu entendu ?

Déconcertée par ce ton abrupt, elle gigota.

— Euh, rien, pas grand-chose, je veux dire. Mais il était évident que vous vous disputiez. Il semblait furieux quand il a déboulé dans ton bureau.

John sembla se détendre et se concentra à nouveau sur le trafic.

— Ce n'était rien. Juste quelques problèmes administratifs. Rien dont tu ne doives t'inquiéter.

Elle put voir qu'il mentait. Mais elle ne le pressa pas de lui donner davantage d'informations, car elle savait que cela ne la regardait pas. Juste parce qu'ils avaient couché ensemble ne signifiait pas qu'elle était autorisée à tout savoir. En la gratifiant d'un tel vent, John s'était assuré qu'elle sût qu'elle ne devait plus refranchir cette limite. Elle n'était pas sa petite amie ou sa maîtresse, mais juste une cliente avec laquelle il avait couché dans un moment de folie. Point barre. Son silence après l'acte lui avait presque fait suspecter qu'il regrettait ce qui s'était passé, et sa réponse évasive en était à présent la confirmation.

Savannah tourna la tête et regarda par la fenêtre. Cela avait été une erreur de coucher avec John, de s'autoriser quelques minutes de plaisir. Maintenant que c'était terminé, elle se sentait coupable de s'être accordée quelques moments de pur bonheur, alors que sa fille était enfermée, quelque part, effrayée et seule.

Elle était une mauvaise mère.

Une mère terrible pour avoir cherché quelques moments de bonheur dans les bras d'un homme qu'elle connaissait à peine. Des bras qui lui avaient paru réconfortants et apaisants. Des bras qu'elle se languissait de retrouver.

Et cette pensée ne faisait qu'accentuer son sentiment de culpabilité.

20

Le studio de la photographe se situait dans un loft servant également d'habitation au sud du Market district, seulement à une dizaine de minutes en voiture des quartiers généraux de Scanguards. L'entrepôt converti comprenait en tout huit lofts et, selon Savannah, la photographe, une femme nommée Kerry Young, occupait l'un d'entre eux à l'étage supérieur.

N'apercevant aucune place de stationnement libre, John s'arrêta devant le bâtiment, bloquant l'entrée du garage commun. Sachant que la police mettrait au moins une demie heure avant d'arriver dès l'instant où un résident les appellerait pour se plaindre, il n'y avait aucun risque que sa voiture fût remorquée. Ils seraient partis avant cela. Et s'ils devaient vraiment y rester plus longtemps, John pourrait compter sur un autre avantage : dès que l'officier de police encoderait son numéro de plaque, il recevrait une notification stipulant que ce véhicule était utilisé dans le cadre d'une affaire officielle des forces de l'ordre. Il ne la ferait donc pas remorquer, et John recevrait un texto l'alertant de la nécessité de déplacer son véhicule. C'était un avantage négocié entre Samson et le chef de la police afin de faciliter les patrouilles de Scanguards à travers la ville.

John sortit de sa Mercedes, tandis que Grayson se garait à côté de lui, stationnant dès lors sa voiture de sport en double file. John referma la portière et se dirigea vers l'avant de son véhicule. Il n'eut pas l'occasion d'étaler ses manières démodées du Sud en ouvrant la portière à Savannah, car elle était déjà en train de la refermer après être sortie de la voiture. John appuya sur le bouton de sa télé-commande afin de la verrouiller.

— Prête ?lui demanda-t-il en rencontrant son regard.

— Qu'allons-nous lui dire ?Je veux dire qu'on ne peut tout simplement pas débouler chez elle et l'accuser d'avoir kidnappé Buffy et les autres filles, dit Savannah, d'un air douteux.

— Ne t'inquiète pas, je vais m'en occuper. Tout ce que tu as à faire, c'est de nous faire entrer dans le bâtiment.

Il désigna le système d'entrée, une boîte rectangulaire pourvue de boutons, d'un haut-parleur et d'une caméra permettant aux résidents de voir qui voulait entrer.

— Sonne à son appartement et dis-lui que tu dois monter la voir d'urgence. Grayson et moi nous tiendrons sur le côté de sorte que la caméra ne verra que toi.

John se déplaça sur le côté, hors du champ de la caméra et fit signe à Grayson d'en faire de même. Il observa Savannah taper quelques chiffres. Une sonnerie émana de la boîte, puis un craquement accompagné d'une voix féminine.

— Oui ?

— Mademoiselle Young, c'est Savannah Rice. Vous vous souvenez de moi ?Je suis venue avec ma fille, Buffy, la faire prendre en photo, il y a quelques semaines.

— Oh, oui, maintenant je vous reconnais. Il y a un problème ?

— Oui, dit Savannah, j'ai besoin de votre aide.

Elle regarda tout autour d'elle, comme si elle avait entendu quelque chose.

— La batterie de mon portable est morte et—

Elle tourna la tête, puis la ramena vers le haut-parleur.

— Oh, mon Dieu, non ! ajouta-t-elle. Cet homme, il me suit. S'il vous plaît ! Il faut que je me mette à l'abri pour appeler à l'aide.

— Vite ! répondit Kerry Young, alors que le buzzer retentissait.

Savannah poussa la porte et la tint ouverte.

John s'avança vers elle.

— Ça c'est de la comédie.

Il retint la porte, laissa Savannah le précéder et entra ensuite dans le hall, Grayson sur ses talons.

— Tu peux toujours compter sur une femme pour qu'elle vienne en aide à une autre femme si elle croit qu'un homme la pourchasse, dit Savannah en appuyant sur le bouton de l'ascenseur.

Les portes s'ouvrirent immédiatement.

Tandis qu'elle pénétrait à l'intérieur, John désigna l'escalier.

— Grayson et moi allons prendre l'escalier. Donne-nous environ dix secondes avant d'appuyer sur le bouton du dernier étage afin qu'on puisse y être avant toi.

Elle hocha la tête.

John gravit la première volée de marches en courant, Grayson le suivant de près. Le bâtiment n'était pourvu que de quatre étages, rez-de-chaussée inclus, et en faisant usage de leur vitesse de vampire, Grayson et lui se retrouvèrent juste devant la cage d'ascenseur lorsqu'un tintement annonçant l'arrivée de la cabine au dernier étage se fit entendre.

Une porte s'ouvrit juste en face de l'ascenseur au moment où Savannah en sortait.

— Entrez, entendit dire John.

— Merci beaucoup, je vous en suis vraiment reconnaissante.

Lorsqu'il entendit les bruits de pas de Savannah sur le sol en béton, John se rua derrière elle, tendit la main vers la porte et l'attrapa de sorte que Mademoiselle Young ne pût la lui claquer au visage.

Sous le choc, elle cria et tituba en arrière. John la suivit dans l'appartement, Grayson derrière lui.

— À l'aide ! hurla la femme, la peur dans les yeux.

John leva une main et fit signe à Grayson de reculer.

— Doucement, Mademoiselle Young. Nous ne vous voulons aucun mal. Nous sommes juste là pour obtenir des réponses à certaines questions.

La femme recula petit à petit jusqu'à ce que son dos vînt heurter la table de la salle à manger.

— Éloignez-vous de moi.

Elle projeta son regard par-delà John et Grayson.

— Vous ! ajouta-t-elle, j'essayais de vous aider !

Savannah s'arrêta entre John et Grayson.

— Mademoiselle Young. Ceci n'est pas ce à quoi vous pensez. Je le promets, personne ne vous fera de mal. Mais nous avons des questions au sujet des photos que vous avez prises de ma fille, de Buffy. Il y a cinq jours, elle a été kidnappée. Et les photos que vous avez prises sont notre seule piste.

La femme dispersa son regard entre Savannah, John et Grayson.

— Ils ne sont pas de la police. Autrement, ils l'auraient dit.

— Nous sommes détectives privés, se confondit John. Malheureusement, la plupart des gens ne nous laissent pas entrer chez eux spontanément. Nous devons donc avoir recours à une ruse ou deux. Toutes mes excuses.

Elle hésitait encore, les regardant toujours avec doute et crainte.

— Je veux que vous partiez maintenant, et je n'appellerai pas la police.

John secoua la tête.

— Nous partirons— après que vous ayez répondu à nos questions.

— Je ne comprends pas. Je suis juste photographe.

John fourra la main dans la poche de sa veste. Mademoiselle Young poussa un cri perçant, comme si elle s'attendait à ce qu'il en extirpât un pistolet.

— Calmez-vous, Mademoiselle Young.

Il sortit une photo de Buffy et la leva afin qu'elle pût la voir.

— Avez-vous pris cette photo ?

Elle le dévisagea pendant un moment, puis posa son regard sur la photo. Lentement, elle hocha la tête.

— Oui, je me souviens d'elle. Elle est très photogénique. Un plaisir de travailler avec elle.

Ensuite, elle regarda Savannah.

— Vous avez dit qu'elle avait été kidnappée ?poursuivit-elle. Est-ce la vérité ou juste une autre ruse pour vous introduire ici ?

Une triste expression sur le visage, Savannah secoua la tête.

— Elle a été enlevée il y a cinq jours. Tout comme une douzaine d'autres enfants.

Stupéfaite, Mademoiselle Young regarda de nouveau la photo et John, par la suite.

— Qu'est-ce que cette photo a à voir avec ça ?

— Toutes les filles qui ont disparu sont venues chez vous pour une séance photos avant leur disparition, dit calmement John, bien que n'ayant pas encore reçu de confirmation de la part de Ryder.

Les yeux de la photographe s'écarquillèrent sous le choc.

— Non, ce ne peut pas être vrai. M-m-mais c'est impossible, bégaya-t-elle.

Elle pressa une main contre sa poitrine, le regard allant et venant entre Savannah, Grayson et John.

— Vous pensez que j'ai quelque chose à voir avec ça ?ajouta-t-elle.

Elle secoua la tête, puis pointa le doigt vers Savannah.

— Mais vous étiez ici, avec elle, dit-elle encore. Vous savez qu'il ne s'est rien passé ici. Vous l'avez ramenée chez vous.

John s'éclaircit la gorge.

— Nous ne sommes pas en train de dire que c'est vous qui avez enlevé les filles. Mais vous êtes le lien entre elles. La *seule* chose que ces filles ont en commun, c'est que c'est vous qui avez pris leur photo.

— Mais ça ne veut rien dire, protesta-t-elle.

— Au contraire, dit John. C'est pour cette raison que nous sommes ici. Nous devons savoir ce que vous avez fait des fichiers numériques, qui les a vus, qui aurait pu les copier, qui y a eu accès.

— Personne. Mes fichiers sont sécurisés.

Elle désigna un bureau dans le coin, là où deux grands écrans d'ordinateur étaient posés l'un à côté de l'autre, un clavier juste devant et une station d'accueil avec laptop entre les deux. Différentes photos étaient affichées sur les écrans.

John désigna le bureau.

— Grayson.

L'hybride se dirigea vers celui-ci, se laissa tomber sur le siège et toucha la souris.

— Hé, vous ne pouvez pas utiliser mon ordinateur.

Mais Grayson ne se retourna même pas. Elle s'adressa donc plutôt à John.

— Et qu'arrivera-t-il s'il efface quelque chose ?C'est confidentiel.

— Ne vous inquiétez pas. Il est qualifié, dit calmement John en s'approchant du bureau, tandis que Grayson faisait pivoter son siège.

— Sécurisés, hein ?souffla Grayson. Alors, pourquoi y a-t-il des photos de tous ces enfants sur un site web accessible au public ?

Il en désigna plusieurs d'entre elles.

— Regarde ça, John, poursuivit-il. Je reconnais celle-ci, celle-ci et ces deux-là. Ce sont celles qui proviennent des rapports de police.

— Putain !

John se retourna. Vous appelez ça sécurisés ?Chaque pervers du pays peut voir ces photos.

— Non ! protesta Mademoiselle Young en se rapprochant, l'air à présent plus furieux qu'effrayé. La seule raison pour laquelle vous pouvez les voir sur ce site, c'est parce que j'y suis connectée.

Elle désigna un endroit dans le coin supérieur droit de l'écran.

— Je travaillais dessus tout à l'heure, c'est pour cela que je suis toujours connectée. Personne ne peut accéder au site sans un identifiant et un mot de passe.

Elle se retourna pour regarder Savannah, laquelle s'était également rapprochée.

— Vous le savez. Je vous avais dit que je donne un identifiant et un mot de passe différent à chaque client afin qu'ils puissent voir les épreuves en ligne. Mais ils ne peuvent voir que les leurs, pas les photos d'un autre client.

Savannah acquiesça et regarda John.

— C'est vrai. Mademoiselle Young m'a donné un mot de passe pour que je choisisse les photos du shooting que je voulais. Et il n'a fonctionné qu'une semaine.

Mademoiselle Young hocha la tête avec enthousiasme.

— Les identifiants expirent après sept jours. Et, à moins qu'un parent ne l'ait partagé avec des amis, il est impossible que quelqu'un d'autre puisse avoir vu ces photos.

— En réalité, dit lentement Savannah, c'est possible.

Tous les regards se tournèrent brusquement vers elle.

— Comment ?demanda John.

— Il se peut que quelqu'un ait piraté le système. Ce n'est pas si difficile.

La photographe ouvrit la bouche afin de protester, mais Savannah leva la main.

— Je sais de quoi je parle, ajouta-t-elle. Vous n'êtes ni une agence gouvernementale ni une puissante entreprise de haute technologie. Vous ne possédez pas les mesures de sécurité que ces compagnies possèdent.

Elle désigna l'ordinateur.

— Si quelqu'un voulait entrer là-dedans, il le pourrait.

— Je n'y crois pas, répondit Mademoiselle Young, les dents serrées.

— Que vous le croyiez ou pas n'a aucune importance, dit John. Je le crois. Dites-moi, où gardez-vous les noms et adresses de vos clients ?

Mademoiselle Young pointa le menton en direction de l'ordinateur.

— Dans une base de données.

— Et je suppose que, d'une façon ou d'une autre, vous faites un lien entre les adresses et les photos ?

Elle secoua la tête.

— Non. La base de données est séparée.

Les clics de la souris se faisant entendre derrière lui, John regarda par-dessus son épaule et remarqua que Grayson cliquait sur les photos, révélant ainsi les noms des fichiers. Le jeune homme se retourna, adressant un large sourire triomphant à la photographe.

— Nom de famille, date et numéro de séquence ?C'est vraiment ça votre convention d'appellation pour les fichiers photographiques ?Et vous pensez que la personne qui a piraté votre ordinateur et examiné la base de données n'aurait pas été capable de relier les photos aux noms et adresses ?

Grayson fit claquer sa langue.

— Travail d'amateur.

Mademoiselle Young laissa échapper un halètement, et John la vit presser une main sur sa bouche. Ses yeux arborèrent un regard suppliant.

— Mais pourquoi quelqu'un voudrait… dit-elle.

— Parce que les trafiquants sexuels d'enfants sont—

— La ferme, Grayson !

John voulut libérer ses canines à l'intention de l'hybride, mais il se contenta de le regarder furieusement.

Grayson grogna quelque chose d'inintelligible pouvant être une excuse, mais il était trop tard. John dirigea son regard vers Savannah et vit les larmes dans ses yeux. Putain ! Grayson devait-il lui rappeler le destin qui attendait Buffy s'ils ne parvenaient pas à la retrouver à temps ?Connard insensible !

Bien qu'il sût que Savannah suspectait déjà qu'un réseau de trafic d'enfants *était* un réseau de prostitution, il n'y avait aucune utilité de le citer tout haut et accentuer la douleur. Il valait mieux ne pas exprimer certaines choses. Il aurait voulu réconforter Savannah, mais ce n'était ni le lieu ni le moment.

John s'adressa plutôt de nouveau à la photographe.

— Nous devons emmener votre ordinateur. Nous demanderons à notre équipe d'informaticiens de le passer au peigne fin de manière à trouver la moindre trace de piratage.

— Mais j'en ai besoin pour travailler. Sans lui—

— Si vous préférez que je vous conduise au poste de police pour vous faire citer comme complice dans treize chefs d'inculpation d'enlèvement et de trafic d'enfants, cela peut se faire, dit John, d'une voix tonitruante.

Visiblement intimidée, les bras croisés comme si elle avait froid, Mademoiselle Young recula.

— Prenez-le, s'il vous plaît. Je vais coopérer. Quoi que vous ayez besoin. Identifiants, mots de passe. Demandez-les, tout simplement.

John acquiesça, quelque peu apaisé par sa docilité.

— Il se peut que mes informaticiens vous appellent s'ils ont besoin d'autre chose.

Il désigna un tas de cartes de visite sur le bureau.

— Votre numéro de portable y est inscrit ?demanda-t-il.

— Non. Juste mon numéro professionnel.

Il prit une carte et un stylo et les lui tendit.

— J'ai besoin d'un numéro auquel on puisse vous joindre vingt-quatre heures sur vingt-quatre, sept jours sur sept.

Elle griffonna rapidement un numéro à l'arrière de la carte et la lui tendit en retour.

— Autre chose : ce qui s'est passé ici ce soir, tout ce que nous vous avons dit ou ce que vous nous avez dit, pas un mot à quiconque. Ni même à votre mère, votre père, votre sœur, votre frère, votre meilleure amie. Vous comprenez ?Si vous parlez à quelqu'un de nos soupçons, je devrai supposer que vous essayez de les avertir. Et alors, je devrai vous pourchasser.

— Oui, je comprends.

Mademoiselle Young hocha rapidement la tête, la lèvre inférieure tremblante.

Il détestait effrayer les femmes mais, dans ce cas, il était important de lui faire prendre conscience qu'elle ne pouvait parler à personne de cette piste qu'ils suivaient. La moindre fuite pourrait alerter les personnes qui étaient derrière tout ceci, et elles disparaîtraient avant que John ne pût les attraper.

21

À la sortie du bâtiment, John se tourna vers Savannah.

— Grayson va apporter l'ordinateur à l'équipe informatique du QG pendant que je te ramène chez toi.

Elle le dévisagea.

— Je ne rentre pas. Nous avons enfin une piste, et tu crois que je vais rester assise à la maison à me tourner les pouces ?

Bien sûr, elle était un peu secouée par la manière dont John avait intimidé la photographe dans le but d'obtenir sa coopération, mais cela avait donné les résultats escomptés. Elle savait à présent pourquoi la police avait suggéré qu'elle engageât Scanguards : ils n'étaient pas tenus de respecter les lois qui régissaient le fonctionnement de la police. Scanguards pouvait pénétrer dans la maison de quelqu'un sans mandat et menacer les gens pour les forcer à répondre à leurs questions.

— Logique, dit finalement John.

Il échangea ensuite un regard avec Grayson, lequel transportait le laptop.

— On se retrouve au labo informatique, ajouta-t-il, et vois avec Thomas ou Eddie si l'un d'entre eux peut jeter un œil immédiatement au laptop. Ne les laisse pas déléguer ça à un de leurs membres du personnel. Je veux le meilleur.

— Compris, dit Grayson avant de monter dans sa voiture.

Savannah regarda par-dessus son épaule et vit John s'approcher.

— Non. Franchement, je ne vois pas pourquoi il faut que tu remettes ce laptop à tes informaticiens. Je suis tout à fait capable de découvrir s'il a été piraté.

— Je sais que tu le peux, mais tout comme un cardiologue n'opère pas son propre cœur, je ne vais pas te faire faire ça. Nous ne savons pas ce que nous allons trouver. Et je ne veux pas que tu, euh—

— que je m'écroule ?demanda-t-elle, terminant ainsi sa phrase.

Son regard lui dicta que c'était exactement ce qu'il avait voulu dire.

— À cause de ce que Grayson a dit ?ajouta-t-elle.

Elle secoua la tête, quoiqu'entendre quelqu'un le dire tout haut lui eût glacé le sang.

— Penses-tu vraiment que cette pensée ne m'avait pas traversé l'esprit ?poursuivit-elle. Dès l'instant où tu m'as dit que Buffy n'était pas la seule petite fille à avoir disparu et que toutes les autres avaient également son âge, j'ai su ce que cela signifiait.

Elle soupira.

— C'était très prévenant de ta part de ne pas le dire, mais nous savons tous deux pourquoi les enfants font l'objet de trafic et ce que ces salauds ont l'intention de leur faire.

John posa une main sur son avant-bras et le serra.

— Ça ne veut pas dire qu'on doive te le rappeler constamment. Et j'ai de bonnes raisons de croire qu'ils ne l'ont pas encore touchée.

— Tu n'as pas à me mentir.

Elle fit mime de se détourner, mais il ne la relâcha pas.

— Je ne te mens pas. La photo qu'ils t'ont envoyée. Elle semble effrayée, oui, mais elle n'a pas encore perdu son innocence. J'ai vu des enfants en ayant fait la triste expérience. On peut le voir dans leurs yeux, voir l'horreur qu'ils ont vécue. Je ne la vois pas chez Buffy.

Une lueur d'espoir fleurit dans son cœur.

— Ce ne sont pas juste des paroles ?

Il secoua légèrement la tête.

— Fais-moi confiance. Si on a affaire à un réseau de trafic d'enfants, cela veut dire qu'ils devront les transporter dans un endroit sûr où ceux qui les ont achetés viendront en prendre possession. Et ces gens veulent leur… euh.. les veulent en parfaite condition. Pas blessés. Les trafiquants ne sont généralement pas les clients finaux. Leur boulot est de livrer les enfants, rien de plus.

— J'espère que tu as raison. J'espère que nous n'arriverons pas trop tard.

John lui relâcha le bras et ouvrit la portière de la voiture afin de lui permettre d'entrer. Quelques instants plus tard, ils étaient en route vers Scanguards, puis de retour dans le parking. Mais cette fois, ils ne retournèrent pas dans le bureau de John. Ils demeurèrent plutôt au sous-sol. Il la guida à travers un labyrinthe de couloirs avant d'arriver dans une grande pièce pourvue d'une multitude de postes de travail informatisés. D'un côté, derrière un mur de verre, se trouvait une plus petite pièce, plus que probablement climatisée, où reposaient des rangées de serveurs. Sur un autre mur, des douzaines d'écrans avaient été fixés. Tous ensemble, ils formaient un grand écran, un peu comme celui qu'on trouverait dans la salle de contrôle de la NASA.

À la surprise de Savannah, pratiquement chaque poste de travail était occupé. Elle jeta un œil à sa montre-bracelet. Il était presque minuit et, pourtant, cette pièce bourdonnait d'activité, telle une autoroute en pleine heure de pointe. Plusieurs des hommes et des femmes y travaillant tournèrent la tête et la dévisagèrent comme si elle était entrée dans un endroit où elle n'avait pas à se trouver. Mais, lorsque leurs regards se posèrent sur John, lequel se trouvait à ses côtés, leurs ordinateurs reçurent à nouveau leur attention.

— Voilà Grayson, dit John en désignant un poste de travail tout au bout de la pièce.

Tandis qu'ils s'avançaient pour le rejoindre, Savannah remarqua qu'il avait déjà installé le laptop, l'avait allumé et était en train de parler à un grand homme blond vêtu d'un pantalon en cuir et d'une chemise blanche dont les manches étaient roulées jusqu'aux coudes. Elle ne put s'empêcher de remarquer à quel point ce pantalon lui seyait et à quel point il paraissait en bonne forme physique. Soudain, il regarda par-dessus son épaule, comme s'il avait perçu son regard sur lui. Des yeux d'un bleu perçant la scrutèrent— mais pas de la façon dont elle était accoutumée à être regardée de haut en bas par un homme. Il ne s'attarda ni sur ses seins ni sur ses jambes, mais maintint plutôt le regard suspendu à son visage avant de le diriger, visiblement satisfait, vers John.

— Salut, John, dit l'homme.

— Thomas, merci d'être venu si vite, répondit John en lui serrant la main. Voici Savannah Rice. Savannah, voici Thomas Brown-Martens, le chef du département informatique de Scanguards.

Elle n'avait jamais vu un informaticien aussi musclé que celui-là. Et elle avait rencontré beaucoup de férus en informatique. Comment avait-il fait pour arriver jusqu'au sommet en ayant toujours le temps de faire de l'exercice ?

Elle lui offrit sa main, et il la lui serra.

— Ravi de vous rencontrer.

— De même.

— Est-ce que Grayson a eu l'opportunité de te briefer sur ce que nous cherchons ?demanda John.

— Oui, l'essentiel. Je suis certain que n'importe qui parmi mon personnel pourrait gérer ça.

Thomas lança un regard narquois à John.

— Tu veux bien m'expliquer pourquoi tu as besoin de moi pour ça ?ajouta-t-il.

— Parce que tu es le meilleur et le plus rapide, dit John, accentuant son accent du Sud.

— De la flatterie, je vois. Que penses-tu d'enseigner cet accent à Eddie et ainsi conclure ce marché ?

Thomas s'assit devant le laptop. Ses mains parcoururent le clavier avec une dextérité telle qu'elle étonna même Savannah. Elle avait toujours pensé être bonne, bien connaître son métier, mais observer Thomas en train de débloquer des bribes d'informations depuis l'ordinateur portable de la photographe la fit se sentir comme une amatrice, en comparaison.

Elle tourna la tête afin de regarder John et surprit son regard sur elle.

— Tu veux quelque chose à manger ou à boire ?

Elle secoua la tête.

— Non, ça va.

— Tu as dîné ?demanda-t-il.

— Non, mais ça va.

— Non, ça ne vas pas.

Il regarda Grayson.

— Appelle sur mon portable dès que vous avez quelque chose. Nous serons au salon H.

— Mais je n'ai pas faim, protesta Savannah.

— Accorde-moi trente ou quarante minutes, dit Thomas en regardant par-dessus son épaule, les yeux rencontrant ceux de Savannah. De toute façon, vous ne pouvez rien faire ici dans l'immédiat.

John lui prit le bras et l'emmena à l'extérieur de la pièce.

— Il se peut que tu penses ne pas avoir faim, mais je ne veux pas te voir tomber dans les pommes par manque d'énergie. Tu as été debout toute la journée, tu as traversé une terrible épreuve, ce soir, et ensuite—

Il stoppa net lui-même, comme s'il avait été sur le point d'ajouter quelque chose qu'il savait ne pas devoir mentionner : ce qu'ils avaient fait plus tôt.

— Bien, je vais manger, dit-elle rapidement dans le but d'éviter un silence gênant.

Elle ne voulait pas qu'on lui rappelât que, seulement deux ou trois heures auparavant, elle avait couché de manière torride et sauvage avec John, un homme qu'elle connaissait à peine. Il ne souhaitait certainement pas plus qu'elle qu'on le lui rappelât. Après tout, cela avait été une erreur. Un manque de jugement de part et d'autre. Le résultat intégral du danger dans lequel ils s'étaient retrouvés.

John la conduisit dans une grande pièce au premier étage et referma la porte derrière eux. Ils étaient les seuls personnes présentes. Savannah regarda tout autour d'elle. L'endroit ressemblait à un salon d'aéroport de première classe. Elle ne savait pas réellement à quoi elle s'était attendue. Une cafeteria, peut-être ?Mais ceci était bien plus que cela. Il y avait de confortables coins salon, des tables à manger, un bar et, le long des murs, des étagères réfrigérées avec toutes sortes de nourriture préemballée, de même que des fruits frais, du chocolat et d'autres douceurs. Il y en avait pour tous les goûts.

— C'est la cafeteria ?demanda-t-elle, gratifiant John d'un regard surpris.

Il haussa les épaules.

— On l'appelle tout simplement salon. Les employés viennent ici pendant leurs pauses ou entre leurs gardes. Ce peut être un boulot stressant, et il y a des jours où on n'a pas le temps de rentrer chez soi. La direction sait comment garder tout le monde heureux.

Il désigna la nourriture.

— Prends ce que tu veux.

Lorsqu'elle se dirigea vers les étagères remplies de yaourts et de fruits, elle remarqua que John s'asseyait sur un des confortables canapés à éléments.

— Tu ne prends rien ?

— J'ai dîné tout à l'heure. Mais que ça ne t'arrête pas. Tu as besoin de forces.

Elle choisit un yaourt, un bol de mélange de fruits, une bouteille d'eau et une barre de chocolat de luxe, puis rejoignit John sur le canapé, s'enfonçant dans le coin situé à l'autre bout.

— Ça ne me paraît pas beaucoup, dit-il en haussant les sourcils.

— C'est plus que ce que je ne peux manger dans l'immédiat, le rassura-t-elle en plongeant sa cuillère dans le yaourt.

Ce ne fut que lorsque la nourriture vînt rencontrer son estomac vide qu'elle réalisa qu'elle était affamée. Elle avait avalé le yaourt, les fruits et la majeure partie du chocolat lorsqu'elle leva les yeux et réalisa que John s'était levé et était allé en chercher davantage.

— Mange, dit-il simplement en déposant les articles devant elle. Je reviens dans une minute.

Elle hocha la tête et l'observa quitter la pièce. La douce musique provenant des haut-parleurs du plafond était apaisante et, pendant un court instant, elle s'enfonça dans les confortables coussins et ferma les yeux pour se détendre.

John et ses collègues de Scanguards l'avaient impressionnée. Ils étaient efficaces et extrêmement compétents. Thomas était manifestement un génie en informatique, et John savait comment extirper des informations de n'importe qui. Elle savait qu'elle se trouvait entre de bonnes mains. Scanguards avait accompli, en quelques heures, davantage que ce que la police n'avait fait depuis la semaine durant laquelle le premier enfant avait été porté disparu.

Elle soupira. Ce cauchemar serait-il bientôt terminé ?Scanguards serait-elle capable de maintenir sa promesse envers elle ?Ses agents lui ramèneraient-ils Buffy à la maison ?

22

John fit brièvement un saut au salon V afin d'avaler un verre de sang. Être en présence de Savannah avait renforcé, plus que d'ordinaire, son besoin de se sustenter. Il savait qu'il devait prendre des précautions afin de ne pas perdre la tête en sa présence et descendit donc rapidement deux verres de O-Neg. Juste comme il quittait le salon, son portable sonna. Il regarda l'écran.

— Ryder ?

— Salut John. Ton intuition était bonne. Tous les enfants qui ont disparu sont allés faire une séance photos au studio de Kerry Young.

— Merci, Ryder. Nous venons d'y aller. Il se peut que son site ait été piraté. Thomas y jette un œil en ce moment. Je suis de retour au QG.

— Quelque chose que je peux faire pour toi ?

— Assure le suivi avec Damian et Benjamin et vois s'ils savent déjà si Alexi Denault possède une propriété où il pourrait cacher les enfants. À ce stade, il est notre suspect numéro un. Il a eu l'opportunité et possède les connaissances techniques adéquates.

— Ouais, et il est russe. J'ai parcouru les rapports de police. Si c'est lui, il doit avoir bon nombre de complices. Ils ont besoin de plusieurs personnes pour surveiller les enfants. Ce n'est pas l'opération d'un seul homme.

— Non, ce ne l'est pas. Mais il semble qu'il soit prudent. Damian a dit qu'il restait discret. On doit juste le prendre au dépourvu.

— Es-tu sûr que la photographe n'est pas impliquée ?

— Presque certain. Elle a vraiment été surprise quand je l'ai confrontée. Difficile de simuler ça.

Il soupira.

— Quoi qu'il en soit, merci, Ryder, ajouta-t-il. Reste au QG pour le moment, au cas où j'aurais besoin de toi pour autre chose.

Il raccrocha et retourna au salon destiné aux humains.

Savannah était toujours assise au même endroit que précédemment, mais elle avait les yeux fermés et était appuyée contre les coussins du canapé. Il s'assit en silence et observa la quiétude de son visage. Pas étonnant qu'elle se fût assoupie. Elle avait eu son lot d'émotions et n'était pas habituée aux horaires que ses collègues et lui suivaient. Il n'eut pas le cœur de la réveiller et, en ce moment précis, il n'y en avait aucune nécessité. Il demeura simplement assis là à l'observer, à l'autre coin du canapé, assis de côté, une jambe repliée et l'autre au sol.

S'ils étaient de vrais amants, deux personnes en relation, il aurait fréquemment l'occasion de la voir de la sorte. Il savait qu'il aurait plaisir à la voir dans cette position. En sécurité, sous son regard bienveillant. Se fiant à lui pendant qu'elle dormait. Oui, il aimerait cela. Mais il savait également que les chances que cela se produisît, qu'une relation se développât entre eux, étaient minimes. Mauvais endroit, mauvais moment. Mauvaise espèce— pas celle de Savannah, mais bien la sienne. Car une femme comme elle, une femme qui avait la responsabilité d'un enfant, risquerait-elle de ramener un vampire chez elle ? Ne craindrait-elle pas qu'il pût faire du mal à sa fille, même s'il lui disait qu'il traiterait Buffy comme la sienne ? Mais pourquoi le croirait-elle ? Elle ne verrait en lui que la créature assoiffée de sang et pas l'homme doté d'une capacité à aimer et protéger les innocents.

Son portable tinta doucement. Un texto de Thomas. Il le lut.

Bonne et mauvaise nouvelle. Viens au labo.

John remit son portable dans sa poche. Il observa à quel point Savannah dormait paisiblement et, pendant un court instant, la contempla sans la réveiller. Il sut néanmoins qu'elle serait bouleversée s'il ne le faisait pas. Elle avait le droit d'être impliquée dans tout ceci et, s'il venait à l'exclure, comment pourrait-elle jamais lui faire pleinement confiance ?

Doucement, il posa une main sur son épaule.

— Savannah.

Elle sursauta brusquement tout en se débarrassant de sa main en un mouvement d'épaules.

— Quoi ?

Lorsque son regard se posa sur lui, elle appuya une main sur sa poitrine, attirant dès lors celui de John sur ses seins, lesquels se soulevaient rapidement, tandis qu'elle reprenait des inspirations en vue de se calmer.

— Je dors depuis combien de temps ? Quelque chose s'est passé ?

— Tout va bien. Tu ne t'es assoupie que quelques minutes. Thomas a des nouvelles. On devrait retourner au labo.

Il lui offrit sa main afin de l'aider à se relever mais, soit elle ne la vit pas, soit elle ne voulut pas de son aide. Il tenta de ne pas le prendre pour lui. Ce rejet ne faisait, néanmoins, qu'accentuer le sentiment qu'elle voulût oublier l'intimité précédemment partagée.

Lorsqu'ils arrivèrent au labo quelques minutes plus tard, Thomas était toujours assis en face de l'écran, tandis que Grayson était assis sur le bureau.

— Alors, qu'as-tu trouvé ? demanda John, sans préambule.

— La bonne nouvelle d'abord, commença Thomas.

Savannah inspira profondément.

— Il y a effectivement des preuves attestant que quelqu'un a piraté le serveur de la photographe et a eu accès aux fichiers de photos et à la base de données des clients, poursuivit-il.

— Vous avez dit bonne nouvelle, dit Savannah, la voix un peu tremblante. Alors, quelle est la mauvaise ?

Thomas la regarda droit dans les yeux, une expression sérieuse sur le visage.

— Le pirate est doué. Très doué, même. Il a pu effacer sa trace. Je n'ai aucune idée de l'endroit où il se trouve. Il se pourrait qu'il soit dans le bâtiment d'à côté ou n'importe où dans le monde, même en Chine, pour ce que j'en sais.

— Putain, jura John.

— Ouais, agréa Thomas. Mais ce n'est pas tout.

Il pivota sur son fauteuil et cliqua sur une fenêtre affichée sur l'écran du pc.

— Nous avons également trouvé ceci dans le fichier client de Buffy, ajouta-t-il.

Des photos de la fillette accompagnée de sa mère apparurent à l'écran.

John lança un regard à Savannah.

— Tu n'as pas mentionné que la photographe avait également pris des photos de toi.

Elle haussa les épaules.

— On en a juste fait quelques-unes, parce que Buffy en voulait une de nous ensemble. Et la photographe n'a pas sourcillé à faire quelques prises supplémentaires pour le même prix. Pourquoi est-ce important ?

Grayson descendit du bureau en un bond.

— Cela a de l'importance parce qu'ils ont également essayé de vous enlever.

Surpris que Grayson fût au courant de cela, John adressa un regard interrogateur au jeune hybride.

— J'ai parlé aux jumeaux, précisa-t-il. Ils m'ont briefé.

— Je ne comprends toujours pas, l'interrompit Savannah.

John se tourna vers elle.

— Ce que Grayson met en évidence, c'est que ceux qui ont kidnappé tous ces enfants ont vu ta photo et que, pour quelque raison que ce soit, ils ont décidé de t'enlever également.

Thomas désigna l'écran.

— Je pense à plusieurs raisons.

Savannah tourna la tête vers lui, mais Thomas ne donna aucun détail.

— Mais… dit-elle en désignant la photo, sans toutefois terminer sa phrase.

John soupira.

— Celui qui voulait Buffy t'a vue et a décidé qu'il te voulait également.

Et il se souvint à présent d'une chose susceptible d'expliquer la raison pour laquelle le ravisseur ne les avait pas enlevées en même temps.

— Tu te souviens, poursuivit-il, m'avoir dit que le jour de la disparition de Buffy, tu étais en retard et que, plutôt que d'aller la chercher à l'école, tu as envoyé la babysitter ?

Savannah acquiesça, puis pressa une main sur sa bouche, lorsqu'elle sembla réaliser ce que cela signifiait.

— Ils avaient l'intention de nous enlever toutes les deux. Ensemble. Et puisque je n'étais pas là, ils ont enlevé Buffy et sont revenus pour moi plus tard.

John hocha la tête.

— J'en ai peur.

— Nous devons retrouver ce salaud, dit-elle, les mâchoires serrées.

John soupira.

— Thomas, peux-tu, d'une façon ou d'une autre, retrouver le pirate ?

Thomas secoua la tête.

— J'aimerais bien, mais à moins qu'il ne fasse une autre tentative pour accéder au site, je ne peux pas le tracer.

— C'est ça, dit soudain Savannah.

— Quoi ? demanda John.

— Il faut qu'on oblige le pirate à accéder au site.

Elle regarda Thomas.

— On peut installer un code de traçage dans le site et l'utiliser pour remonter jusqu'à lui. Vous savez comment faire ça, n'est-ce pas, Thomas ? Si pas, je peux—

Thomas leva une main.

— Je peux le faire, pas de problème, mais nous n'avons aucune idée du temps qu'il faudra avant que ce type ne revienne sur le site.

— Alors, nous devrons lui donner une raison de le faire, dit-elle.

— Qu'avez-vous en tête ? demanda Thomas.

Question que John avait également à l'esprit.

— Il faut supposer qu'il a un mouchard qui surveille le site et qu'il sait quand on télécharge de nouvelles informations.

Thomas hocha la tête.

— Ouais, mais—

— Nous devrons juste télécharger de nouvelles photos, y inclure un code de traçage et créer un nouveau fichier client dans la base de données afin que ça ait l'air légitime, poursuivit Savannah, résolue à ne pas se laisser décourager.

— Brillant, louangea John avant de s'adresser à Thomas. Tu peux faire ça ?

— Rien de plus facile. La seule chose, c'est que nous aurons besoin de photos d'une jolie fille âgée de neuf à douze ans, répondit Thomas.

— Facile, affirma Grayson. Utilisons le logiciel de vieillissement qu'Eddie a acheté il y a quelques mois. On peut utiliser les photos d'un de nos membres féminins et la rajeunir à l'âge de 11 ans.

Si cela marchait, c'était là la meilleure idée que l'hybride eût jamais eue. John hocha la tête à son intention.

— Vas-y. À ton avis, qui nous donnera la permission d'utiliser sa photo ?

— Permission ? demanda Grayson en fronçant les sourcils.

John lui fit les gros yeux.

— Oui, permission.

— Moi, dit une voix féminine depuis quelques bureaux plus loin.

John tourna la tête dans cette direction.

— Isabelle ?

La jeune hybride de vingt-deux ans s'approcha.

— Désolée, je n'ai pu m'empêcher d'entendre.

— Savannah, je te présente Isabelle, la fille aînée de Samson. Isabelle, voici Savannah Rice, notre cliente.

Les deux femmes se saluèrent.

— Vous pouvez prendre ma photo. De moins d'années on rajeunit quelqu'un, au mieux le logiciel fonctionne. Eddie m'a montré comment ça marche, dit Isabelle.

— Vous feriez ça ? demanda Savannah.

Isabelle sourit.

— J'ai, un jour, moi-même été kidnappée, et je sais à quel point c'est effrayant. Je serai heureuse de faire tout ce qui sera en mon pouvoir pour ramener votre petite fille chez vous.

Savannah prit la main d'Isabelle et la lui serra.

— Merci, merci infiniment.

— Eh bien, dit Thomas en se retournant vers l'ordinateur, mettons-nous au boulot.

23

Il fallut à peine trente minutes à l'équipe de Scanguards pour créer plusieurs photos à partir de l'original d'Isabelle, les charger sur le site de la photographe et ajouter un dossier client contenant une fausse adresse.

— Maintenant, on attend, dit Thomas.

— Combien de temps ? demanda John.

— Aucune idée. C'est le milieu de la nuit. Pas sûr que le hacker soit debout à cette heure pour surveiller ses mouchards. Si c'est le cas, ça peut juste être quelques minutes. Si pas, ça pourrait prendre des heures.

— Ok. Je suppose que tu n'as pas besoin de nous dans l'immédiat, dit John.

À peine eut-il reçu la confirmation de Thomas qu'il regarda Savannah.

— J'ai besoin d'une chose dans ton appartement. Et tu dois préparer un sac.

— Un sac ? Pourquoi ?

— Parce que tu ne peux plus rester chez toi. Sachant ce que nous savons, je ne pense pas que ce soit sûr. Ils essaieront encore.

— Ok.

— Je reviens vite, dit-il, s'adressant cette fois à Thomas. Si tu localises le hacker avant, appelle-moi.

Il guida Savannah vers la sortie du labo informatique, puis vers sa voiture.

— Isabelle semble être une jeune femme très équilibrée malgré ce qui lui est arrivé, dit Savannah après avoir quitté le garage.

Devinant ses pensées, John lui adressa un regard latéral.

— Avec une aide et un soutien adapté, un enlèvement ne doit pas laisser de cicatrices permanentes. Isabelle a vécu une expérience dramatique, mais elle en est ressortie en femme forte.

Cela l'avait aidée que tout Scanguards se fût mobilisé pour la retrouver. Durant sa capture, elle avait dû s'accrocher à la conviction que son père remuait ciel et terre pour la sauver. Et cela avait été le cas.

Buffy n'avait pas de père pour la protéger. John se substituerait à ce père et remuerait à présent ciel et terre pour la sauver.

— Cela m'a rendu espoir, avoua Savannah. Et tes collègues... ils sont tous étonnants. Intelligents et doués. Sans eux—

— Ne te sous-estime pas. Ton idée de télécharger de nouvelles photos était brillante. Je suis sûr que ça nous mènera au hacker. Et dès que nous l'aurons, nous y serons presque.

— J'espère que tu as raison.

Elle soupira.

— Tu as dit vouloir prendre quelque chose dans mon appartement. Qu'est-ce que c'est ? ajouta-t-elle.

— La demande de rançon.

— Pourquoi ? Il n'y a rien dessus. Et je crois le ravisseur quand il dit qu'il n'y a aucune empreinte.

— Je suis d'accord. Il ne serait pas si stupide. Il doit avoir porté des gants, mais il y a une étrange odeur sur le papier. Elle est très distincte.

— Je n'ai rien senti.

Et elle ne l'aurait pas pu, car l'odeur était trop faible pour le nez d'un humain. Mais l'odorat de vampire de John l'avait perçue.

— Je vais demander à nos experts de vérifier. Il se peut que ça nous aide à affiner nos recherches afin de localiser l'endroit où notre ravisseur se terre.

Car si le papier provenait du même endroit que celui dans lequel les enfants se trouvaient, son odeur pourrait leur donner des indices quant au type de bâtiment dans lequel ils étaient retenus.

— J'ai voulu l'emporter tout à l'heure, ajouta-t-il, mais—

Merde ! Il ne voulait pas lui rappeler ce qu'ils avaient fait, plus tôt, dans son appartement.

— quand j'ai vu la photo de Buffy, j'ai oublié.

Avait-elle remarqué son hésitation ? Il lui lança un rapide regard latéral mais ne put détecter ce à quoi elle pensait. Peut-être était-il le seul à ne pouvoir se sortir leur rendez-vous passionné de la tête.

— Ne prends que ce dont tu as besoin pour deux ou trois jours, dit John, dès qu'ils furent à l'intérieur de l'appartement. Je vais prendre la demande de rançon.

— Ok.

Elle se dirigeait vers sa chambre lorsqu'elle regarda soudain par-dessus son épaule.

— Ai-je le temps de vite prendre une douche ?

Il hocha la tête.

— Vas-y.

Lorsqu'elle disparut, il retourna au salon, sortit un petit sac congélation et y fourra la demande de rançon, de même que la photo de Buffy que le ravisseur avait envoyée. Peut-être que son équipe découvrirait où la photo avait été prise, bien qu'au premier regard, la pièce dans laquelle se trouvait la fillette semblât trop commune pour fournir le moindre indice. Mais peut-être qu'une autre personne aurait davantage l'œil.

John sortit son portable de sa poche et fit défiler son répertoire de contacts. Il appuya ensuite sur le numéro de Benjamin.

— Salut, John. De quoi as-tu besoin ?

— Es-tu loin de l'appartement de Savannah ?

— Environ cinq minutes, pourquoi ?

— Est-ce que Damian surveille toujours Alexi ?

— Ouaip.

— Bien. Je veux que tu viennes à l'appartement de Savannah. J'ai quelque chose que tu dois remettre au QG.

— S'rai là dans cinq minutes.

Un clic sur la ligne, et l'hybride était parti.

John écouta et entendit Savannah ouvrir des tiroirs dans la salle de bain, puis l'eau de la douche couler. Il appuya sur un autre numéro, s'éloignant de la porte du hall.

Une voix masculine endormie répondit à son appel.

— John, c'est quoi ce bordel ?

— Salut Wesley, j'ai besoin d'un service.

— À trois heures du matin ?

— Tu connais mon train de vie. C'est comme ça.

— Ouais, peu importe. Fais vite.

— J'ai besoin que tu acceptes un invité pendant quelques jours.

— Quel genre d'invité ?

— Une cliente, une femme.

— Sa maison a brûlé ou quoi ?

— Non.

— Tu veux que je la protège ?

— Ouaip.

— Je suppose que tu as une raison de ne pas le faire toi-même.

Une raison ? Des centaines de raisons.

— Ouaip.

— Je suppose que ce sont les seules infos que tu me donneras, dit sèchement Wesley.

— J'en ai peur. Tu peux le faire ?

— Bien sûr. Quand est-elle censée arriver ?

— Dans environ une demi-heure.

— La vache ! Merci de m'avoir prévenu.

— Oh, et Wes, ajouta John en regardant par-dessus son épaule afin de vérifier si Savannah n'était pas tout près, elle ne sait pas qui nous sommes.

— Ok, je ne dévoilerai rien.

— Je t'en dois une.

— Ne t'en fais pas, je m'en souviendrai.

John raccrocha et glissa le téléphone dans sa poche.

Quelques minutes plus tard, Savannah était prête. John se dirigea vers la fenêtre et regarda à travers. Une Porsche noire arrivait justement dans la rue. Timing parfait.

— Allons-y.

Il prit le sac de voyage de Savannah et la précéda afin de descendre au rez-de-chaussée. Tandis qu'il sortait, Benjamin gravissait déjà les marches.

— Salut, John, dit le jeune hybride.

Son regard se posa sur le sac que tenait John, puis dériva derrière son patron, vers Savannah, laquelle sortait derrière lui et refermait la porte.

Elle laissa échapper un halètement lorsqu'elle vit Benjamin se tenir là, comme s'il bloquait leur sortie.

— C'est un de mes collègues, dit John. Benjamin LeSang. Il a surveillé Alexi, Rachel et quelques autres personnes avec lesquelles Buffy a été en contact.

Savannah sembla être soulagée.

— Bonjour, Benjamin.

— Bonjour Sav—, je veux dire Mademoiselle Rice.

Savannah fit un geste dédaigneux de la main.

— Savannah, c'est bien.

Benjamin hocha poliment la tête.

— Tu avais quelque chose pour moi, John ? demanda-t-il.

John sortit, de sa poche intérieure, le sachet plastique contenant la demande de rançon et le tendit à l'hybride.

— Fais analyser ça immédiatement. J'ai reniflé une odeur vraiment âcre. Une sorte de produit chimique. C'est faible, mais je pense que c'est significatif. Ça pourrait nous mener à l'endroit où les enfants sont retenus.

— D'accord, pas de problème.

— Et dès que tu as les résultats, fais-le-moi savoir. Contacte aussi l'officier Donnelly. Il se peut qu'il puisse nous aider à trouver où ce produit chimique est utilisé en ville, si c'est bien un produit chimique.

Et si les enfants étaient bien gardés à San Francisco et n'avaient pas déjà été emmenés ailleurs.

— Je te tiens au courant, promit Benjamin et, tout en hochant la tête à l'intention de Savannah, il retourna vers sa voiture et y entra.

John désigna sa Mercedes, la déverrouilla et déposa le sac de Savannah derrière son siège, tandis qu'elle s'installait sur le siège passager. Il la rejoignit quelques secondes plus tard et démarra.

— Où allons-nous ?

— Je t'emmène chez un ami où tu pourras rester jusqu'à ce que tout ceci soit terminé.

— Chez un ami ?

Le tranchant de sa voix lui fit hérisser les poils de la nuque. Pourquoi, soudainement, avait-il le sentiment de devoir avancer à pas comptés ?

— Oui, Wesley et sa femme te protègeront.

— Je vois.

Elle aurait tout aussi bien pu dire *bien,* car cela y ressemblait fort. Lorsqu'une femme disait *bien*, cela signifiait tout mais pas ça. Cela signifiait qu'elle n'était pas d'accord, n'aimait pas ce qu'il avait organisé. Il eut le sentiment de devoir s'expliquer.

— Écoute Savannah, tu ne peux pas rester chez toi. Je pensais que tu le comprendrais. Le ravisseur sait où tu habites et, maintenant que nous sommes certains qu'il te veut également, je ne peux risquer de te laisser sans protection. Wesley est un garde du corps dûment formé.

Et un sorcier, par-dessus le marché. De plus, il avait une épouse capable de rendre les gens invisibles. Virginia et lui étaient les personnes idéales pour veiller sur Savannah.

— Et qu'y a-t-il de mal à ce que ce soit toi qui me protèges ? Je t'ai engagé.

— S'il te plaît, essaie de comprendre. Je ne peux pas.

C'était trop risqué. Si elle restait avec lui, comment pourrait-il résister à la tentation de la toucher à nouveau ? Et qui savait ce qui se passerait, cette fois ? Dans leur propre intérêt, il ne pouvait le permettre.

<h1 style="text-align:center">24</h1>

— Je comprends tout à fait, dit Savannah.

C'était tellement évident : John voulait avoir affaire à elle le moins possible, car il regrettait d'avoir couché avec elle. Et si elle était intelligente, elle n'aurait pas évoqué le sujet, mais elle ne pouvait supporter que cette tension qui régnait entre eux pût entraver l'enquête.

— Je suis désolée, John. Je sais que tu regrettes d'avoir couché avec moi.

Il tourna la tête dans sa direction.

— Que je regrette ?

Elle ne voulait pas le dévisager et regarda plutôt par la fenêtre.

— Oui. S'il te plaît, ne prétends pas le contraire.

Elle tenta de trouver les mots justes afin de poursuivre.

— Nous sommes des adultes. Et ce n'est pas parce qu'il y en a un de nous qui a voulu quelque chose et a convaincu l'autre de le faire que ça signifie que ça doit continuer. Je n'attends rien de toi. Je ne vais pas te reprocher d'avoir fait ce que la plupart des hommes font quand une femme leur fait des avances.

— Tu m'as fait des avances ?

Elle ne put dire s'il se moquait d'elle ou pas, mais cela n'avait aucune importance. Sa fierté était perdue depuis longtemps. Tout ce qu'elle voulait, c'était que les choses fussent claires entre eux.

— Au début, quand je t'ai offert mon corps en échange de ton aide. Tu ne peux pas l'avoir oublié. Et ensuite, après que tu m'aies sauvée, je me suis pratiquement jetée dans tes bras. Je ne t'en veux pas d'avoir… d'avoir—

— cédé à la tentation ? l'interrompit-il.

Elle haussa les épaules.

— Si tu veux appeler ça comme ça. De toute façon, je vois maintenant que tu ne veux rien de plus, et c'est bon. Je ne recommencerai plus.

Alors qu'elle désirait tant retrouver le confort de ses bras et la force qu'ils lui avaient prodiguée.

— Je ne pense pas que ça marchera, Savannah, dit John.

Elle tourna la tête dans sa direction.

— S'il te plaît, John. Je te le promets.

John ralentit soudain et gara la voiture au bord du trottoir. Il se tourna ensuite sur son siège et s'assit sur le côté, la dévisageant.

— Je ne crois pas que tu comprennes ce que j'essaie de dire.

— Qu'es-tu en train de dire ? Que tu vas donner l'affaire à quelqu'un d'autre ? demanda-t-elle, alarmée par le ton étrange de sa voix et le fait qu'il eût stoppé la voiture.

Son cœur martelait à présent sa poitrine.

John libéra un profond soupir et laissa courir une main dans ses cheveux, repoussant les longues boucles derrière son épaule.

— Ce que j''essaie de dire, c'est que, quoi que tu fasses, quelle que soit ta façon d'agir quand tu es près de moi, je serai toujours tenté. En ce moment, je le suis.

Ces mots la percutèrent tel un train de marchandises sortant de nulle part.

— Mais je ne peux me permettre d'y donner suite, poursuivit-il. Ne le vois-tu pas ? Tu étais vulnérable et j'ai profité de toi. Et plutôt que d'être tendre avec toi, je t'ai baisée comme un animal. Je t'ai utilisée pour mon propre plaisir, alors que je savais que tu ne le voulais pas réellement. Tu l'as fait à cause de la situation dans laquelle tu te trouvais. Tu avais vécu une expérience horrible et avais besoin de réconfort. Et au lieu de t'en donner, au lieu de te rassurer, je t'ai baisée.

Sa confession la laissa silencieuse de stupéfaction. Croyait-il réellement avoir profité d'elle ?

— Maintenant, tu sais, poursuivit-il. Tu ferais mieux de rester loin de moi, pour ton propre bien. Je ne peux rien te garantir en ce qui te concerne. Si je t'emmène chez moi, si je te laisse y rester, je ne peux pas certifier que ça ne se passera pas à nouveau. Il y a si longtemps que je…

Il s'arrêta net.

— Tu n'as pas besoin de quelqu'un comme moi, précisa-t-il. Et au fond de toi, tu le sais. J'ai pu le ressentir par après. Après qu'on ait couché ensemble. Tu ne pouvais même plus me regarder.

Le cœur de Savannah se mit à battre dans sa gorge. John avait peur de la blesser. Il pensait l'avoir forcée. Qu'elle n'avait pas agi de sa propre volonté. Qu'il s'était défoulé sur elle.

Lentement, elle secoua la tête.

— Je pense que c'est toi qui ne comprends pas, John. J'avais envie de toi. Être dans tes bras, te sentir me faire l'amour était mieux que tout…

Elle baissa les paupières et soupira.

— Mais la culpabilité que j'ai ressentie après, la culpabilité de m'être autorisée à éprouver du plaisir, de m'accorder une chose juste pour moi, alors que Buffy est toujours en danger… cette culpabilité m'accable. Je me suis sentie si honteuse après. Si honteuse que, pendant quelques minutes, je n'ai pensé qu'à moi.

Elle leva les yeux et rencontra le regard de John.

— C'est pour ça que je ne pouvais pas te regarder. C'est pour ça que je n'ai pas pu te dire à quel point c'était bon d'être dans tes bras.

— Bon sang ! jura-t-il en cognant du poing sur le volant.

— Tu n'es pas censée dire ça ! ajouta-t-il. Tu n'es pas censée me dire que tu me veux. Comment vais-je te résister si tu me dis ça ?

La souffrance brillait dans ses yeux.

— Tu n'as pas à résister. Nous sommes adultes. Personne ne nous empêche de—

— En te désirant, j'ai l'impression de la trahir.

L'effet de choc la percuta dans toutes ses veines tel de l'acide.

— La trahir ?

— Ma femme.

Il ferma les yeux et eut la respiration lourde.

— Je te dois une explication, poursuivit-il.

Il se repositionna sur son siège et agrippa le volant.

— Mais pas ici, précisa-t-il. Ce n'est pas une conversation que je veux avoir dans la voiture.

Stupéfaite, Savannah demeura assise, là, en silence. John avait une femme. Et pourtant, il avait couché avec elle. L'avait désirée. Et pourquoi avait-il dit qu'il *avait l'impression* de trahir sa femme ? En couchant avec elle, il *l'avait* trahie. Mais un regard latéral vers John lui confirma qu'il ne piperait plus mot avant d'arriver à destination, quelle que fût celle-ci.

Dix minutes plus tard, John se gara près d'une petite maison à Noe Valley et appuya sur la télécommande d'ouverture de la porte du garage. Celle-ci s'ouvrit, et la voiture s'engouffra à l'intérieur du bâtiment.

— Où sommes-nous ? demanda finalement Savannah.

Il coupa le moteur.

— Chez moi.

Avant qu'elle n'eût pu protester ou demander autre chose, il était déjà en train de sortir de la voiture, emportant le sac avec lui.

Elle ne bougea pas. Il ne pouvait quand même pas la présenter à sa femme. Ce serait de la folie. Il lui ouvrit la portière.

— Tu viens ?

Une boule dans la gorge, elle sortit de la voiture et le suivit au rez-de-chaussée. John actionna un interrupteur dans le couloir et déposa son sac à côté de la porte par laquelle ils étaient entrés. Face à Savannah se trouvait une arcade donnant sur le salon. John le désigna.

— Par ici.

Il actionna un autre interrupteur, et une lumière tamisée inonda le confortable petit salon.

— Assieds-toi, dit-il.

Elle accéda à son invitation et s'assit sur le canapé. John s'enfonça dans un large fauteuil face à elle. Savannah tenta de percevoir les bruits dans la maison, mais il n'y en avait aucun. Personne ne se trouvait ici, à part eux. Ils étaient seuls. Ce qui soulevait une question : où était sa femme ? En visite chez des parents ? Était-ce la raison pour laquelle il avait dérapé, pour laquelle il avait couché avec elle plus tôt dans la soirée, sa femme étant en dehors de la ville ?

— Où est ta femme, demanda-t-elle, incapable de supporter ce silence plus longtemps.

Il rencontra son regard.

— Nicolette est morte.

Un halètement surgit des lèvres de Savannah, et elle pressa une main sur sa bouche, comme si elle voulait retirer sa question, mais il était trop tard.

— Je suis désolée, je—

— Tu n'as pas à l'être. Tu ne la connaissais pas. Ce qui lui est arrivé s'est passé il y a quatre ans. Mais, parfois, il me semble que c'était hier.

La douleur dans sa voix était palpable.

— Tu vois, poursuivit-il, tu n'es pas la seule à ressentir de la culpabilité après avoir éprouvé du plaisir. Je sais comment tu te sens. Je connais le goût de la culpabilité, la façon dont on essaie de se refuser toute sorte de plaisir à cause d'elle. C'est pour cette raison que je suis déterminé à retrouver Buffy, pour que tu n'aies plus à vivre ça plus longtemps. Parce que ça va te ronger.

— Dis-moi ce qui lui est arrivé. À Nicolette, dit Savannah, sentant qu'il avait besoin de parler et qu'il n'en avait, peut-être, jamais parlé auparavant, préférant tout garder pour lui.

Pendant un long moment, John demeura silencieux, et il sembla à Savannah qu'il n'allait pas répondre. Mais ensuite, soudainement, il commença à se confier d'une voix qui résonnait comme s'il se parlait à lui-même.

— Elle était enceinte de notre premier enfant. Un fils. On vivait à La Nouvelle Orléans, et je travaillais comme garde du corps. Il y avait une grande fête, ce soir-là. Je supervisais les festivités. Mon patron avait également invité Nicolette, et je m'étais assuré qu'elle ait une limousine et un chauffeur à disposition de sorte qu'elle n'ait pas à conduire dans son état. Elle était enceinte de presque huit mois. Si près de donner naissance.

Savannah le vit prendre une profonde inspiration, comme pour se calmer. Comme pour rassembler ses forces avant de poursuivre.

— Étant donné qu'elle n'est pas arrivée à l'heure à laquelle elle était supposée le faire, j'ai appelé le chauffeur. Ils arrivaient à hauteur de la bretelle de sortie de l'autoroute. Ils n'étaient qu'à quelques kilomètres. J'étais toujours en ligne quand un grand semi-remorque les a percutés. Plus tard, on a découvert que le chauffeur du camion avait conduit dix heures d'affilée et avait failli manquer la sortie. Il l'a empruntée trop vite et a perdu le contrôle du camion. Il leur a fait une queue de poisson.

Savannah pressa une main sur sa bouche, réprimant un sanglot, tandis que les larmes lui piquaient les yeux. Elle savait comment se terminerait cette histoire, mais savait également que John devait la raconter.

— J'ai tout entendu, y compris Nicolette. Elle était toujours vivante. J'ai sauté dans la voiture la plus proche et ai roulé à toute vitesse vers elle. J'y suis arrivé en quelques minutes. J'étais si près de la sauver. Si près. Mais l'accident avait perforé le réservoir d'essence.

Il leva la tête pour regarder Savannah droit dans les yeux, quoiqu'elle ne fût pas certaine qu'il la vît.

— La limousine a explosé en une boule de feu, juste devant mes yeux, poursuivit-il. C'était un enfer. Mais je ne pouvais pas abandonner. J'ai couru droit vers lui. D'une façon ou d'une autre, je suis parvenu à la sortir de la voiture en flammes. Mais il était trop tard. Elle était déjà morte. Tout comme notre fils. J'ai alors voulu mourir également, mais je n'ai pas eu cette chance, parce que mon patron m'avait suivi et m'en a empêché.

— Tu dois l'avoir tellement aimée, s'étouffa à dire Savannah.

— Je l'aime toujours.

John se leva et se dirigea vers la cheminée.

Savannah le suivit des yeux et vit la photo qui y était posée dans un cadre doré. Instinctivement, elle se leva et le rejoignit. Lorsqu'elle fut suffisamment proche, elle se figea. La femme de la photo était une beauté noire, les yeux étincelants d'amour, le sourire contagieux.

John se tourna vers elle.

— Tu me la rappelles, bien que tu sois très différente d'elle. Elle était créole ; sa mère provenait des Antilles, son père de France. Et elle m'a accepté avec tous mes défauts. Parce qu'elle m'aimait.

Il inspira profondément.

— Et maintenant, je trahis cet amour. Je la trahis parce que j'ai terriblement envie de toi. Je t'ai désirée dès l'instant où tu es entrée dans mon bureau. Je me languis d'avoir avec toi ce que j'avais avec elle. Je m'en sens coupable et effrayé. Plus effrayé que je ne l'ai jamais été de toute ma vie.

Leurs regards se suspendirent pour la première fois depuis qu'ils étaient entrés chez lui.

— Oh, John.

Elle pouvait à peine croire ce qu'elle avait entendu. Tant de douleur, tant d'angoisse.

Il secoua la tête.

— Je ne peux pas revivre ça. Je n'y survivrai pas une seconde fois.

Il laissa échapper un rire rempli d'amertume.

— Qu'est-ce que je dis là ? ajouta-t-il. La plupart des gens ne trouvent même pas ce genre d'amour une fois dans leur vie. Comment puis-je espérer le trouver une seconde fois ?

Il se détourna brusquement.

— Je vais t'emmener chez mon ami. Je pense que c'est ce qu'il y a de mieux pour toi. Au moins, tu y seras en sécurité. Tu n'auras pas à t'inquiéter que je vienne dans ton lit pour essayer d'abuser de toi.

— Tu es incapable d'abuser d'une femme, John, dit-elle.

Elle en était convaincue. Un homme capable d'aimer si fort, un homme ressentant si profondément la culpabilité ne pouvait faire du mal à une femme qu'il désirait.

— Tu ne peux en être sûre. S'il te plaît, Savannah, laisse-moi t'emmener chez Wesley.

Elle fit un pas vers lui et posa une main sur son épaule afin de l'amener à se tourner vers elle.

— Je veux être ici, avec toi. Pour toi. Tu as été là pour moi quand j'ai eu besoin de réconfort. Quand j'avais presque perdu tout espoir de retrouver Buffy. Maintenant, je suis là pour toi. Nicolette voudrait que je reste pour te prodiguer le réconfort qu'elle ne peut plus te donner.

— Tu sais ce qui va arriver si tu restes, l'avertit-il sans la moindre malice dans la voix.

Elle leva la main vers sa joue et, de la jointure des doigts, la caressa.

— Oui, je sais ce qui va arriver. Parce que, tous les deux, nous voulons que ça arrive. Nous avons besoin l'un de l'autre. Je ne sais pas si ce qu'il y a entre nous pour le moment aura une chance de s'épanouir. Personne ne le sait. Tout ce que je sais, maintenant, c'est que j'ai besoin de toi et que tu as besoin de moi.

— Savannah, murmura-t-il, sans, cette fois, la supplier de partir.

Il se pencha, posa une main sur la taille de Savannah et glissa l'autre sur sa nuque.

— Cette fois, je vais être doux, ajouta-t-il. Je le promets.

— Je me moque de la façon dont tu me prendras, John. Tant que tu me prends.

25

John posa ses lèvres sur la bouche de Savannah et, délibérément lentement, l'embrassa. Cette fois, il ne s'autoriserait pas à agir comme une bête. Elle lui faisait confiance, lui offrait une seconde chance, et il n'allait pas la gaspiller. La culpabilité de trahir la mémoire de Nicolette était toujours présente, mais avoir partagé son histoire avec Savannah lui procurait un sentiment de soulagement. Ses épaules lui paraissaient à présent plus légères, comme si on lui avait ôté un peu du fardeau de son passé.

Les lèvres de Savannah s'écartèrent sous la légère pression, et sa respiration se précipita en lui. Elle avait un goût sucré et accueillant. Elle avait raison en disant qu'il avait besoin d'elle. Mais elle n'avait aucune d'idée de l'ampleur de son besoin. Il n'avait pas seulement besoin d'elle dans son lit afin de satisfaire le désir qu'il éprouvait pour elle. Il avait également besoin d'autre chose. De son sang. Et tandis qu'elle lui offrait son corps si librement, il doutait qu'elle lui donnât son sang aussi facilement. Donc, dans l'immédiat, il n'avait d'autre choix que de se contenter de ce qu'elle était encline à partager avec lui.

Alors que le baiser devenait plus passionné, qu'elle se pressait contre lui de façon à ce que son torse vînt lui écraser les seins et que son membre dur vînt se frotter contre la douceur de son ventre, il recula la tête.

— Doucement, Savannah. Cette fois, on va y aller doucement.

Les lèvres de sa partenaire étaient humides, les joues rouges et les yeux dilatés. Un seul baiser, et elle ressemblait au plus séduisant des tableaux représentant le désir et l'envie qu'il eût jamais rencontré.

— En ce qui me concerne, tu n'as pas à y aller lentement, affirma-t-elle en laissant courir les mains le long de son torse.

Avant qu'elle n'eût pu atteindre son entrejambe et mettre à mal les bonnes intentions qu'il s'était forgées, il lui saisit les mains.

— Une femme comme toi mérite d'être aimée lentement et entièrement. Cela nous procurera davantage de plaisir à tous les deux.

Il la prit dans ses bras, la souleva et l'emmena hors du salon.

Dans la chambre située au bout du petit couloir, il la déposa sur le grand lit, puis actionna l'interrupteur de la lampe de chevet. La douce lumière de celle-ci inonda la pièce d'une lueur dorée.

Il se pencha par-dessus Savannah et saisit le bord de son pull. Elle se souleva et l'autorisa à la débarrasser du vêtement. Elle était nue sous le pull. Il laissa courir les yeux sur ses seins, puis les enroba tous deux, appréciant leur contact sur la paume de ses mains.

— Dis-moi, Savannah, pourquoi tu ne portes pas de soutien-gorge ?

Il releva la tête afin de regarder son visage.

— Je n'aime pas la sensation de cette lanière serrée autour de ma poitrine qui me confine. C'est comme une prison.

— Hmm.

Il baissa à nouveau le regard sur les deux grands globes qu'il tenait dans les mains et les serra, récoltant un doux gémissement de leur propriétaire.

— Ne sais-tu pas ce que tu provoques chez un homme qui te voit sans soutien-gorge sous ton pull ? poursuivit-il. Ne sais-tu pas à quel point c'est excitant quand tu bouges et que tes seins rebondissent à chaque pas que tu fais ? Ou aimes-tu ça de savoir que tu nous rends raides quand on voit tes mamelons durcir à l'air frais ?

Et tout à coup, ses mamelons durcirent dans la paume de ses mains, et des respirations irrégulières s'échappèrent de ses lèvres.

— Je ne savais pas, affirma-t-elle. C'est juste plus confortable.

— Ah bon ?

Il plongea la tête et lécha un mamelon, puis l'autre.

— Dès l'instant où tu es entrée dans mon bureau, poursuivit-il, j'ai su que je devais lécher ces seins. Ne me dis pas que tu ne le savais pas. Tu n'as pas vu à quel point tu m'as excité ?

— Pas au début, dit-elle, finalement.

— C'est pour ça que tu m'as fait les toucher, n'est-ce pas ? Parce que tu connaissais ma faiblesse.

Il prit profondément un mamelon dans la bouche et le lécha vigoureusement.

Savannah gémit et arqua le dos, poussant sa poitrine vers lui, en toute invitation.

— Oh, oui ! Je savais que tu les aimerais.

John bascula vers l'autre sein et le gratifia du même traitement : de longs balayages de langue et d'intenses succions.

— Oh, oui, continue !

— Je voulais te plaquer contre le mur de ton salon, te déshabiller et te prendre, juste là. J'ai à peine pu me retenir. Quand je suis rentré chez moi, cette nuit-là, quand j'étais sous la douche…

Il la regarda dans les yeux et rencontra son regard.

— J'ai pris ma queue en main et imaginé que c'était toi qui me caressais, ajouta-t-il.

Un autre gémissement sortit des lèvres de Savannah, et elle remua les hanches comme si elle voulait se frotter tout contre lui. Il pouvait à présent la sentir. Elle lubrifiait, ses doux pétales étaient trempés d'excitation. Bientôt, il s'occuperait du besoin qu'elle éprouvait, mais il s'était promis de ne pas précipiter tout ceci.

— Mais ce n'était pas suffisant, précisa-t-il. Rien ne pouvait se substituer à toi.

— Je suis là, maintenant.

Elle tendit la main vers sa chemise et commença à la déboutonner.

Heureux de l'empressement que mettait sa compagne à le déshabiller, il l'aida et, un instant plus tard, balança sa chemise à terre. Les mains de Savannah se retrouvèrent ensuite sur lui, le touchant, le caressant, l'explorant.

— J'aime la sensation de ta peau sous mes mains et mes lèvres, murmura-t-elle en embrassant sa poitrine.

— J'aime tes lèvres sur ma peau.

Et il se souvint de la sensation de ses lèvres lorsqu'elles avaient enrobé son sexe. Mais ce soir, il ne l'autoriserait pas à faire cela. Ce soir lui était destiné. Ce soir, il devait lui montrer qu'il pouvait être doux et altruiste.

Il se retira et tendit la main vers la taille de Savannah. Rapidement, il déboutonna son jeans et baissa la fermeture-éclair. Savannah abaissa immédiatement son pantalon jusqu'aux hanches, et John le fit glisser davantage vers le bas, la libérant de ce vêtement tout en lui ôtant ses chaussures par la même occasion.

Elle portait un slip bikini noir et tendit les mains vers celui-ci. Mais John l'en empêcha.

— Permets-moi.

C'était important pour lui d'aider une femme à ôter son slip, car cela lui procurait la sensation qu'elle fût à sa merci, car c'était lui qui décidait du moment où il fallait la déshabiller.

Elle s'allongea à nouveau, la tête soutenue par l'oreiller.

— Vas-y, murmura-t-elle, une séduisante lueur dans les yeux.

— Fais ce que tu veux, ajouta-t-elle.

La façon dont elle le disait, dont elle lui laissait carte blanche durcit ses testicules et fit redresser brusquement son sexe dans le confinement de son pantalon. Sa fermeture éclair se coinça à la base durcie de son sexe, et cela le fit ravaler un grognement.

Doucement, il glissa les doigts sous le tissu soyeux et y caressa la peau, laissa courir les doigts à travers les poils soigneusement taillés en son centre et fouilla plus en bas. Savannah souleva les hanches vers lui, en guise d'invitation. Mais il lui refusa sa requête et saisit plutôt son slip afin de le faire glisser sur ses hanches, puis le long de ses jambes. Des mains, il parcourut celles-ci en remontant jusqu'aux cuisses. Du coude, il les écarta, et Savannah les ouvrit davantage.

Lorsqu'il se mut entre ses jambes et y plongea la tête, Savannah souleva sa poitrine, ses mamelons rebondis encore plus durs que précédemment, et elle pinça sa lèvre supérieure entre ses dents.

— J'aurais dû faire ça plus tôt, mais quand tu m'as sucé, j'ai à peine pu garder ma lucidité.

Avant qu'elle n'eût pu réagir, il amena la tête au centre de sa féminité et inhala profondément. Son odeur l'emplit, envoya encore davantage de sang dans son sexe et lui démangea les canines. Mais il refoula ce besoin tout particulier. Il lécha plutôt la fente luisante et se délecta de sa lubrification. Immédiatement, elle se tortilla sous lui, mais il posa les mains sur ses hanches afin de la maintenir immobile.

— Tout doux, chérie, murmura-t-il. Ça va prendre un moment.

Car la goûter, la lécher, lui donner du plaisir d'une manière si intime était bien trop bon que pour se précipiter.

— Oh, John, dit-elle, le souffle coupé.

John baissa à nouveau les lèvres sur la chaleur de ses replis et poursuivit son exploration. Il y avait longtemps qu'il n'avait plus fait une telle chose. Trop longtemps. Cette intimité lui avait manqué, donner du plaisir à une femme comme elle lui avait manqué, tout comme la ressentir réagir à ses douces caresses lui avait manqué. Les hanches de Savannah remuaient sous son emprise, et il la relâcha un peu afin de l'autoriser à bouger, à se frotter contre sa langue dans le but de subir une plus grande friction. Il céda à sa requête et alla un peu plus haut, humidifiant son clitoris déjà bien gros et palpitant. Exigeant de l'attention. Il lécha cette sensible protubérance et sentit Savannah tressauter. Il arrêta pendant un instant, puis recommença. Encore et encore.

Les gémissements et soupirs de Savannah rebondirent contre les murs de sa chambre, se mêlant à ses propres grognements et bruits de plaisir. Il ne pouvait se rassasier d'elle, ne pouvait s'arrêter, car la sentir se laisser aller et apprécier quelques moments de bonheur était bien ce qu'il voulait faire. Elle le méritait et en avait besoin. Tout comme lui-même avait besoin de sentir qu'il pouvait accorder à cette femme tout ce qu'elle implorait.

À chaque seconde de leurs ébats, il la léchait plus fort et plus vite. Il pouvait sentir l'accélération de ses battements de cœur, entendre le flot de sang couler dans ses veines, le battement de son pouls contre sa peau, et il sut qu'elle était proche de l'orgasme. Il aspira le clitoris et le pinça entre ses lèvres.

Savannah cria, juste au moment où son corps commençait à avoir des spasmes. Il aima les vibrations se heurtant à ses lèvres lorsque l'orgasme s'empara d'elle. Il fallut quelques minutes avant qu'elle ne se calmât enfin, et il releva la tête d'entre ses cuisses et la regarda. Un fin filet de sueur coulait entre ses seins, lesquels se redressaient et retombaient en un rythme effréné, tandis qu'elle haletait, les yeux fermés.

Il aimait l'air qu'elle affichait. Détendue, satisfaite, heureuse. C'était de cette façon qu'il voulait la voir tout le temps.

Il se redressait lentement, ne voulant pas la déranger dans son bonheur, lorsqu'elle ouvrit soudain les yeux et le regarda.

— John.

Sa voix semblait paisible et si familière. Comme s'il l'avait entendue prononcer son nom de cette façon un million de fois.

Elle tendit à présent la main vers lui.

— On n'a pas terminé.

Elle désigna son pantalon, à l'endroit où son sexe avait formé une nette protubérance.

— Enlève-le. Maintenant.

John gloussa.

— L'inspecteur Donnelly m'a averti que tu étais un peu autoritaire.

— Il juge bien les caractères, alors.

Elle désigna à nouveau son pantalon.

— Et n'essaie pas de changer de sujet, ajouta-t-elle.

Il se conforma à cet ordre, ôta ses chaussures et son pantalon, puis fit glisser son boxer short. Tout comme plus tôt dans la soirée, elle fixa son sexe du regard et se lécha les lèvres. Mais avant qu'elle n'eût pu s'asseoir et répéter ce qu'elle lui avait fait durant leur premier rapport, il s'allongeait déjà sur elle. Il amena son sexe au centre de sa féminité et le guida doucement en elle. Cette fois, il savourait chaque centimètre de sa descente dans ce céleste fourreau.

— Oh, Dieu, c'est encore mieux la deuxième fois, lui dit-il, la regardant dans le bleu de ses yeux. Je suis désolé d'avoir été si brut avec toi la première fois. C'est juste que…

Lorsqu'elle posa une main sur sa joue et la caressa, il poursuivit.

— …il y avait longtemps que je n'avais plus touché une femme. Depuis…

La compréhension qui émanait des yeux de Savannah lui prouva qu'il n'avait pas à le dire tout haut.

— Je sais, murmura-t-elle.

Et parce qu'il n'y avait rien d'autre à dire, il plongea la tête vers son visage et l'embrassa. Elle lui répondit en l'embrassant en retour avec tendresse et passion, comme si elle savait tout de lui, savait tout ce qui comptait. Parce que, maintenant, il y avait de la compréhension entre eux. Ils seraient là l'un pour l'autre, procureraient l'un à l'autre ce dont ils avaient besoin sans aucune autre attente. Puisque, pour l'instant, c'était suffisant.

Il aima chaque seconde durant laquelle leurs corps étaient connectés, se mouvant en parfaite harmonie, allant et venant ensemble. Il n'y avait aucune précipitation, aucune hâte, cette fois. Aucune baise effrénée. Ils faisaient plutôt l'amour, apprenant à connaître leurs corps.

À chaque fois qu'il se rapprochait trop de l'orgasme de sa partenaire, ou Savannah du sien, John ralentissait et se retirait jusqu'à ce que le danger de jouir trop tôt fût passé. Ensuite, il recommençait, tout d'abord avec de tendres baisers et caresses sur son cou et sa poitrine, puis avec de calmes coups de reins avant de reprendre du rythme et se permettre de la prendre plus fort.

Mais lorsqu'il sentit soudain les ongles de Savannah s'enfoncer dans son dos et ses talons se diriger vers le haut de ses cuisses afin de le presser de s'enfouir plus profondément en elle, il ne put plus résister.

— Tu veux jouir avec moi, chérie ? demanda-t-il.

— Oh oui, John, oui, s'il te plaît.

Il délivra coup de rein après coup de rein, s'enfouit à présent plus fortement et plus profondément, également plus rapidement. Il pouvait la sentir lui répondre, comprenait si parfaitement la réaction de son corps qu'il sut comment ajuster l'angle de pénétration, comment se frotter contre elle et comment la caresser.

Elle n'avait pas à lui dire à quel point elle était proche de l'orgasme, car il pouvait le sentir, pouvait le détecter à la façon dont son cœur battait contre sa cage thoracique et dont son souffle était expulsé de ses poumons. Lorsqu'elle parvint au sommet de sa jouissance, il s'y retrouva au même moment qu'elle, libérant sa semence en jets chauds et ardents, tandis que les muscles internes de Savannah se resserraient autour de son sexe comme si elle voulait le traire jusqu'à la dernière goutte.

La respiration lourde, il roula sur le côté, puis sur le dos, l'emmenant avec lui de sorte qu'elle se retrouvât allongée sur son torse. Pendant un moment, tous deux demeurèrent silencieux, mais ce silence n'était pas le même que celui qui s'était abattu sur eux après leur premier rapport sexuel. Ce silence était différent, convivial.

John lui passa une main dans les cheveux et repoussa quelques mèches de son visage.

— Savannah ?

— Mmm ? répondit-elle.

Elle leva la tête et le regarda.

— Je veux que tu saches une chose.

— Oui ?

— Quoiqu'il se passe ces prochains jours, fais-moi confiance quand je te dis que tout ce que je fais, c'est pour te ramener Buffy. Il se peut que j'aie certaines choses à faire que tu n'aimes pas ou qui puissent t'effrayer.

— Tu veux dire comme la façon dont tu as fait irruption chez la photographe et à quel point tu l'as effrayée ?

— Ce genre de choses et de pires encore. Mon boulot peut être violent. Mais je te promets que je ne vous ferai jamais aucun mal, à Buffy et à toi. Je ferai tout pour vous protéger. Même si ça signifie que je doive faire du mal à d'autres personnes.

— Pourquoi dis-tu ça, John ?

Elle se redressa un peu plus.

— Parles-tu de tuer quelqu'un ? ajouta-t-elle.

Il n'évita pas son regard interrogateur. Il n'était pas honteux du genre d'actes que son travail requérait parfois.

— S'il faut tuer celui qui est derrière tout ça, qui que ce soit, je n'hésiterai pas.

Tandis qu'elle semblait méditer ses paroles, Savannah frissonna de façon visible.

— Tu as déjà tué ?

— Quand j'ai dû protéger ceux qui comptaient sur moi. Est-ce que ça te dégoûte ?

— Non. Je suis soulagée. Ça signifie que je n'aurai pas à tuer ce salaud qui est derrière ça moi-même.

John tendit la main vers elle, la posa derrière sa nuque et attira sa tête vers la sienne.

— Tu es une femme étonnante. Si forte. Si courageuse.

Il pouvait aimer une telle femme.

26

Il était environ midi lorsque le portable de John sonna. Il s'était déjà douché et habillé en silence, mais avait laissé Savannah dormir. Après tout, elle avait besoin de se reposer, tout comme il en avait eu besoin, et il n'y avait pas grand-chose à accomplir durant la journée. Juste avant cet appel, il avait attrapé une bouteille de sang afin de l'engloutir en secret, avant que Savannah ne se réveillât et ne le surprît. Il remit la bouteille dans le réfrigérateur et le referma avant de répondre au téléphone.

— Grayson ?

— J'ai des nouvelles, John, commença Grayson.

— Vas-y.

— On a localisé le pirate. Il s'appelle Otto Watson. On a tracé son adresse IP jusqu'à un appartement de Marin City. Nous allons le capturer maintenant.

— Tu vas quoi ?

— On entre.

— On ?

— Ouais, Ryder, les jumeaux et moi.

— Et qui a pris cette décision, putain ? Si quelque chose tourne mal, ton père va me décapiter.

Et cela pouvait mal tourner lorsque quatre hybrides inexpérimentés exécutaient une mission de leur propre initiative. Par le passé, ils avaient pris part à de nombreuses missions, dont une couronnée d'un grand succès face à un groupe de démons, il n'y avait pas si longtemps, mais ces missions avaient toujours été dirigées par quelqu'un de plus expérimenté, tandis que les hybrides se contentaient de suivre les ordres.

— Relax, John, nous ne sommes pas des novices. Nous pouvons gérer ça tous les quatre.

Ce fut à ce moment qu'il comprit.

— Quatre ? Un de vous est supposé filer Alexi.

— Damian a dit qu'il n'y a rien à signaler concernant ce gars. D'après nos recherches, Alexi ne possède aucune propriété nulle part. Cela mène à une impasse. Alors, j'ai retiré Damian de sa surveillance.

— Tu ne peux absolument pas faire ça.

— Ouais, eh bien, j'ai pris une décision nécessaire.

— Putain, mais qui t'a nommé patron ? Aux dernières nouvelles, ton père t'avait dit de suivre mes ordres et pas l'inverse.

Grayson souffla d'un air désapprobateur.

— Ouais, et aux dernières nouvelles, tu étais un vampire pur-sang qui brûle au soleil. Alors, préfères-tu attendre jusqu'à ce soir pour attraper le pirate toi-même et perdre un temps précieux ou préfères-tu croire qu'on puisse faire le job ?

À contrecœur, John dut admettre que Grayson avait raison. Il espérait simplement qu'ils eussent emmené un vampire hautement qualifié avec eux, même si ce dernier aurait dû rester dans le fourgon protégé de la lumière extérieure et surveiller l'opération depuis cet endroit.

— Je veux que vous preniez toutes les précautions. Nous n'avons aucune idée de qui est ce gars ni s'il a des renforts, s'il est armé ou—

— Ouais, ouais, je connais la marche à suivre. On se voit au QG dans quelques heures.

— Grayson—

Mais l'hybride têtu avait déjà raccroché.

John jura.

— Qu'est-ce qui ne va pas ?

Il se retourna. Sa colère envers Grayson s'évanouit instantanément.

Savannah se tenait à l'entrée de la cuisine, vêtue d'une de ses chemises et de rien d'autre. Les cheveux ébouriffés, une expression soucieuse apparaissant sur son visage. En dépit de cela, elle semblait bien trop savoureuse à un vampire dont l'estomac était vide.

— On a trouvé le pirate informatique. Mes gars sont en route pour l'attraper.

— Ce sont de supers nouvelles.

Elle hésita, l'examinant du regard.

— Mais tu ne parais pas t'en réjouir, ajouta-t-elle.

— Je ne suis pas ravi qu'ils y aillent sans moi.

— Mais ils sont entraînés comme toi, pas vrai ?

S'il l'autorisait à en douter, son espoir serait anéanti, et il ne pouvait en prendre le risque.

— Bien sûr qu'ils le sont. Ce sont les meilleurs.

Il força un sourire.

— Je suis juste un peu un maniaque du contrôle, précisa-t-il.

Il se dirigea ensuite vers elle et la prit dans ses bras.

— Et que dirais-tu d'aller te doucher et t'habiller ? ajouta-t-il. Ensuite, nous irons les retrouver à Scanguards quand ils ramèneront le gars pour l'interroger.

— Ça me paraît bien.

Elle regarda tout autour d'elle dans la cuisine.

— Je ne serais pas contre une tasse de café si tu en fais.

— Désolé, je viens juste de remarquer que je n'en ai plus. Je n'ai pas eu le temps d'aller faire des courses, mentit-il. Mais je t'offrirai un petit-déjeuner complet dès que nous serons au QG. Leur café est meilleur que le mien, de toute façon. Tu peux patienter jusque-là ?

— Bien sûr.

Elle lui sourit et se dégagea délicatement de ses bras, puis parcourut le petit couloir en se déhanchant d'une manière si sexy qu'il voulut la suivre et la plaquer contre la surface plane la plus proche afin d'enfoncer son sexe en elle.

Mais ce n'était pas le moment pour cela.

Tandis que Savannah se douchait et s'habillait, John consomma deux bouteilles de sang, le double de sa ration normale. Et il en avait besoin, car plus de temps il passait en contact rapproché avec Savannah, plus le désir qu'il éprouvait pour son sang grandissait.

Après avoir lavé les bouteilles et les avoir déposées dans le bac de recyclage, il s'assura que le comptoir de la cuisine fût propre et qu'il n'eût laissé aucune trace de sa nourriture.

Encore une fois, Savannah fut prête à partir plus vite qu'il ne s'y fût attendu.

— Je suis prête, annonça-t-elle depuis l'entrée de la cuisine.

Il se tourna vers elle et sourit.

— Allons-y.

Elle plissa le front en s'approchant.

— Tu t'es blessé ? Tu saignes, dit-elle en tendant la main vers son menton.

Putain ! Il se retourna rapidement avant qu'elle n'eût pu le toucher, attrapa un papier absorbant et s'essuya le menton en le pressant à l'endroit où une goutte de sang humain avait visiblement coulé lorsqu'il avait bu avec gourmandise.

— Je dois m'être coupé en me rasant.

Il feignit de presser un peu plus longtemps le sopalin à cet endroit, comme s'il tentait de refermer la coupure, alors qu'il savait qu'il n'y en avait aucune.

— Pas étonnant.

Elle désigna l'endroit derrière elle du doigt.

— Tu n'as pas de miroir dans ta salle de bain, ajouta-t-elle.

Merde ! Il avait oublié cela. Les vampires n'ayant aucun reflet, il n'y avait aucune utilité de posséder des miroirs. Et puisqu'il ne recevait jamais de visiteur humain, il n'avait jamais éprouvé le besoin d'installer de faux miroirs. C'était, en fait, des grands écrans d'ordinateur pourvus d'un revêtement semblable à un miroir et de lentilles à l'arrière enregistrant et reproduisant en temps réel tout ce qui se passait devant l'écran, les faisant, dès lors, ressembler à des miroirs. Nombre de ses collègues en utilisaient et les trouvaient pratiques.

— Oh, ouais, dit-il lentement, tentant de gagner du temps. Il s'est cassé il y a quelques semaines, et je n'ai pas eu l'occasion d'embaucher quelqu'un pour le remplacer.

Il fit la grimace.

— Des horaires de travail de dingue, tu sais.

Elle sembla y croire.

— Laisse-moi voir ton menton.

À contrecœur, il ôta le sopalin.

Elle fixa l'endroit des yeux.

— Ça semble bien.

— Super, allons-y. Tu dois être affamée.

Désireux d'emmener Savannah hors de chez lui avant qu'elle ne découvrît autre chose d'étrange, John la conduisit au garage et l'aida à monter dans la voiture. Quelques instants plus tard, ils étaient en route vers Scanguards. Dès qu'ils y furent arrivés, il fit entrer Savannah dans le salon destiné aux humains, lequel était, cette fois, bien plus animé à cette heure de la journée. Mais il savait qu'il ne pouvait rester, car Savannah trouverait étrange qu'il ne se nourrît pas.

— Puis-je te laisser ici une demi-heure, le temps que je m'occupe d'une chose ou deux dans mon bureau ?

— Tu n'as pas faim ?

— Je mangerai quelque chose plus tard.

Il l'embrassa sur la joue avant qu'elle n'eût pu protester.

— Reste ici, ajouta-t-il. Je viendrai te chercher quand l'équipe reviendra avec le pirate.

— Promis ?

Elle le regarda droit dans les yeux, et il comprit le motif de sa requête.

— Ne t'inquiète pas. Je te laisserai observer pendant que je l'interrogerai, mais en respectant une distance de sécurité.

— C'est-à-dire ?

— Tu seras dans une pièce qui surplombe la salle d'interrogatoire. Comme dans un poste de police. Mais je ne peux pas te laisser entrer dans cette salle, au cas où le gars pèterait un câble et deviendrait une menace.

— Ok.

— Maintenant, mange quelque chose.

Il rapprocha la bouche de son oreille.

— Parce que j'aime tes courbes. Je ne voudrais pas que tu perdes du poids.

Il se retourna ensuite et quitta le salon, laissant derrière lui l'odeur alléchante de Savannah.

27

Savannah avait terminé son petit-déjeuner et une seconde tasse de cappuccino, lorsque le jeune homme qui était venu chercher la demande de rançon chez elle s'approcha d'elle.

— Mademoiselle Rice ?

— Oh, Benjamin, comme je l'ai dit, ça me va si tu m'appelles Savannah.

Il sourit.

— Je ne suis pas Benjamin, mais Damian.

Confuse, elle le dévisagea. Elle se souvenait parfaitement du nom. Ou devenait-elle folle ?

— Je suis désolée, je suppose que je ne suis pas douée avec les noms.

Damian gloussa.

— Benjamin et moi sommes jumeaux. Ça arrive tout le temps.

Il désigna ses cheveux.

— Si vous voulez nous distinguer, regardez simplement les cheveux. Les miens sont plus longs que les siens.

— Oh, je ne savais pas que vous étiez deux.

— John m'a demandé de venir vous chercher. Il commence l'interrogatoire.

— Ils sont revenus avec le pirate ?

La poitrine de Damian se gonfla de fierté.

— Oh, ouais, c'était du gâteau. Nous l'avons attrapé. Il ne s'attendait pas à notre arrivée.

Il mentionna ensuite la porte.

— Je vous emmène à la salle d'interrogatoire.

— Merci.

Elle le suivit jusqu'à l'ascenseur, et ils l'empruntèrent jusqu'au sous-sol. Lorsqu'ils arrivèrent à un des niveaux souterrains, il l'emmena à travers un long couloir, puis utilisa sa carte d'accès afin d'ouvrir une porte. Il la tint ouverte pour elle.

— Allez-y. Asseyez-vous.

Elle pénétra dans la pièce et vit Ryder assis face à un ordinateur placé devant une grande fenêtre surplombant une autre pièce.

— Salut, dit-elle.

Damian lui emboîta le pas et referma la porte.

— Ils viennent de commencer, dit Ryder en désignant la chaise située juste à côté de lui.

Il appuya ensuite sur le bouton du micro.

— Nous sommes tous là.

Savannah s'assit et observa la pièce en contrebas. Plusieurs personnes étaient rassemblées : John, Grayson et Benjamin. Dès l'annonce de Ryder, ils tournèrent tous brièvement la tête. Il y avait également un homme qu'elle ne connaissait pas : le pirate informatique. Il était assis sur une chaise, tandis que les trois employés de Scanguards se tenaient à plusieurs mètres face à lui, le dos à présent tourné à la fenêtre depuis laquelle elle observait.

— Essayons encore, Otto, dit John, la voix traversant les haut-parleurs de la petite salle d'observation aussi clairement que si Savannah s'était retrouvée assise dans la même salle que lui.

— Je connais mes droits. Vous ne pouvez pas me garder ici. Et vous n'êtes pas de la police, dit le suspect en soulevant le menton d'un air défiant.

— Tu as raison, reconnut John. Si nous étions de la police, tu aurais droit à un coup de fil et à un avocat. Devine quoi ? Nous ne sommes pas aussi généreux.

Une lueur de crainte traversa le visage du hacker mais, ensuite, il se maîtrisa.

— Je vais vous poursuivre en justice !

John échangea des regards avec ses deux jeunes collègues, lesquels encadraient maintenant le détenu.

— Vous entendez ce farceur, les garçons ? Je ne crois pas qu'il sait à qui il a affaire.

Inopinément, John fit quelques pas en direction du suspect, bondissant presque sur lui. Les yeux d'Otto s'écarquillèrent, et il tenta de s'extirper de sa chaise. Mais John agrippa les accoudoirs et s'approcha tout près de son visage.

— Écoute, Otto. Laisse-moi t'expliquer comment ça fonctionne : je pose les questions et tu y réponds. C'est simple. Tu comprends ?

Le suspect acquiesça, les yeux toujours empreints de crainte. Savannah savait que John pouvait paraître intimidant mais, manifestement, être assis sur une chaise dans une pièce vide avec trois grands types musclés penchés sur lui afin de récolter des réponses, faisait une peur bleue à cet homme. D'une évidente impatience, elle joignit les mains. Ses battements de cœur s'accélérèrent.

— Tu as piraté la base de données et les fichiers de Kerry Young pour accéder aux photos et adresses de petites filles âgées de neuf à douze ans. Qu'as-tu fait de ces données ?

— Je ne sais pas de quoi vous parlez, dit Otto. Je n'ai rien piraté du tout.

— On a la preuve que tu l'as fait, alors ne chicanons pas à ce sujet. Treize filles ont été enlevées ces dernières semaines, toutes après des séances photos au studio de Mademoiselle Young. Si tu ne réponds pas à mes questions, je vais devoir supposer que tu es le ravisseur. Et je ne suis pas très gentil avec les gens qui font du mal aux petites filles.

Savannah crut entendre un grognement à travers les haut-parleurs, mais il y avait probablement des parasites sur la ligne.

— Je n'ai kidnappé personne. C'est faux. Je le promets.

— Qui alors ?

— Je ne sais pas. Je le promets.

— Tu promets trop. Tu ferais mieux de fouiller ta mémoire, parce que si je pense que tu ne m'es plus d'aucune utilité, je pourrais juste me défouler sur toi.

Il tourna légèrement la tête.

— Les gars, ajouta John, pourquoi ne pas dire à notre invité ce que je veux dire par me défouler, puisque mon vocabulaire ne lui est visiblement pas très familier.

Grayson se rapprocha de quelques pas.

— Je crois que la bonne traduction pour « se défouler » est d'être passé à tabac.

Le hacker haleta de peur.

— Merci Grayson, dit poliment John. Maintenant, Otto, que penses-tu de ça ? : je répète ma question et tu fouilles profondément ta mémoire pour me dire ce que je veux savoir.

— S'il vous plaît, ne me faites pas de mal. Je ne savais pas.

Soudain, des larmes apparurent dans les yeux du pirate.

— Tu ne savais pas quoi ?

— Je ne savais pas ce qui arriverait à ces filles. Tout ce que j'ai fait, c'est donner accès au site. Ensuite, quand mon client aimait bien une fille, je lui envoyais les détails repris dans la base de données, vous comprenez. Je le promets. C'est tout ce que j'ai fait.

— Qui est ton client ?

— Je ne sais pas.

— Je vais te le demander encore une fois : qui est ton client ?

— Je ne sais pas.

Le pirate informatique commença à pleurer.

— Je ne sais vraiment pas, ajouta-t-il. Il m'a envoyé un email, il y a quelques mois. Je ne l'ai jamais rencontré. Il me paie via une cachette secrète. En liquide.

— Menteur !

— Non, c'est la vérité.

— Donc, un homme mystérieux t'a contacté de façon impromptue pour que tu pirates le site web et la base de données d'une photographe choisie au hasard et tu t'attends à ce que j'y croie ? Tu m'imagines si stupide ?

— Elle n'est pas une photographe choisie au hasard. Kerry et moi sommes sortis ensemble, il y a quelque temps.

John recula afin d'accorder un peu d'espace au hacker.

Savannah ne pouvait en croire ses oreilles. Le pirate informatique et la photographe se connaissaient. Cela signifiait-il que la photographe était impliquée, après tout ?

— Continue, dit John, la voix à présent un peu plus contrôlée.

— Il se peut que je me sois vanté auprès de certains de mes potes d'avoir une petite amie vraiment douée dans ce qu'elle faisait. Vous voyez, photographier des enfants, des enfants vraiment mignons. Soit, après notre rupture, j'ai reçu un mail, et je suppose que j'étais très énervé contre Kerry de m'avoir jeté. Alors, j'ai voulu l'entuber, elle et son affaire.

Il renifla.

— Je n'avais aucune idée de ce que le gars voulait réellement, ajouta-t-il. Je pensais qu'il était peut-être un rival qui voulait juste lui voler des clients ou son affaire ou quoi que ce soit d'autre. Qu'est-ce que j'en sais ?

— Ouais, qu'est-ce que tu en sais ? dit John en secouant la tête. Et après ?

— Il y a eu des articles dans les journaux au sujet de quelques filles qui avaient disparu et j'en ai reconnu trois. Je suis alors devenu méfiant. Et quand il m'a contacté la fois suivante, j'ai dit que je voulais laisser tomber. Il a dit que personne ne laisserait tomber. J'ai eu peur.

Il lança un regard à Grayson et Benjamin, puis regarda de nouveau John.

— Vous comprenez, précisa-t-il, je n'ai pas pu arrêter. Il ne m'aurait pas laissé faire.

— Tu le contactes comment ?

— Seulement par mail.

— Tu es un hacker. Tu as essayé de le tracer ?

— Oui. Après que j'aie réalisé qu'il ne me laisserait pas abandonner, et je lui ai envoyé le lien habituel vers les photos mais, cette fois, j'y ai incorporé un malware qui, dès qu'il cliquerait dessus, installerait un petit programme dans son ordinateur qui me donnerait sa position.

Savannah hocha la tête. Elle aurait fait pareil. Le hacker était intelligent.

— Mais il bouge beaucoup, poursuivit Otto. Chaque fois qu'il m'a contacté, il l'a fait d'un lieu différent. Il n'est jamais allé deux fois au même endroit.

— Donc, tu me dis que tu n'as aucune idée de qui il est ni de l'endroit où il est ?

John se pencha à nouveau.

— Vraiment aucune ? ajouta-t-il.

Savannah remarqua la façon dont le pirate baissait les paupières, signe qu'il cachait quelque chose.

— Otto ? continua John, lequel devait l'avoir remarqué également.

— Il va me tuer.

— Pas si je le tue en premier, répondit John.

Les yeux d'Otto s'écarquillèrent. Puis, il déglutit.

— Il y a deux ou trois semaines, je lui ai donné le nom et l'adresse d'une autre fille qu'il avait demandés. Mais cette fois, j'ai suivi la fille et j'ai vu quand elle a été enlevée.

Savannah haleta, son cœur battant à présent frénétiquement dans sa gorge.

— Je les ai suivis. Deux gars dans un fourgon.

Tout comme les deux gars qui avaient tenté de kidnapper Savannah. Elle frissonna.

— Jusqu'où ? demanda John.

— Le port d'Oakland. C'est là qu'ils l'ont emmenée.

— Tu sais où exactement ? demanda John.

Otto hocha la tête.

— Je connais le numéro du quai et le bâtiment. Je peux vous l'écrire et vous le montrer sur une carte, si vous voulez.

— Pourquoi n'es-tu pas allé à la police après que tu les aies vus emmener la fille ?

Otto secoua la tête.

— Il sait qui je suis, où j'habite. Il m'aurait tué.

John se raidit.

— Bien.

Il se retourna ensuite vers Grayson et Benjamin.

— Qu'il vous donne l'endroit exact.

Un instant plus tard, il quitta la pièce.

Savannah se tourna vers Ryder et Damian.

— Et quoi, maintenant ?

Les deux jeunes gardes du corps échangèrent un regard.

— Que va-t-il arriver au hacker ? ajouta-t-elle.

— Oh, dit Ryder en haussant les épaules, on va le remettre à la police de San Francisco quand on en aura terminé avec lui. Il est complice. Il fera de la prison.

Savannah acquiesça.

— Bien. Je suppose que vous avez fait votre travail.

Damian secoua la tête.

— Il est temps de se préparer. On y va.

— Que veux-tu dire ? demanda Savannah. On ne va pas avertir la police ?

Ryder lui adressa un clin d'œil.

— Et les laisser tout foirer ? Faites-nous confiance. C'est ce qu'on fait le mieux.

Ensuite, il sourit.

— Maintenant, ramenons votre petite fille.

Et ces paroles furent les meilleures qu'elle eût entendues en cinq jours.

28

Il faisait toujours jour lorsque deux fourgons aménagés à l'épreuve de la lumière quittèrent les quartiers généraux de Scanguards à destination d'Oakland. Samson avait autorisé le renfort de trois hommes supplémentaires en plus des hybrides pour cette mission de sauvetage : Zane, Quinn et Oliver. Zane s'était porté volontaire, une bataille sanglante le démangeant visiblement. Les trois vampires se trouvaient dans le véhicule de Damian, tandis que John se trouvait dans le fourgon avec Benjamin, Grayson et Ryder, le conducteur.

Tout le monde était armé jusqu'aux dents. De surcroît, John avait enfilé la combinaison en Kevlar et la visière de rechange que Luther gardait au sous-sol de Scanguards pour les cas d'urgence.

C'était l'uniforme des gardiens de l'établissement pénitencier pour vampires situé dans la Sierra, là où Luther, le beau-frère de Wesley, était consultant en matière de sécurité. La combinaison permettrait à John d'aider les hybrides à accéder au bâtiment où les ravisseurs maintenaient les filles captives et à ouvrir les barrières de sorte que le reste de l'équipe de sauvetage pût entrer en se soustrayant aux rayons du soleil de cette fin d'après-midi.

— Vous savez quoi faire ? demanda John, tandis qu'ils s'approchaient de l'endroit qu'Otto leur avait donné.

— Bien sûr, dit Grayson avec assurance.

Il tapota les lunettes de protection thermique posées sur ses genoux.

— On devrait pouvoir trouver assez rapidement où ils gardent les filles dans le bâtiment et savoir à combien d'hommes on a affaire.

— Il ne devrait pas y en avoir beaucoup, supposa Benjamin. Il n'y a que treize filles. Je doute qu'ils aient mis plus de trois ou quatre types à leur surveillance.

John ne put qu'être d'accord avec cette hypothèse sans toutefois pouvoir s'y fier. Mais ce dont il pouvait être sûr, c'était que les hommes à qui ils avaient affaire étaient humains. Et à huit, vampires et hybrides pouvaient aisément vaincre une petite armée d'humains.

— Nous y sommes, annonça Ryder en ralentissant. Je vais nous rapprocher le plus possible de l'entrée sans qu'ils ne puissent nous voir.

Ryder gara le fourgon le long de quelques bennes à ordures et d'une rangée de palettes.

John scruta l'extérieur à travers les fenêtres teintées du fourgon. Le bâtiment consistait en un entrepôt comme il y en avait beaucoup sur les docks. Dans la grande cour donnant sur l'océan, des conteneurs maritimes étaient empilés, laissant un étroit passage entre eux. Le bâtiment en lui-même semblait dégradé et non utilisé. À vrai dire, tel était le cas de nombre de bâtiments se trouvant sur les quais, même ceux qui étaient utilisés régulièrement par des compagnies légitimes. Deux barrières surdimensionnées ressemblant à des portes de garage étaient fermées et une plus petite porte se trouvait juste à côté. John remarqua quelque chose au-dessus de celle-ci.

— Ryder, tu peux voir ? Est-ce une caméra au-dessus de la porte ?

Ryder hésita.

— Ouais, dit-il ensuite. Ça y ressemble.

Il tendit la main vers son pistolet et vissa un silencieux sur le canon.

— Je peux la bousiller. Donnez-moi quelques secondes, ajouta-t-il.

Il ouvrit la portière et se glissa hors de son siège.

John le perdit de vue pendant un instant. Ryder réapparut ensuite entre les palettes et une benne à ordures et tira. En dépit du silencieux, la fine ouïe de John perçut le bruit du tir. La lentille de la caméra se brisa, et les morceaux s'éparpillèrent au sol. John douta toutefois que quelqu'un à l'intérieur du bâtiment eût pu entendre quelque chose. Les grues travaillant à proximité produisaient un bruit de fond suffisant pour étouffer le bruit de bris de la lentille.

John appuya sur son oreillette par le biais de laquelle il était connecté à tous les membres de son équipe.

— Ryder a dégommé la caméra. L'équipe numéro un entre. L'équipe deux se tient prête. On vous aidera à accéder à la barrière. Équipe une, on y va.

Il fit signe aux deux hybrides assis dans le fourgon et fit glisser la portière avant de bondir hors du véhicule, Benjamin et Grayson derrière lui. Utilisant autant que possible les palettes et la benne à ordures comme couverture, John s'approcha de la porte. Ryder attendit son signal et saisit la poignée. La porte était verrouillée.

Pour un hybride formé à toutes les manières d'entrer par effraction, ce n'était pas un obstacle infranchissable. Il ne fallut que vingt secondes à Ryder pour crocheter le verrou. Il hocha ensuite la tête.

— C'est déverrouillé, murmura John dans son micro. Grayson, que vois-tu sur les images thermiques ?

— Rien à l'avant du bâtiment. C'est le bon moment pour entrer.

— Et plus loin après l'entrée ?

— Je ne vois pas jusque-là. Trop flou. Il y a quelque chose, mais ce pourrait tout simplement être un appareil de chauffage. Pas de certitude. J'entre avec vous.

— Attends ! Benjamin, je veux que tu contournes le bâtiment et, qu'avec tes lunettes thermiques, tu regardes si tu vois quelques-chose depuis l'autre côté. On doit être certain.

— J'y vais.

L'attente sembla durer une éternité, bien qu'il ne fallut probablement que trente secondes avant que Benjamin ne fît son rapport.

— Juste quelques empreintes thermiques au fond du bâtiment. Coin nord-est. Soit deux, soit trois. Des adultes, plus que probablement. Je n'arrive pas à distinguer des enfants, bien qu'il semblerait y avoir un autre mur à travers lequel je ne peux pas voir.

— Merci, Benjamin. D'autres sorties à l'arrière ?

— Une porte. Mais elle paraît verrouillée.

— Bien. Rejoins-nous.

John fit un signe à Ryder.

— À mon signal, Grayson et moi entrerons. Ryder, tu ouvriras la barrière pour l'équipe deux, et Benjamin nous couvrira.

Ryder acquiesça.

— On entre.

Ryder ouvrit la porte, et John se glissa à l'intérieur aussi silencieusement que possible, prêt à tirer avec son pistolet. Grayson en fit de même, arme à la main.

L'entrepôt n'était qu'à moitié rempli de palettes, de boîtes et de caisses. John ne pouvait toutefois pas voir jusqu'au fond du bâtiment. Mais cela lui procurait également un avantage : il pouvait utiliser les caisses pour se cacher tout en se dirigeant vers la zone où Benjamin avait détecté la présence de personnes.

John fit signe aux deux hybrides, lesquels se couvrirent alternativement en avançant vers le fond du bâtiment. Lorsqu'ils arrivèrent à l'extrémité de la rangée de caisses, John scruta les lieux par-delà celles-ci. Il y avait plusieurs portes, deux à sa droite et une dans le coin nord-est de l'entrepôt. À côté de cette dernière se trouvait une fenêtre permettant à John d'avoir une vue dégagée dans la pièce qui se trouvait de l'autre côté. Cela ressemblait à un bureau depuis lequel il entendait de faibles voix.

— Les seules empreintes thermiques que je détecte proviennent de ce bureau, murmura Grayson dans le micro.

— Rien derrière les deux autres portes, confirma Benjamin, lequel se trouvait à la droite de John.

— Ok. Je rentre dans le bureau. Restez derrière moi, ordonna John en se ruant vers l'avant.

Il n'y avait plus que quelques pas à faire avant d'atteindre la porte. Il l'ouvrit d'un coup de pied, son pistolet visant les hommes présents dans la pièce. Ils n'étaient que deux. Ils bondirent des chaises sur lesquelles ils paressaient, des bouteilles de bière à la main. Ces dernières, de ce fait, se fracassèrent sur le sol.

— Putain !

— Merde ! grogna l'autre en un brusque mouvement vers l'avant afin d'attraper un pistolet déposé sur le bureau.

Il ne put s'en emparer, John étant plus rapide. En une seconde, il plaça le silencieux de son semi-automatique contre le front de l'homme.

— Un mouvement, et on fait gicler vos cervelles partout sur le sol.

Le voyou se figea. L'autre demeura également immobile. Grayson avait une arme dirigée vers sa tête. Depuis l'avant du bâtiment, John entendit le fourgon entrer, puis le bruit d'un volet en train de se rabaisser.

John tourna la tête en direction de la porte.

— On tient deux hommes dans le bureau, dit-il dans son micro, à l'intention de ses collègues. Vérifiez les autres pièces.

Il entendit quelqu'un acquiescer, puis regarda de nouveau les deux hommes.

— Où sont les filles ?

Les yeux des deux hommes s'écarquillèrent.

— Parlez. L'un ou l'autre, ordonna John, les mâchoires serrées.

Alors qu'aucun des deux n'ouvrait la bouche, il appuya davantage le silencieux de son pistolet sur le front de sa victime.

— Je ne suis pas de la police, précisa-t-il. Je ne suis donc pas tenu de respecter les règles régissant la manière avec laquelle on peut traiter un suspect. Je pourrais tuer l'un de vous et, peut-être qu'ensuite, l'autre parlera. On essaie ça ?

— Ne tirez pas, le supplia sa victime. Je vais parler.

— Moi aussi, dit rapidement l'autre, craignant probablement d'être tué s'il ne s'y conformait pas.

— Bien.

John relâcha la pression de son arme. Derrière lui, il entendit d'autres hommes de Scanguards entrer.

— Les pièces sont vides, annonça Zane. Il y a des tonnes de matelas, de la literie et autres. Je peux encore sentir les filles.

— Merci Zane.

John regarda furieusement le voyou face à lui.

— Où sont les filles ?

— Elles sont parties depuis longtemps.

— Explique-toi. Où sont-elles ?

— Sur un navire porte-conteneurs. En route vers la Russie.

— Putain ! jura John. Qui est derrière tout ça ?

— Je ne sais pas, affirma l'homme.

John le gifla avec son arme, faisant gicler du sang de sa bouche et l'amenant à hurler de douleur.

— Qui ?

— Je ne l'ai jamais rencontré.

John jeta un œil vers l'autre homme toujours menacé par l'arme de Grayson.

— Je ne l'ai jamais rencontré non plus. Il nous envoie des textos pour nous dire quelles filles kidnapper et où les trouver. Il nous donne tous les détails, même le nom du bateau sur lequel les embarquer.

John regarda de nouveau son prisonnier.

— C'est vrai ?

L'homme désigna le portable déposé sur le bureau.

— Tu peux vérifier toi-même. Mais il n'y a aucun numéro. On ne peut pas l'appeler, lui seul peut le faire.

— Vous êtes payés comment ?

— En liquide. Il nous dit où il laisse l'argent et on va le chercher. Toujours un endroit différent.

John regarda par-dessus son épaule, en direction de Benjamin.

— Vérifie le téléphone.

Benjamin s'exécuta, tandis qu'Oliver le rejoignait afin de vérifier la paperasserie étalée sur le bureau.

— Il dit la vérité, dit Benjamin après quelques instants de silence.

John hocha la tête.

— Et les filles, qu'est-ce qu'il leur arrive une fois que le bateau arrive en Russie ? Qui vient les chercher là-bas ?

Tous deux secouèrent la tête.

— On ne fait que les mettre sur le bateau, dit le prisonnier de Grayson. Une fois qu'elles ont été chargées et que le bateau est parti, on a fini.

John plissa les yeux et grogna.

— Tu dois nous croire, le supplia le voyou le plus proche de lui. Tout ce qu'on sait, c'est que les filles sont des commandes spéciales destinées à de gros bonnets en Russie. Ils les sélectionnent expressément. On doit juste s'assurer qu'elles montent sur le bateau. Je n'en suis pas certain, mais je suppose que le patron a une équipe de l'autre côté qui les livre à ceux qui les ont commandées.

— Oh, putain ! lâcha soudain Oliver.

John tourna la tête vers lui et le vit soulever une feuille de papier.

— Quoi ?

Oliver s'adressa aux prisonniers.

— Est-ce que c'est le manifeste du bateau sur lequel se trouvent les filles ?

Tous deux hochèrent la tête.

Oliver jura.

— John, si j'ai bien calculé le décalage horaire, le bateau qui transporte les filles arrivera à Vladivostok dans moins de quatre heures.

— Merde !

Le moral de John tomba dans ses chaussettes.

— On ne pourra y arriver avant qu'ils n'accostent, affirma Oliver. Et dès que le bateau sera à quai, nos chances de retrouver les filles seront réduites à néant.

John ferma les yeux très fort. Non, il ne pouvait pas abandonner. Il ne pourrait jamais plus regarder Savannah en face s'il ne parvenait pas à lui ramener sa petite fille à la maison. Cela lui briserait le cœur. Et il réalisa alors que cela briserait également le sien. Sans savoir comment cela s'était produit, Buffy faisait, depuis ces derniers jours, partie de sa vie. Il devait y avoir un autre moyen de parvenir jusqu'à elle. Un moyen plus rapide.

— Alors, il nous faut juste appeler de l'aide, dit Ryder, derrière lui.

John se tourna vers lui et suspendit son regard au sien. Soudain, il comprit ce à quoi Ryder faisait allusion.

— Tu as raison. Appelle.

Il rengaina ensuite son arme.

— Zane, ajouta-t-il, enferme ces salauds dans nos cellules. On les remettra à Donnelly dès que les filles seront en sécurité et qu'on tiendra leur patron.

— Avec plaisir, dit Zane.

Et, vu l'expression qui s'affichait sur le visage du vampire chauve, John put deviner qu'il avait hâte d'infliger quelques sévices à ces salauds durant le transport les ramenant au QG.

Ce qui convenait très bien à John.

29

John arriva à Scanguards un peu plus d'une demi-heure plus tard. Savannah l'attendait dans son bureau. Lorsqu'il atteignit la porte, il s'arrêta un moment et prit une profonde inspiration. Les nouvelles qu'il avait à lui communiquer n'étaient pas celles qu'ils avaient tous deux espérées. Et de surcroît, il savait qu'il était temps de dire la vérité, car la solution que ses collègues et lui avaient trouvée dans le but de se rendre à Vladivostok et sauver les filles avant qu'elles ne fussent éparpillées dans toute la Russie impliquait la possession de pouvoirs surnaturels.

Il sentit son cœur tambouriner dans sa poitrine. Le moment de vérité était arrivé. Et il n'avait aucune idée de la manière dont Savannah réagirait.

Il frappa à la porte afin de s'annoncer, puis ouvrit celle-ci et entra. Savannah se retourna. Elle avait regardé par la fenêtre pour observer la nuit tomber. Tout comme au domicile de John, les fenêtres étaient recouvertes d'un film imperméable aux UV, ce qui permettait à un vampire de demeurer devant une fenêtre sans être brûlé.

Toujours pourvu de sa combinaison en Kevlar, il déposa son casque et ses gants sur le bureau.

— Tu es de retour. Où est-elle ?

Savannah regarda derrière lui.

— Où est Buffy ? ajouta-t-elle.

Il laissa la porte se refermer derrière lui et se dirigea vers elle.

— Je suis désolé, Savannah, les filles n''étaient plus sur les quais. On les a déjà emmenées.

Les larmes envahirent les yeux de Savannah et un sanglot lui déchira la gorge.

— Noooooon !

Il l'attira vers lui et la prit dans ses bras.

— Shuuut ! Ne pleure pas. Tout n'est pas perdu. Nous tenons les deux types qui les ont kidnappées, et ils ont parlé. Nous savons où elles sont. Nous savons où est Buffy.

Elle leva la tête et le regarda, les yeux empreints de peur et d'un peu d'espoir.

— Où ? Où est mon bébé ?

— Sur un bateau en route vers un port russe.

— Oh mon Dieu !

Il put lire dans ses yeux ce qui lui traversait l'esprit : le cauchemar que sa fille traversait, le désespoir qu'elle devait éprouver en pensant que personne ne viendrait la sauver. La solitude, la désespérance.

— Nous savons sur quel bateau elles se trouvent, et nous savons quand et où elles arriveront. On les y attendra.

Il hésita.

Elle l'examina à présent du regard.

— Il y a autre chose qui cloche, pas vrai ?

Il ne fut plus surpris qu'elle pût lire si aisément en lui. Finalement, peut-être que cela faciliterait les choses. Cela l'aiderait à comprendre qu'il ne lui ferait aucun mal et qu'il n'était pas un monstre en dépit de ce qu'il avait à lui annoncer maintenant.

— Il y a quelque chose que tu dois savoir.

— Oh, mon Dieu, ils l'ont touchée, c'est ça ? Ils ont touché mon bébé !

Il secoua rapidement la tête et attrapa Savannah par les épaules.

— Non. Ce n'est pas ça. Mais il y a quelque chose.

Ne sachant pas par où commencer, il marqua une pause.

— Tu me fais peur, John. S'il te plaît, qu'est-ce que c'est ?

— Le bateau sur lequel se trouvent Buffy et les autres filles amarrera à Vladivostok dans trois heures.

— Trois heures ?

Tandis que ces paroles s'échappaient de sa bouche, une expression d'horreur et de désespoir assombrit son visage.

— Non, non, non ! s'exclama-t-elle.

— Écoute-moi. Il y a un moyen pour que mon équipe et moi y soyons à temps.

Elle laissa échapper un rire strident.

— Comment ? Il faut quoi, huit, dix heures pour y arriver en avion ? Tu arriveras trop tard.

— Non. On attendra que le bateau amarre. Nous serons là avant eux. Car nous avons quelque chose qu'ils n'ont pas. Nous avons des alliés qui peuvent nous y emmener. Ils nous transporteront jusque-là.

— Quoi ?

Elle le regarda, confuse.

— Savannah, nos alliés, les gens qui vont nous aider à sauver Buffy et les autres filles, ils ne sont pas humains.

Il déglutit avec difficulté.

— Et moi non plus, précisa-t-il.

Elle se dégagea et fit un pas en arrière. Il la laissa faire.

— C'est complètement fou.

— Ça peut paraître fou. Mais c'est réel. Je suis réel. Mes amis s'appellent les Gardiens de la Nuit. C'est une ancienne espèce capable de se téléporter n'importe où dans le monde par le biais de leurs portails. Ils peuvent nous emmener en Russie en quelques minutes.

Elle le dévisagea comme s'il avait perdu l'esprit. À sa place, il aurait pensé la même chose, car le rêve ancestral de l'humanité à propos de la téléportation n'était que cela, un rêve que les scientifiques n'avaient pas encore pu transformer en réalité.

— C'est une espèce bienveillante qui s'est donnée pour mission de protéger les innocents. Tout comme nous, mes collègues et moi, ici, à Scanguards. Nous ne sommes pas de simples gardes du corps et des hommes de sécurité. Nous ne sommes pas humains, quoique nous l'ayons été, par le passé.

Il la regarda à présent attentivement.

— Nous étions humains avant d'être transformés.

Il attendit. La vit méditer ses paroles, la vit secouer la tête, fut témoin de la lueur de compréhension émergeant dans ses yeux.

— Je suis un vampire, Savannah.

~ ~ ~

Elle pensa tout d'abord avoir mal entendu. Vampire. Elle associa le mot à de la fiction, à des films, des shows TV et à l'héroïne TV féminine dont elle avait donné le prénom à sa fille. Ce n'était pas réel, elle le savait et n'avait jamais cru une seule fois qu'il y eût la moindre vérité dans cette légende séculaire impliquant des créatures de la nuit vivant du sang des humains. Mais John ne plaisanterait pas à ce sujet, il ne choisirait pas justement ce moment où elle était en train de perdre tout espoir de jamais revoir Buffy pour servir un mensonge. Pas après tout ce qu'ils avaient traversé ensemble. Pas après les choses qu'ils s'étaient dites, la promesse qu'ils s'étaient faite d'être toujours là pour se soutenir, d'être là l'un pour l'autre.

Elle le regarda. John se tenait là, en silence, immobile et figé. Comme s'il attendait que le couperet tombât. Et dans ce silence, elle se remémora chaque moment qu'ils avaient passé ensemble. Des détails auxquels elle n'avait accordé aucune importance lui revinrent soudain : le fait qu'il n'eût pas mangé en même temps qu'elle, l'absence de miroir chez lui, son affirmation de ne plus avoir de café et le sang sur son menton.

Mais il y avait d'autres choses qui allaient à l'encontre de son affirmation d'être un vampire. Elle jeta un œil par la fenêtre. Le soleil se couchait, à présent, mais, plus tôt dans la journée, John s'était retrouvé dans son bureau avec le soleil illuminant la pièce. Il avait conduit sa voiture de jour et s'était déplacé librement chez lui comme si le soleil ne le dérangeait pas.

Lentement, Savannah secoua la tête.

— Mais le soleil… il ne t'a pas brûlé. Nous étions dehors, ensemble. Tu ne peux être ce que tu prétends.

Bien que surprise par le calme qu'elle affichait, elle ne put prononcer le mot. Peut-être que plus rien ne pouvait encore l'effrayer ou la bouleverser. Car la pire chose qui pût arriver lui était déjà arrivée : Buffy avait disparu, et son espoir de la retrouver s'estompait rapidement.

— Cherche dans ta mémoire, et tu te souviendras que je ne me suis jamais retrouvé à l'extérieur. Toujours dans une pièce, la voiture, ma maison ou ce bâtiment. Jamais dehors quand le soleil était levé.

— Mais les rayons du soleil traversent les fenêtres.

— Revêtement spécial anti-UV. Nous l'utilisons partout dans ce bâtiment, chez nous, dans nos voitures. Pour pouvoir nous déplacer librement durant la journée. Parce que le soleil nous brûle, nous tue si nous y sommes exposés trop longtemps.

Elle accepta cette explication, mais cela signifiait-il qu'il disait la vérité ? Pouvait-elle prendre sa parole pour argent comptant ?

— Je veux te croire, John. Je veux croire que tout ce que tu dis est vrai, que les gardiens dont tu parles sont réels, tout comme la téléportation. Qu'il y a un moyen de ramener Buffy. Je veux le croire, mais je… je ne sais pas comment. Je n'ai plus aucun espoir. Et je crains que ce que tu me dises ne soit dû qu'à mon imagination, que cette conversation n'ait même pas lieu, qu'elle soit juste dans mon esprit parce que je veux si désespérément sauver Buffy.

— Tu as besoin de preuves.

Savannah hocha la tête.

— Je peux te montrer qui je suis vraiment, poursuivit-il. Je veux juste que tu sois préparée à ce que tu vas voir. La plupart des gens ont peur quand un vampire montre son vrai visage. Cependant, je veux que tu te rappelles que je ne te ferais jamais aucun mal. Je peux avoir des canines perçantes, des griffes tranchantes, des yeux rouges et la force d'une centaine d'hommes, mais tu n'as rien à craindre de moi. Je te protégerai toujours. Ainsi que Buffy. Tu veux bien me croire ?

— Oui, dit-elle, sans la moindre hésitation. Elle savait avec certitude que John ne lui voulait aucun mal. Elle l'avait toujours ressenti et ce, depuis le premier moment où elle l'avait rencontré. Cette croyance s'était forgée durant ces derniers jours.

— Alors, regarde-moi, exigea-t-il, avec douceur.

Il leva les bras et attira le regard de Savannah sur eux. Ses belles et fortes mains changèrent soudain, ses doigts s'allongeant, alors que ses ongles se transformaient en pointes tranchantes. Savannah aspira rapidement de l'air et leva les yeux vers son visage, tandis que son propre cœur commençait à battre frénétiquement.

— N'aie pas peur, la pria John.

Ses lèvres s'écartèrent et, lentement, ses deux canines commencèrent à s'allonger jusqu'à ne plus former que deux crocs affûtés.

— Oh, mon Dieu.

Elle pressait une main sur sa poitrine, désireuse de faire ralentir son cœur, lorsqu'elle remarqua les yeux de John en train de changer de couleur. Les iris brun chocolat devinrent tout d'abord dorés, puis rouges. Elle avait déjà vu cette couleur dorée, l'avait remarquée lorsqu'ils avaient fait l'amour et avait pensé que cela n'avait été qu'un reflet de lumière. Maintenant, elle savait. Elle avait vu une partie de son côté vampire, une partie qui lui avait échappé dans les affres de la passion.

Il n'y avait à présent plus aucun doute. Il était un vampire. Une créature qui se nourrissait de sang humain.

Elle tendit la main vers lui et fit un ou deux pas dans sa direction.

— Non, exigea-t-il. S'il te plaît, Savannah, ne me touche pas maintenant.

La respiration de la jeune femme fit un bond durant une seconde.

— Tu as dit que tu ne me ferais aucun mal.

Ou avait-ce été un mensonge ?

— Je ne t'en ferai pas.

Il déglutit.

— Mais quand je suis dans cet état, précisa-t-il, je ne suis pas aussi civilisé que d'ordinaire. Il m'est plus difficile de contrôler mon désir pour toi. Si tu me touches maintenant, j'essaierai de t'embrasser, et tu ne pourras pas m'arrêter.

Un soupir de soulagement remonta jusqu'à la gorge de Savannah et roula par-dessus ses lèvres.

— Qu'est-ce qui te fait penser que je t'empêcherais de m'embrasser ? Nous avons fait l'amour, la nuit dernière.

— C'était avant que tu ne saches ce que je suis. Je ne m'attends pas à ce que tu veuilles encore de moi, maintenant que tu sais ce que je t'ai caché.

Elle hocha lentement la tête.

— Je devrais être en colère après toi pour ne pas me l'avoir dit.

— Oui. J'ai profité de toi. De ta vulnérabilité.

— Tu as fait ce qui était le mieux à ce moment-là. Je n'étais pas prête à entendre la vérité. Maintenant, je le suis. Parce que la vérité est à présent mon seul espoir. La vérité vous concernant, toi et tes alliés, parce que seul miracle peut encore sauver Buffy. Je ne vais donc pas refuser de voir ce qui se trouve juste devant moi. Je ne vais pas douter de ce que je peux voir de mes propres yeux.

Elle fit encore un pas vers lui et laissa courir son index sur les lèvres du vampire.

— Ou de ce que je peux sentir sous mes doigts, ajouta-t-elle.

Elle déplaça son doigt avec l'intention de toucher une de ses canines.

Une main ferme s'enroula si rapidement autour de son poignet qu'elle ne la vit même pas venir.

Elle inspira, mais n'eut pas peur. Elle fut juste surprise.

— Laisse-moi les toucher.

Un souffle vacillant sortit de la bouche de John.

— Savannah, les canines d'un vampire sont très sensibles.

— Je ne te ferai pas mal, promit-elle.

Il gloussa inopinément.

— Ce n'est pas ce que je voulais dire. Si tu touches mes canines, ce sera comme si j'avais un orgasme.

— Oh !

Elle ne s'était pas attendue à cela mais, maintenant qu'elle le savait, la tentation de les toucher était encore plus grande.

— Lâche mon poignet, s'il te plaît.

Il lui libéra immédiatement la main, lui prouvant ainsi qu'il était toujours en total contrôle de lui-même en dépit de sa forme de vampire. Il était encore le gentleman du Sud qu'il avait toujours été.

— J'ai besoin de le faire, dit-elle, pour savoir que je ne rêve pas.

— Savannah, chérie, j'espère que tu sais ce que tu es en train de faire.

En dépit de ces mots, John ne protesta pas plus longuement et la laissa faire.

Lentement, elle glissa un doigt sur ses dents, partant de ses incisives jusqu'à une des canines. Lorsqu'elle toucha cette dent aussi affûtée qu'un rasoir, John eut un soubresaut et, soudain, la couleur de ses yeux changea à nouveau.

— Tes yeux ont une lueur dorée, murmura-t-elle.

— Parce que je suis excité.

Les deux mains du vampire se retrouvèrent à présent sur les épaules de Savannah, mais elle ne sentit plus la moindre pointe sur ses doigts. Elle le sentit l'attirer plus près de son corps pour la serrer contre lui.

— J'ai besoin de t'embrasser. Besoin de te sentir.

Sous le doigt de sa partenaire, sa canine se rétracta soudainement dans sa cavité et redevint une dent normale. Savannah rencontra son regard et glissa une main sur sa nuque, attirant la tête de John plus près de la sienne.

— Oui, murmura-t-elle.

Les lèvres de son partenaire se retrouvèrent sur les siennes avant que ce mot ne fût même sorti de sa bouche, et il l'embrassa avec une passion qu'elle put à présent comprendre. La passion d'un homme qui avait une bête puissante à l'intérieur de lui. Une bête qu'elle pouvait étreindre, car elle savait qu'elle représentait le salut de sa fille. Et le sien également. Une bête qu'elle savait pouvoir aimer sans réserve.

30

John sentit Savannah lui céder avec une telle confiance qu'il ne put en croire ses yeux. Elle n'avait pas peur de lui, ne quittait pas son bureau en courant et en hurlant, ne le dévisageait pas avec dégoût. Elle l'avait accepté. Accepté le vampire qui était en lui. Le vampire qui avait, à présent, encore plus envie d'elle.

Un coup ferme à la porte l'amena à libérer les lèvres de Savannah et à regarder par-dessus son épaule.

— Oui ?

La porte s'ouvrit, et Virginia entra. La rouquine n'était pas qu'une Gardienne de la Nuit et un membre du corps dirigeant de son espèce, mais également la compagne de Wesley.

— Nous sommes prêts, John, annonça-t-elle.

— Merci d'être venue si vite, Virginia.

Il relâcha Savannah à contrecœur.

— Savannah, je te présente Virginia. Elle fait partie des Gardiens de la Nuit dont je t'ai parlé.

Virginia haussa un sourcil.

— Je n'avais pas compris qu'elle savait.

— Je viens juste de l'apprendre, dit Savannah en offrant sa main à Virginia, laquelle la lui serra.

— Je suis si reconnaissante envers vous et tous ceux qui se sont impliqués pour retrouver ma fille.

— Pour une femme qui vient juste de découvrir que des créatures surnaturelles errent dans ce monde, vous semblez remarquablement calme, dit Virginia.

— J'espérais un miracle. Je ne vais pas le refuser, juste parce qu'il est arrivé sous la forme de vampires et de Gardiens de la Nuit.

Virginia dirigea son regard vers John.

— Femme intelligente.

Elle désigna ensuite la porte derrière elle.

— On doit y aller, poursuivit-elle. Nous avons trouvé un portail à Vladivostok. Logan et Enya vont s'y rendre directement et nous y attendrons.

D'un hochement de tête, John indiqua son acquiescement, puis se tourna vers Savannah. De la paume de la main, il lui enroba une joue.

— Je vais te la ramener. Je le promets.

— Je sais. Je te fais confiance.

— Je vais appeler ma protégée, Deirdre, pour qu'elle vienne te tenir compagnie pendant que je suis parti. Reste dans mon bureau jusqu'à son arrivée. Ok ?

— Est-ce qu'elle est aussi un vampire ?

— Oui. Et c'est une gentille femme. Tu peux lui faire confiance.

— Si tu lui fais confiance, je lui fais confiance.

Lorsqu'elle lui sourit, John se retourna, attrapa son casque et ses gants sur le bureau et partit avec Virginia. En chemin vers la sortie, il passa un rapide coup de fil à Deirdre afin de lui donner les instructions pour qu'elle prît soin de Savannah. Dans le hall de Scanguards, plusieurs personnes les attendaient : les quatre hybrides et Zane. Casque à la main, Zane portait le même genre de combinaison en Kevlar que John. La chance s'en mêlant, Luther se trouvait à San Francisco, cette semaine, et il avait prêté sa propre combinaison à Zane pour cette mission. Ils auraient besoin de cette protection : ce serait l'après-midi à Vladivostok, quand ils arriveraient.

— Nous ne serons pas assez, dit John.

— Je ne peux pas emmener plus de gens avec moi dans le portail. Ou alors, nous devrons faire plusieurs voyages. Mais avec Logan et Enya, nous sommes plus qu'assez pour nous occuper des trafiquants.

Elle fit signe à Zane.

— Zane m'a briefée sur tout ce qu'il y a à savoir, poursuivit-elle. Ils sont humains et, de ce que tu as pu trouver au port, tout à l'heure, ils ne disposent pas vraiment d'une armée. Fais-moi confiance : quatre hybrides, deux vampires et trois Gardiens de la Nuit peuvent vaincre cinquante humains.

John le savait, mais des enfants étaient impliqués, des enfants qu'ils devaient protéger et, quand il s'agissait d'enfants, on ne pouvait jamais être trop prudent.

— J'espère qu'il y en a assez pour que nous en ayons tous un à nous mettre sous la dent, lança Zane, les yeux luisant d'une envie de sang. Je n'ai pas eu grand-chose à faire à Oakland. Et foutre la trouille à ces deux voyous était à peine marrant.

— Eh bien, allons-y, annonça John.

Le seul portail de San Francisco à travers lequel un Gardien de la Nuit pouvait voyager se trouvait à la station du BART de la 16è Rue, dans le district de la Mission, juste quelques pâtés de maisons plus loin que les quartiers généraux de Scanguards. Virginia les y conduisit à pied. Une fois à l'intérieur de la station, ils descendirent les escaliers, tournèrent à un coin où, pendant un moment, ils seraient hors de vue des passagers attendant le prochain train.

— Maintenant, tenez-vous les mains, dit Virginia.

— Quoi ? demanda Zane, dégoûté.

— Je dois nous rendre tous invisibles. Mais nous sommes si nombreux que je ne peux pas le faire avec mon esprit ; ça pompe trop d'énergie. Je dois le faire en touchant.

Elle prit la main de Zane.

— Maintenant, prenez la main de vos collègues, précisa-t-elle. Nous devons créer une chaîne.

— Fais-le, ordonna John en offrant sa main à Zane.

Il n'y eut plus aucune protestation et, quelques instants plus tard, ils émergèrent de leur cachette temporaire, à présent invisibles, et avancèrent dans le tunnel. Quelques centaines de mètres à l'intérieur de celui-ci, Virginia s'arrêta et appuya une main contre le mur de pierre. En quelques secondes, une section du mur disparut, révélant une grotte.

— Entrez, ordonna Virginia.

Et un par un, les hybrides, de même que Zane et John, s'attroupèrent dans cet espace. Virginia les y rejoignit.

— Deux d'entre vous doivent se cramponner à moi, poursuivit-elle. Et tous les autres doivent se cramponner à eux. Ne lâchez pas ou vous serez largués.

Soudain, l'ouverture se referma, et l'obscurité s'abattit sur eux.

— Oh, et il se peut que ce soit un peu cahoteux si c'est votre premier voyage.

Cahoteux était un euphémisme.

John eut la sensation d'être lancé en l'air et ballotté d'un coin à l'autre telle une poupée de chiffon dans un sèche-linge surdimensionné. Mais il ne lâcha ni Virginia ni Benjamin, lequel s'agrippait à lui comme si sa vie en dépendait. Par chance, le trajet ne dura que quelques secondes. Avant de l'avoir même réalisé, il sentit à nouveau un sol ferme sous ses pieds, et le ballottement s'arrêta.

— Cahoteux, mon cul, grogna Zane. Tu aurais tout aussi bien pu nous envoyer en enfer.

Involontairement, John dut sourire. Zane était intrépide et ne témoignait jamais d'un quelconque inconfort mais, visiblement, il n'était pas trop désireux de réitérer cette expérience particulière.

— C'était cool ! affirma Grayson.

— Oh ouais ! confirma Damian.

Ryder roula simplement des yeux, comme s'il ne croyait pas au show de bravoure de Damian et Grayson.

Lorsqu'ils sortirent du portail, Logan et Enya les attendaient. John se familiarisa avec les alentours. Ils se trouvaient dans une usine désaffectée. Il enfila son casque et ses gants et remarqua que Zane en faisait de même.

— Nous nous sommes procurés un camion, annonça Logan.

— Ce que Logan veut dire, c'est qu'on en a volé un, le corrigea Enya.

La femme blonde semblait plutôt petite mais, selon Wesley, elle était une formidable combattante pas moins apte que ses frères.

— On a trouvé la route. Il faudra environ vingt minutes pour arriver au port, précisa-t-elle.

Lorsqu'ils sortirent de l'usine, John leva les yeux au ciel. Il était couvert et, au loin, de sombres nuages étaient en vue. Ce temps nuageux ne le dérangea pas, car il leur procurerait une protection supplémentaire contre le soleil. Mais les nuages sombres l'inquiétaient toutefois, car ils pouvaient se transformer assez vite en orage.

Ils s'entassèrent dans le grand camion, armes à la main, et démarrèrent. Enya utilisa son smartphone afin de guider Logan à travers cette ville peu familière et lui permettre d'amener le véhicule jusqu'au quai du port où le bateau cargo transportant les filles devait accoster.

Ils parurent crédibles à leur arrivée sur les quais dans ce vieux camion délabré. Personne ne lança un second coup d'œil dans leur direction.

— Par-là, ordonna Enya en désignant un quai au détour d'un virage, plus à l'écart du vacarme des quais principaux, là où on chargeait et déchargeait les conteneurs.

Lorsque le camion emprunta le virage, John fut content que la zone fût légèrement isolée des autres quais. Ils devraient moins éviter d'être vus. Cela démontrait que les ravisseurs voulaient décharger les filles dans une zone où personne ne pourrait les voir et ne poserait de question.

— Gare-toi là, dit à présent Enya.

Et Logan stationna le camion derrière un grand conteneur à bateau.

— Le bateau arrive déjà à quai, regardez ! dit Grayson, derrière lui.

John tourna la tête et regarda par la vitre latérale. L'hybride avait raison. Quelqu'un attachait déjà le navire à une bitte d'amarrage. Et pourtant, il fallut encore presque une heure avant le début du déchargement. Cette attente fut atroce, mais John savait qu'il serait plus aisé de combattre les ravisseurs dès qu'ils auraient commencé à décharger leur cargaison. Si Scanguards venait à agir avant que les enfants ne fussent à terre, trop de choses pourraient mal tourner.

— Grayson, Ryder, vous êtes responsables du scannage des conteneurs avec vos caméras thermiques. Nous devons savoir dans lequel d'entre eux se trouvent les filles, ordonna John. Je doute qu'ils les laissent marcher pour descendre du bateau et risquer que quelqu'un les voie.

Zane hocha la tête en guise d'acquiescement.

— C'est ce que je ferais.

John regarda Virginia.

— Virginia, combien d'entre nous pouvez-vous rendre invisibles par la force de l'esprit ? De sorte que nous puissions nous déplacer librement sans devoir nous tenir les mains ?

— Chacun de nous trois peut au moins se charger de deux personnes, donc c'est bon.

Elle échangea un regard avec Enya et Logan.

— Je m'occupe de Zane et de John ; Logan des jumeaux, et Enya de Grayson et Ryder, ajouta-t-elle.

Enya et Logan hochèrent la tête.

— Ok. Enya, toi, Grayson et Ryder mettrez les filles en sécurité dès que nous les aurons localisées. Les autres et moi-même s'attaqueront aux ravisseurs. Je veux que personne ne s'échappe. C'est clair ? dit John.

— Ça c'est parler, rétorqua Zane.

— Tu veux dire les tuer tous ? demanda Virginia. Tu ne veux pas les interroger ?

— Si on peut sans crainte en laisser un en vie, bien sûr. Mais la sécurité des filles en premier. À voir comment le gars qui est derrière tout ça a agi avec le hacker et les deux voyous qu'on a chopés à Oakland, je doute qu'ils sachent qui il est. Il est trop prudent. Quand on sera en sécurité, on les questionnera mais, s'ils essaient de s'échapper, tuez-les.

— Et s'ils ne tentent pas de s'enfuir ? demanda Zane. Tu es en train de dire qu'on devra les laisser vivre s'ils parlent ?

Un air de mécontentement se répandit sur le visage de Zane.

— Ne t'inquiète pas. Dès qu'ils nous auront dit ce qu'ils savent, ils mourront aussi.

Après tout, ici, en Russie, ils ne pouvaient pas remettre ces criminels aux autorités. Et ces types devaient être punis, d'une façon ou d'une autre.

— Content qu'on ait clarifié tout ça, dit sèchement Zane.

— Hé, les gars, dit soudain Ryder. Ce conteneur, le rouge qu'ils sont en train de descendre… je vois tout un groupe de signatures thermiques là-dedans. Toutes blotties dans un coin.

— Ouais, je le vois aussi, confirma Grayson. Il se pourrait que ce soit une douzaine d'enfants. Ce doit être elles.

— Ok. Préparez-vous. Attendez jusqu'à ce que le conteneur soit à terre et détaché de la grue. Je ne veux pas qu'ils le relèvent s'ils remarquent quelque chose, dit John.

D'un œil, il observa le conteneur et, de l'autre, la passerelle sur laquelle trois hommes apparurent. Petits sacs de voyage à la main, ils descendaient en direction du conteneur rouge.

— Ils portent des armes, dit Damian.

John avait également remarqué les protubérances sous leurs vestes. Des armes.

— Allons-y, ordonna John. Virginia, Enya, Logan. Masquez-nous.

— C'est fait, dirent tous trois à l'unisson.

Tous sortirent du camion et, tandis que John pouvait toujours voir tous les membres de son équipe, il pouvait être certain que ses hommes et lui fussent invisibles aux yeux des autres. Il regarda partout, mais ne put voir quiconque d'autre s'approcher du conteneur ou quitter le bateau. Pouvaient-ils être si chanceux en n'ayant affaire qu'à trois hommes ? Tout ceci se déroulait trop bien.

Soudain, la foudre, accompagnée d'un coup de tonnerre, fendit le ciel. John leva les yeux. Les nuages noirs qu'il avait aperçus au loin se trouvaient, à présent, juste au-dessus de la ville et des quais.

— Merde ! siffla-t-il en échangeant un regard avec Virginia.

— La pluie, dit-elle, soucieuse, juste au moment où les premières gouttes foulaient le sol. Si ça dure, nous ne serons plus invisibles très longtemps.

— John, dit la voix de Grayson à travers le micro. Un camion de la douane en approche. À ta gauche.

John tourna la tête dans la direction indiquée et aperçut un fourgon blanc doté d'une inscription en cyrillique sur le côté et l'avant.

— Comment sais-tu que c'est la douane ?

— J'ai fait quelques années de russe. Fais-moi confiance.

— Putain ! jura John. Abritez-vous tous de la pluie, allez vous protéger où vous le pouvez. On va devoir attendre qu'ils partent.

Il observa ses collègues se disperser, s'abritant là où ils le pouvaient. Il désigna un tas de palettes recouvert d'une bâche et courut dans cette direction, Virginia et Zane sur ses talons. Ils s'appuyèrent tout contre celui-ci, le morceau de bâche dépassant des palettes les protégeant un peu de la pluie.

Le fourgon s'arrêta près du conteneur rouge, et deux hommes en sortirent. Ils marchèrent en direction des trois autres qui venaient de descendre de la passerelle. Ces derniers ne semblèrent pas surpris ou effrayés. Ils s'avançaient plutôt directement vers eux, échangeant des poignées de mains. Un des trois hommes venant du bateau sortit ensuite une épaisse enveloppe de la poche de sa veste et la tendit aux douaniers.

— Pot-de-vin, dit John en regardant Zane, lequel acquiesça.

— La douane sait ce qu'il y a dans le conteneur. Ils veulent leur part.

Cela changeait les choses. John ne risquerait jamais les vies d'innocents fonctionnaires du gouvernement, mais ces types étaient corrompus. Et s'ils autorisaient le trafic d'enfants, ils devaient être dégommés ou cette pratique se poursuivrait.

— Changement de plan, dit John dans le micro. Traitez les douaniers comme hostiles. Ils descendent.

Les deux officiers de la douane se retournèrent et se redirigèrent vers leur fourgon.

— On bouge, maintenant ! Ne les laissez pas partir. Damian, Benjamin, Logan, vous prenez les douaniers. Enya, ton équipe met les filles en sécurité. Nous, on va prendre les trois du bateau. Tout le monde, à l'attaque !

John chargea en direction des trois voyous du bateau, lesquels se rendaient à présent vers le conteneur rouge. Zane et Virginia se trouvaient à ses côtés. Il sentit à présent la pluie tomber à verse sur lui et, bien qu'elle ne pénétrât pas la combinaison en Kevlar, les gouttes s'accrochaient à la matière et rendaient sa silhouette visible à quiconque regardait dans sa direction. Ce que fit soudain un des hommes.

Étonné, l'homme se figea. Il tourna ensuite la tête de gauche à droite, puis regarda de nouveau devant lui et, tout en jurant en russe, il alerta ses amis. Tous trois sortirent leurs armes et visèrent.

— Putain !

Toujours en courant, John déverrouillait la sécurité de son semi-automatique, lorsqu'un tir le toucha. Il sentit l'impact, et cela le fit tituber un instant vers l'arrière, mais il se reprit rapidement et poursuivit sa course, pointant à présent son arme. La pluie continuait toutefois à s'abattre sur lui. Elle obscurcissait sa vision, l'eau s'accrochant à sa visière telle la pluie sur un parebrise dont les essuie-glaces ne fonctionnaient pas.

Un bruyant coup de tonnerre explosa dans le ciel juste au moment où davantage de tirs retentirent : ceux de ses collègues comme ceux de son propre pistolet. Un des hommes du bateau tomba à terre comme un arbre qu'on venait d'abattre, tandis que les deux autres couraient pour se mettre à l'abri.

Esquivant les balles des ravisseurs, John n'eut pas le temps de regarder comment les jumeaux s'en tiraient avec les douaniers. Ils s'étaient abrités derrière un tas de palettes, alors que John se trouvait toujours à découvert, en train de traverser le grand espace vide séparant l'entrepôt du bateau.

Son idée de dégommer les criminels discrètement ou de les questionner avant de les tuer s'était envolée en fumée ou, plutôt, effacée avec la pluie. Tout ceci dégénérait.

— Je vais faire le tour par l'autre côté, annonça Zane dans le micro avant de courir vers la droite pour se cacher entre deux conteneurs.

— Merde, Zane ! siffla Virginia. Tu seras hors de ma portée.

Mais Zane ne répondit pas. Et, de toute façon, cela n'avait plus beaucoup d'importance. Ils étaient déjà partiellement visibles.

John atteignit finalement le tas de palettes derrière lesquelles les voyous se cachaient. Il tenta de regarder à travers les trous présents dans le bois et aperçut du mouvement. Mais, à travers sa visière trempée, il ne put obtenir une vision nette. Il pointa néanmoins son pistolet à travers un trou et appuya sur la gâchette.

Un homme cria avant de jurer en russe. John l'avait touché, mais pas tué. Virginia apparut à côté de lui, également prête à tirer. John se concentra à nouveau en tentant de deviner de quel côté l'homme s'était enfui, puis aperçut un silencieux pointé vers eux.

— À terre ! hurla-t-il à l'intention de Virginia.

Et tous deux plongèrent au sol.

Davantage d'éclairs illuminèrent le ciel, et le tonnerre se déchaîna au-dessus d'eux tel un char chargeant dans une zone de guerre. John regarda Virginia, mais elle n'était pas blessée. Il lui fit signe de rester allongée, puis regarda tout autour de lui, à la recherche de tout objet susceptible de distraire les deux criminels. Il arracha une planche d'une cinquantaine de centimètres d'une des palettes et la souleva de la main gauche, l'agitant en l'air, tandis qu'il serrait très fort son arme dans la droite.

Comme escompté, il y eut un mouvement de l'autre côté de la palette. Le voyou fit feu en visant la planche, laquelle se fendit en éclats. John la laissa tomber et visa. Cette fois, la balle trouva sa cible. L'homme s'effondra comme un sac de pommes de terre.

Un autre tir se fit ensuite entendre depuis l'arrière de la palette.

— J'les ai, confirma Zane, dans le micro.

— Les trois hommes du bateau sont morts, annonça John dans le sien. Et les douaniers ?

— Tous les deux raides morts, confirma Benjamin.

— En train de manger les pissenlits par la racine, ajouta Damian.

— Espèce de salopards cupides, dit sèchement Logan dans le micro. Ils ne m'ont rien laissé.

— Grayson ? Les filles ? demanda John.

— Le conteneur est verrouillé avec une chaîne. Ryder est parti chercher une pince coupante.

— Ryder ? Au contrôle, demanda John.

— J'arrive.

— Dépêche-toi ! Je suis sûr que nous allons bientôt avoir de la compagnie. Quelqu'un doit avoir entendu les tirs.

Quoique John espérât que le tonnerre et la pluie battante eussent un peu étouffé les bruits.

John avança en direction du conteneur rouge, dépassant le fourgon de la douane dans le coffre duquel les jumeaux chargeaient les corps.

— Bonne initiative, les félicita-t-il en passant.

De ce fait, les gens ne verraient, au moins, de loin, que les fourgons vides et pas les cadavres. Cela procurerait un temps précieux à son équipe pour s'en aller.

Il appuya sur son micro.

— Zane, débarrasse-toi du cadavre des trois types.

— C'est en cours.

John regarda par-dessus son épaule et aperçut Zane en train de jeter un des gars dans l'eau. Virginia était occupée à fouiller les poches du second type. Satisfait que son équipe se chargeât de ce qui devait être fait, il s'approcha du conteneur rouge, juste au moment où Ryder rejoignait Grayson et Enya qui attendaient là, scannant la zone des yeux, à la recherche de quiconque susceptible de les voir.

— Sommes-nous à nouveau visibles ? demanda John à Enya.

Elle hocha la tête.

— Ça ne servait plus à grand-chose de perdre toute cette énergie dès l'instant où nous avons tous été trempés.

— Ok.

Il hocha la tête à l'intention de Ryder.

— Ouvre-le. Et préparez-vous, juste au cas où il y aurait un garde, là-dedans, avec les enfants.

Tant Enya que Grayson pointèrent leurs armes en direction de la porte. Ryder utilisa une pince coupante sur la chaîne, brisant ainsi le métal, puis la retira afin d'en libérer la porte. Il regarda par-dessus son épaule.

— Ouvre-la, ordonna John, et reste en arrière. Je rentre en premier.

Ryder tira la lourde porte vers l'arrière. Dès que John put voir à l'intérieur, il y focalisa son regard. Puis se détendit.

— Armes à terre, dit-il calmement afin de ne pas alarmer la précieuse cargaison. Enya, viens me rejoindre. Virginia, on se retrouve à l'intérieur. Les autres, restez dehors et couvrez-nous.

John avança lentement dans cet espace sombre. Grâce à sa vision de vampire, il pouvait déjà distinguer ce qu'un humain ne pouvait voir : au fond du conteneur, les captives s'étaient, de peur, blotties l'une contre l'autre et s'accrochaient l'une à l'autre sur leurs matelas.

John souleva sa visière. Il soupira lorsqu'il aperçut le visage horrifié des filles.

— N'ayez pas peur. On va vous ramener chez vos parents tout de suite, dit-il calmement. Je suis John, et voici Enya.

Des halètements et des sanglots se firent entendre, comme si les enfants ne le croyaient pas. Et pourquoi le croiraient-elles ?

Derrière lui, on ouvrit plus grand la porte, ce qui laissa entrer un peu plus de lumière.

Enya à ses côtés, John s'approcha des filles, puis s'accroupit lorsqu'il fut près des matelas.

— Jennifer ? Mary ? Carol ?

Il avait mémorisé leurs noms en visionnant les dossiers et espéra qu'en s'adressant à elles par leurs prénoms, un peu de leurs craintes se dissiperait.

— Sarah ? Jane ? Cindy ? Vous allez toutes bien ? Andrea ? Heather ?

— Je suis Jane, répliqua une des filles.

— Est-ce que vous allez nous ramener chez nous maintenant ? gémit une autre.

— Oui, chérie, nous vous ramenons à la maison, maintenant.

Quelques filles commencèrent à pleurer, mais plusieurs autres se rapprochèrent un peu. Finalement, il put les voir toutes. Ses yeux fusaient d'une à l'autre. Et, à chaque seconde son cœur battait plus violemment.

— Buffy ? Buffy, où es-tu ?

Son pouls battait dans sa gorge.

Mais la seule fille noire qu'il vit ne ressemblait pas du tout à Buffy. Il compta les filles. Douze.

— Il devrait y en avoir treize.

Il échangea un regard avec Enya, puis fixa à nouveau les filles des yeux.

— Où est Buffy ? Où est-elle ? demanda-t-il.

La fillette s'étant identifiée comme Jane se rapprocha.

— Buffy ?

Il hocha la tête et sortit une photo d'une poche de sa combinaison. Il la tourna vers la fillette afin qu'elle pût la voir.

— Voilà Buffy. Tu l'as vue ?

Elle regarda la photo, se concentra dessus, puis leva les yeux.

— Oui.

— Où est-elle ?

— Un homme l'a emmenée.

Un sentiment d'horreur emplit John.

— Quel homme ? Où ? Quand ?

— Avant qu'ils ne nous mettent sur le bateau. Un homme est venu et l'a emmenée.

— Elle n'a jamais été sur le bateau avec vous ?

Jane secoua la tête.

Des larmes se formèrent dans les yeux de John, et il ne se soucia pas de les refouler.

— Oh mon Dieu !

— Tu es son papa ? demanda soudain la fillette, à sa surprise.

Il rencontra son regard.

— J'ai promis à sa maman de la ramener à la maison, répondit-il, ne sachant pas quelle autre explication lui fournir afin de décrire la relation qu'il entretenait avec elle.

31

Dans le bureau de John, Deirdre reposa le cornet sur la base du téléphone.

— Ils sont de retour.

Savannah pressa une main sur sa poitrine et soupira.

— Où est Buffy ?

— Toutes les filles sont en bas, au centre médical où elles sont auscultées.

Avant même que Deirdre n'eût terminé sa phrase, Savannah était déjà en train d'ouvrir la porte.

— Allons-y. Montre-moi où c'est.

— On ne peut pas se rendre là-bas.

— Si tu ne me montres pas où c'est, j'irai seule.

— Oh, merde ! jura Deirdre.

Mais elle bondit de son siège et la rejoignit.

— Tu es une emmerdeuse.

— Tout comme toi.

— Ouais, eh bien, on ne peut pas être tous aussi adorables que John.

Un certain sarcasme suintait de la voix de Deirdre.

Elles se précipitèrent vers les ascenseurs.

— Tu ne l'aimes pas trop, n'est-ce pas ?

Deirdre haussa les épaules.

— Il aurait dû me laisser partir en Russie avec lui mais, non, il m'a plutôt demandé de te babysitter.

— Ne le prends pas mal, ajouta-t-elle immédiatement, lorsque Savannah haussa les sourcils, mais je préférerais aider à dégommer ces salauds qui ont enlevé ces enfants plutôt que rester assise ici à me tourner les pouces.

Les portes de l'ascenseur s'ouvrirent, et elles s'engouffrèrent rapidement à l'intérieur. Deirdre regarda les boutons et hésita.

— Eh bien, on y va ou pas ?

— Hé, ne t'énerve pas sur moi.

Quelqu'un passa devant l'ascenseur.

— Hé, à quel niveau se trouve le centre médical ? lui demanda Deirdre.

Le gars s'arrêta, la gratifia d'un étrange regard, puis répondit.

— Au moins deux.

Elle appuya sur le bouton, et les portes se refermèrent.

Avant que Savannah n'eût pu commenter le fait que Deirdre ne connaissait pas l'endroit où se trouvait l'infirmerie, cette dernière la regarda furieusement.

— Je viens juste de commencer ici, ok ? Et je n'ai personnellement jamais eu besoin de l'infirmerie.

— Je n'ai rien dit.

— Tu allais le faire.

Savannah s'abstint de répliquer. Cette femme avait visiblement des problèmes. Lorsque les portes de l'ascenseur s'ouvrirent enfin, Savannah fit un pas dans le couloir. Il ne fut pas très difficile de deviner de quel côté se situait l'infirmerie, une myriade de voix en provenance des doubles portes dérivant vers elle. Des voix d'enfants.

Le cœur de Savannah bondit, et elle commença à courir. Elle poussa les doubles portes et se précipita dans la grande salle. Plusieurs portes donnaient sur de plus petites pièces. Certaines d'entre elles étant ouvertes, elle put apercevoir des filles assises sur des tables d'examen et sur des chaises. Dans la pièce principale, des zones étaient cloisonnées pour divers motifs. Ici aussi, elle aperçut beaucoup d'enfants, de même que plusieurs adultes. Des vampires, supposa-t-elle.

Elle reconnut une personne de dos.

— John !

Il se retourna. Leurs regards se suspendirent. Ce qu'elle lut dans celui de John lui glaça le sang.

— Non !

Elle secoua la tête et laissa son regard errer dans la grande pièce, le laissant tomber sur chaque enfant, examinant chaque visage. Elle avança un peu plus, tourna ci et là, mais il n'y avait aucun signe de Buffy.

Elle se retourna à nouveau vers John et, déjà, il se trouvait là, l'attrapant par les épaules, la maintenant afin qu'elle ne s'effondrât pas.

— Où est-elle, John ? Où est mon bébé ?

Les larmes lui piquèrent les yeux.

— Elle n'a jamais été sur le bateau. On est venu la chercher avant qu'il ne parte pour la Russie. Les enfants l'ont confirmé. Un homme est venu juste avant le départ du bateau et l'a emmenée avec lui.

Savannah plaqua une main sur sa bouche, mais le sanglot lui déchira néanmoins la poitrine.

— Non, non, John, non !

John la prit dans ses bras et la serra contre son torse.

— N'abandonne pas, Savannah. Parce que, moi, je n'abandonnerai pas. Elle est toujours au pays. Elle est toujours ici. Et je vais la trouver.

— Mais comment ? demanda-t-elle tout en pleurant à chaudes larmes. Elle est partie. Mon bébé est parti.

— Les filles nous ont donné une description de l'homme qui l'a emmenée, et nous avons toujours les types qui gardaient les filles au port d'Oakland.

Elle leva les yeux vers lui.

— Qu'est-ce qui te fait penser qu'ils te diront qui il est ?

— Ils parleront parce que je leur ferai peur. Je leur montrerai ce que je leur ferai s'ils ne me disent pas tout ce qu'ils savent.

Il la relâcha lentement.

— Tu vas les torturer.

Elle n'émettait aucun jugement, juste une observation.

— Oui.

— Je veux être là.

— Non. Je ne veux pas que tu voies ça.

— Il faut que je le voie, insista-t-elle.

Il hésita pendant quelques secondes, puis tendit la main pour lui prendre la sienne.

— Viens.

John la guida hors de la pièce, et ils empruntèrent un couloir. Il ouvrit ensuite la porte donnant sur les escaliers. Ils descendirent d'un niveau, puis s'engagèrent dans un autre couloir.

— Que s'est-il passé en Russie ? demanda-t-elle enfin.

John la gratifia d'un regard latéral.

— Les hommes impliqués sont morts. Il avaient donné des pots de vin à deux douaniers afin de pouvoir faire entrer les filles dans le pays. Nous nous sommes également débarrassés d'eux. On a fouillé leurs papiers et emporté tout ce qu'ils avaient sur eux. En ce moment, mon équipe est occupée à passer tout au peigne fin, histoire de voir s'ils détenaient quelque chose susceptible d'identifier leur patron. Les filles nous ont donné une description de l'homme qui a emmené Buffy. L'inspecteur Donnelly est en route. Il emmène un portraitiste avec lui qui nous établira un croquis.

Elle hocha la tête. Il y avait peu de chances de réussite, mais elle appréciait la ténacité de John. Il n'abandonnait pas.

— Que va-t-il arriver aux filles ?

— On va s'assurer qu'elles vont bien, on va les nourrir et les vêtir. Mais on ne peut pas les rendre à leurs parents avant de savoir où se cache le cerveau de toute cette opération.

— Pourquoi pas ?

— Parce que s'il découvre que nous avons sauvé les filles, il se peut qu'il disparaisse pour toujours et, alors, nous perdrons nos chances de retrouver Buffy.

— Oh mon Dieu.

— On n'en arrivera pas là. Nous garderons les filles en sécurité jusque-là.

La peur étouffa presque Savannah.

— Et s'il savait déjà que vous avez sauvé les filles ?

— Il ne le sait pas. Les gars en Russie n'ont pas eu la moindre occasion de contacter qui que ce soit avant de mourir. De ce qu'on a pu établir jusqu'ici, un camion devait les attendre. Les trois hommes qui transportaient les filles par bateau étaient censés leur faire traverser le pays dans ce camion. Le voyage devait durer plusieurs jours. Personne ne réalisera avant cela que les filles ne sont pas en route vers leur destination. Et ce ne sera qu'à ce moment que celui qui les a commandées contactera le patron de l'opération pour avoir une explication. On a du temps devant nous.

— J'espère que tu as raison.

John désigna une porte.

— Ils sont là-dedans. Es-tu sûre de vouloir être présente ? Du sang pourrait couler.

Savannah pointa le menton vers le haut.

— Tu ne m'arrêteras pas.

— Je crois que je le savais déjà.

Utilisant sa carte magnétique, John ouvrit la porte et précéda Savannah dans la pièce. Elle le suivit. Cette pièce était aussi grande que sa chambre à coucher, mais elle était chichement meublée. En fait, il n'y avait pas réellement de meubles. Les deux lits de la pièce étaient incorporés dans le mur, la petite table y était fixée, et les deux chaises, ou plutôt des tabourets, étaient attachés au sol en béton. Une toilette métallique sans lunette et un minuscule évier se trouvaient dans un coin.

Les murs étaient dénudés. Des lumières néon au plafond illuminaient la pièce.

Les deux hommes présents dans la cellule sursautèrent sur leurs lits. Ils semblaient épuisés et posèrent un regard impassible sur John. Ils regardèrent ensuite Savannah, et tous deux tressautèrent. Ils la reconnaissaient, mais l'inverse n'était pas vrai. Après tout, ils avaient porté des masques.

— Debout ! exigea John, d'une voix glaciale.

Les deux hommes se levèrent immédiatement.

— Vous m'avez dissimulé des informations ! tonna John. Et vous savez ce qui arrive aux gens qui me cachent des choses ? On leur fait du mal.

D'une main, il balaya la poitrine d'un des hommes, déchirant sa chemise en lambeaux.

L'homme hurla de douleur.

— Non ! Non ! Arrête !

Savannah remarqua le sang maculant la chemise en lambeaux. John avait fait usage de ses griffes. Et bien que cela eût dû l'effrayer de voir l'homme avec qui elle avait fait l'amour faire usage de la violence sans la moindre hésitation, elle demeura calme et sans crainte. Il faisait cela pour elle, pour Buffy.

Le blessé maintenait à présent les mains appuyées sur ses blessures ensanglantées. John le repoussa sur le lit et dirigea ensuite son regard vers le second criminel.

— À moins que tu ne veuilles que je te fasse la même chose ou pire, tu ferais mieux de parler.

John lui montra ses canines.

— Oh mon Dieu ! Non ! Qui es-tu ?

Il tituba et heurta l'arrière de ses genoux sur le bord du lit.

Mais John ne le laissa pas choir. Il l'attrapa par sa chemise et l'attira plus près de lui.

— Nous comprenons-nous bien ?

Tremblant, l'homme hocha la tête.

— Je ferai tout ce que tu veux. S'il te plaît, ne me fais pas de mal.

Savannah reconnut à présent sa voix. C'était lui, le chauffeur, la nuit où ils avaient tenté de la kidnapper.

— Il y avait une treizième fille. La fille de mon amie, précisa John en désignant Savannah. Elle n'était pas sur le bateau. D'après les filles que nous avons sauvées, elle n'est jamais montée à bord. Qui était l'homme qui est venu la chercher ?

— Je ne sais pas.

John enfonça ses griffes dans l'épaule de l'homme, le faisant ainsi hurler de douleur.

— Je ne sais vraiment pas, dit-il rapidement. Le patron l'a envoyé. Il nous a fait parvenir un texto qui disait de ne pas mettre la fille sur le bateau ; qu'un client, l'homme qui l'avait commandée, viendrait la chercher en personne. Nous devions la remettre sans poser de question. C'est ce que nous avons fait.

Il regarda son associé afin d'obtenir la confirmation.

Le blessé acquiesça.

— C'est vrai. Cet homme est venu la chercher.

— Est-ce qu'il avait un nom ?

— Il n'en a pas donné. Et on n'a pas demandé.

— À quoi ressemblait-il ?

L'homme sous l'emprise de John tenta de hausser les épaules, mais les douloureuses griffes de son assaillant l'en empêchèrent.

— À un homme d'affaires, tu vois, costume, belle apparence, blond, peut-être la cinquantaine. C'est tout, je le promets. Je ne sais pas qui il est.

— Quoi d'autre ?

L'homme hésita. Il sembla ensuite se remémorer quelque chose.

— Ouais, il avait un accent. Pas certain, mais on aurait dit un accent de l'Europe de l'Est, peut-être russe ou slave. Je ne sais pas. Je ne suis pas doué en la matière.

— Autre chose : quand vous avez kidnappé la petite fille, étiez-vous supposés kidnapper sa mère aussi ?

L'homme prit le risque de regarder Savannah. Honteux, il baissa ensuite les paupières.

— Oui. Mais elle n'était pas là. Alors, on n'a pris que la fille.

— Votre patron vous a ordonné de réessayer, pas vrai ?

À nouveau, l'homme hocha la tête.

— Mon Dieu ! Les gars, vous n'êtes pas seulement mauvais, mais également stupides, pas vrai ?

John relâcha l'homme et le repoussa sur le lit.

— Vous pouvez pourrir ici, ça m'est égal ! précisa-t-il.

John se retourna et prit le coude de Savannah.

— On en a fini ici.

Il utilisa à nouveau sa carte magnétique afin d'ouvrir la porte de la cellule et l'invita à sortir.

Dans le couloir, il la regarda.

— Tu vas bien ?

Elle acquiesça.

— Que voulais-tu dire par « vous êtes également stupides » ?

John soupira.

— Ils sont trop idiots pour le voir, mais c'est évident : l'homme qui a emmené Buffy était leur patron.

— Quoi ?

Elle en eut le soufflé coupé.

— Comment le sais-tu ? poursuivit-elle.

— L'homme qui est derrière cette opération a été extrêmement prudent en faisant en sorte que ceux qui travaillent pour lui n'en sachent pas trop. Mais, ensuite, il envoie un client chercher un enfant chez les ravisseurs qu'il emploie, au risque d'exposer l'endroit où il garde les filles captives jusqu'à ce qu'on les mette sur un bateau. Un endroit qu'il veut probablement continuer à utiliser. Il n'est pas si bête. Mais il comptait sur la stupidité de ses hommes de main qui ne savent pas ce que fait un plus un. Il a pris Buffy pour lui ; elle n'a jamais été destinée à un client en Russie. Et il a essayé de te faire kidnapper après que le bateau soit déjà parti. Il vous veut pour lui, toi et Buffy.

— Oh, John, comment allons-nous le trouver ? D'après la description que le ravisseur a donnée, ce ne peut pas être Alexi. Il est blond et a un accent prononcé, oui, mais il est trop jeune d'au moins vingt ans. Et si ce n'est pas Alexi, qui est-ce, alors ?

— Nous saurons bientôt à quoi il ressemble. Et ensuite, nous le pourchasserons.

32

Le portable de John tinta, tandis que ce dernier se dirigeait vers son bureau. Il avait reçu un texto.

Inspecteur Donnelly ici pour te voir.

J'arrive.

Il posa une main au creux des reins de Savannah et l'invita à emprunter le couloir.

— Donnelly est ici. Voyons ce qu'il a.

— Penses-tu qu'il pourra nous aider ? Je veux dire, au début, c'est lui qui m'a envoyée vers toi, dit-elle, douteuse.

— Tu dois savoir quelque chose à propos de notre relation avec la police.

— Oui ?

— Donnelly sait que nous sommes des vampires et, chaque fois que la police suspecte l'implication de créatures surnaturelles comme les vampires et autres, il nous renvoie l'affaire. Si nous ne trouvons rien, il reprend la main. Dans le cas qui nous occupe, puisqu'il n'a pu trouver aucune piste dans le vrai monde, il m'a demandé d'évaluer la situation et de voir si je pouvais trouver le moindre lien avec des vampires.

— Es-tu en train de dire que des vampires sont derrière tout ça ?

— Non. Le fait que beaucoup d'enfants aient été kidnappés pendant la journée m'a amené à penser qu'aucun vampire n'était impliqué. Je le crois toujours, encore plus maintenant. Aucun des voyous que nous avons rencontrés jusque-là n'était un vampire.

— Mais si tu pensais qu'il n'y avait aucun vampire impliqué, pourquoi n'as-tu pas renvoyé cette affaire à Donnelly pour qu'il s'en charge ?

John rencontra son regard inquisiteur.

— J'étais censé le faire. Mais je n'ai pas pu.

La compréhension illumina soudain les yeux de Savannah.

— La dispute entre Samson et toi, c'était à ce sujet. Il ne voulait pas que tu m'aides, n'est-ce pas ?

John soupira. Il ne voulait pas qu'elle eût une mauvaise image de Samson.

— Samson n'a fait que ce qu'il devait faire. On est en manque de personnel. Nous n'avions pas les moyens d'accepter cette affaire.

— Mais tu l'as acceptée quand même.

Il lui prit la main et la serra.

— Parce que je n'ai pas pu supporter de te voir souffrir.

— Mais comment as-tu convaincu Samson ?

John laissa échapper un souffle lent.

— Je lui ai dit que je démissionnerais s'il ne me laissait pas travailler sur cette affaire.

Elle s'arrêta et se tourna vers lui.

— Tu as risqué ton job pour moi ?

Il risquerait bien plus pour elle, s'il le fallait. Il risquerait sa vie. Pour elle et pour Buffy. Mais elle n'avait pas besoin de le savoir.

— C'est juste un boulot.

— Oh, John, je ne sais que dire.

— Tu n'as pas besoin de dire quoi que ce soit. J'ai juste besoin que tu restes forte. On va réussir. Tu veux bien ?

— Oui, John.

Il la prit par la main.

— Maintenant, allons parler à Donnelly.

Il poussa la porte située au bout du couloir et entra dans la réception.

Donnelly bondit de son siège du coin salon, et la femme assise à ses côtés l'imita. Il fit un signe de la main.

— John.

John se dirigea vers lui et lui serra la main.

— Mike, ça me fait plaisir de te voir.

Donnelly se tourna vers Savannah.

— Bonsoir, Mademoiselle Rice.

— Bonsoir, Inspecteur Donnelly.

— Grayson m'a mis au courant de tout. J'ai amené une portraitiste qui travaillera avec les enfants. Voici Emily Bolton.

Ils se saluèrent.

— Mademoiselle Bolton, dit ensuite John, je vais vous faire escorter jusqu'à l'infirmerie. Je pense que les enfants y sont toujours en train de se faire ausculter.

Il ne fallut qu'une minute à John pour organiser l'accompagnement de la portraitiste jusqu'aux enfants. Ensuite, Savannah, Donnelly et lui se rendirent dans son bureau. Dès que la porte fut refermée derrière eux, Donnelly soupira.

— J'ai également quelques nouvelles pour toi, annonça-t-il.

— J'espère qu'elles sont bonnes. On en a bien besoin, dit John.

— Tu te souviens de la demande de rançon ? Eh bien, il y avait, en effet, une substance chimique dessus. C'est en fait un composé utilisé dans les établissements de nettoyage à sec. Ce qui nous donne une raison de croire que le papier vient de chez un teinturier.

— Est-ce qu'on peut affiner un peu plus ?

— J'ai peur que non.

— Il doit y avoir des centaines de teinturiers dans le secteur de la Baie, réfléchit John.

— C'est tout ce que j'ai. Il nous faudra des semaines pour les vérifier tous et voir si l'un d'eux peut avoir un lien avec ce réseau de trafiquants.

— Nous n'avons pas le temps, dit Savannah, la voix tremblante. Nous devons retrouver Buffy, maintenant.

— Je sais, Mademoiselle Rice. Je comprends. Mais je n'ai rien d'autre que cette supposition quant à la provenance du papier. Il n'y avait aucune empreinte, aucun ADN, rien.

Il regarda John.

— As-tu pu tracer le numéro de téléphone utilisé pour contacter les ravisseurs ? ajouta-t-il.

John secoua la tête.

— Non. J'ai mis Thomas dessus. Mais nous n'avons rien trouvé. Aucun endroit, aucune adresse IP.

— L'adresse IP, c'est ça ! dit soudain Savannah avec agitation. Le hacker.

— Quoi, le hacker ? demanda John.

— Souviens-toi, il t'a dit avoir tracé son patron en utilisant l'adresse email qu'il employait et, qu'à chaque fois, il le détectait à un endroit différent. Il a pu localiser les adresses IP de tous les endroits où cet homme a envoyé ses emails grâce au malware qu'il avait intégré dans son lien.

Elle reprit rapidement son souffle.

— Est-ce que le hacker est toujours dans une de vos cellules ?

— Oui. Que veux-tu savoir ?

— Je dois savoir s'il a gardé un historique des adresses IP. Et si le malware est toujours actif et s'il lui renvoie toujours des données.

John attrapa le téléphone et composa un numéro. L'appel aboutit immédiatement.

— Thomas ? Peux-tu parler à Otto Watson, le hacker qu'on a enfermé en bas, et lui demander s'il a gardé un historique des adresses IP depuis lesquelles les mails de son patron ont été envoyés. Apparemment, il a dupé ce dernier en installant un malware sur son ordinateur afin de tracer son adresse IP.

— Intelligent, le gars. Tu en as besoin pour quand ?

— Pour hier.

— J'm'en occupe.

— Oh et, Thomas, quand tu auras ces adresses IP, envoie-les sur mon ordinateur. Et peux-tu, d'une manière ou d'une autre, vérifier si le malware renvoie toujours des données que nous pourrions utiliser pour le localiser en temps réel ?

— Bien sûr.

John raccrocha et regarda Savannah.

— Ce ne sera pas long.

Il s'assit à son bureau avant de se connecter à son ordinateur. Il augmenta le volume de ses notifications, puis tapota des doigts sur son bureau.

Savannah commença à faire les cent pas. Donnelly contourna le bureau et s'y appuya pour observer John.

— Donc, euh, Grayson a dit que les ravisseurs étaient juste, euh, des types normaux, c'est ça ? Y a-t-il la moindre chance que leur patron soit différent ? demanda-t-il, avec prudence.

— Mike, tu peux arrêter d'être énigmatique. Savannah sait pour nous. Elle sait ce que je suis.

Il jeta un œil dans sa direction et leurs regards se rencontrèrent.

— Et elle n'a pas peur de nous, précisa John.

Elle avait touché ses canines, l'avait embrassé, lui faisait confiance. Il ne pouvait en demander davantage.

— Oh, eh bien, nous sommes sur la même longueur d'ondes alors. Donc, tu ne penses pas que le cerveau soit un vampire ?

— Je ne peux en être certain mais, jusqu'ici, je ne vois rien qui puisse me faire supposer qu'il en soit un. Les enfants ne savent pas quelle heure il était quand il est venu chercher Buffy.

Juste à ce moment, l'ordinateur émit un bip, et John regarda l'écran. Thomas lui avait envoyé un fichier. Il l'ouvrit.

— Les adresses IP. Et une note. Thomas pense que le type pourrait avoir délaissé son ordinateur. Aucun signal n'a été émis ces derniers jours.

Il regarda Savannah.

— Que faut-il que je fasse, maintenant ?

Savannah était déjà en train de contourner le bureau.

— Laisse-moi m'asseoir. Je vais le faire.

Il la laissa prendre place sur son siège.

Il l'observa, tandis qu'elle laissait courir les doigts sur le clavier et cliquait sur la souris de la main droite, faisant des copier/coller de certains points, les reportant sur une carte, répétant cette action encore et encore. Elle était motivée et sûre d'elle. Dix minutes plus tard, elle tourna la tête.

— J'ai localisé tous les endroits. Inspecteur, nous devons juste recouvrir cette carte d'une autre reprenant tous les teinturiers de la région et voir si il y a des correspondances.

Donnelly hocha la tête.

— Pas de problème. Laissez-moi m'en occuper.

Il désigna le clavier.

— Puis-je ? lui demanda-t-il.

Savannah se releva et Donnelly prit son siège.

— Je vais juste devoir me connecter à notre base de données, expliqua-t-il. Accordez-moi une seconde.

John posa une main sur l'épaule de Savannah et la serra doucement. Elle lui sourit, pour la première fois depuis qu'il était rentré de Russie. John put enfin apercevoir l'espoir refleurir dans ses yeux.

— Et voilà, bingo ! dit Donnelly après quelques instants en désignant l'écran, lequel affichait une grande carte de la ville.

Il pointa du doigt plusieurs des endroits marqués par Savannah.

— Ce sont tous des teinturiers ou des établissements de nettoyage à sec. C'est bon. Je vais passer quelques coups de fil et voir ce que le département détient sur ces emplacements, les propriétaires et leurs employés. Ça pourrait prendre une heure ou deux. Puis-je rester ici et utiliser ton bureau ?

— Bien sûr, dit John. Nous t'aiderons si tu as besoin de quoi que ce soit.

Donnelly lui fit un geste de la main.

— Rien que tu puisses faire maintenant. Pourquoi n'iriez-vous pas vous détendre un peu pendant que je travaille là-dessus ?

— J'ai le sentiment que tu me jettes hors de mon bureau, dit John en haussant un sourcil.

— Content que tu l'aies compris. Je t'avertis dès que j'ai quelque chose.

John hocha la tête.

— Viens, Savannah.

— Je ne peux pas rester sans rien faire.

— Tu en as fait assez, lui assura-t-il.

— Mais il y a bien quelque chose que je puisse faire.

Donnelly leva les yeux.

— Pourquoi n'allez-vous pas voir comment vont les enfants ? Je suis sûr qu'ils aimeraient voir un visage amical.

Reconnaissant envers Donnelly d'avoir émis cette suggestion, John prit la main de Savannah.

— Je trouve que c'est une brillante idée.

33

Lorsque John et Savannah arrivèrent à l'infirmerie située au sous-sol, l'endroit était vide. Il ne restait que le médecin, que John présenta comme Maya, et un enfant souffrant de déshydratation, couché sur un lit d'hôpital, une perfusion attachée au bras.

— Où est passé tout le monde ? demanda John.

— Nous avons ausculté toutes les filles ; elles vont bien, mais ont faim. Elles sont toutes au salon H, dit Maya. J'ai commandé un peu de nourriture pour cette petite, ici.

Elle sourit à la fillette couchée dans le lit et laissa courir une main sur sa tête.

— Glace au chocolat et cookies, c'est ça ? lui demanda-t-elle.

La petite fille sourit faiblement. Elle était un peu plus petite que Buffy et probablement seulement âgée de neuf ans.

— Vous ne voulez pas aller au salon H pour voir ce qui les retient si longtemps ? suggéra Maya.

— Bien sûr, agréa John.

— Le salon H, c'est le salon où tu m'as emmenée, c'est ça ? demanda Savannah, en chemin vers cette destination. Que veut dire H ?

— Humain, dit John, sans hésitation. Il est destiné à nos employés humains et nos invités. Il y a aussi un salon V.

Il lui lança un regard furtif, comme pour vérifier s'il devait poursuivre.

— Seuls les vampires y sont admis, car on y sert du sang.

— Que veux-tu dire par servir ? Vous y gardez des humains pour boire à la source ?

John gloussa inopinément.

— Non. Bien sûr que non. Il y a un bar avec du sang en fût. La société l'achète à une banque de sang.

— Est-ce que ça veut dire que vous ne buvez pas à même les humains ? Vous ne les mordez pas ?

Dans ce cas, cela signifierait qu'ils étaient plutôt civilisés.

— Oui et non.

Lorsqu'elle haussa un sourcil, il poursuivit.

— Certains d'entre nous se sustentent entièrement de sang en bouteille, d'autres boivent directement le sang de leurs compagnes humaines. De nos jours, peu d'entre nous sortent chasser. Nous préférons avoir la permission pour boire à la source. C'est plus gratifiant.

— Gratifiant ?

Elle ne fut pas certaine de comprendre ce qu'il voulait dire par-là.

Il soupira.

— La morsure d'un vampire est très sensuelle. Beaucoup d'entre nous aiment combiner l'acte de se nourrir à l'acte sexuel, car cela intensifie le plaisir.

— Pour le vampire ?

— Pour les deux partenaires ; l'humain également. C'est pour ça que nous préférons boire à la source de ceux par qui nous sommes attirés, sexuellement et émotionnellement. C'est une manière pour nous de nous partager avec nos partenaires humains.

— Mais, en les mordant, est-ce que ça ne veut pas dire que vous les transformez aussi en vampires ?

— Ce n'est pas comme ça que ça fonctionne. C'est seulement quand il est en train de mourir qu'un humain peut être transformé.

— Je suppose que la télé raconte beaucoup de choses fausses, alors.

— Elle raconte aussi beaucoup de choses justes. Mais nous ne sommes pas les monstres sanguinaires qu'ils prétendent que nous sommes dans *Buffy contre les Vampires*. Nous sommes plus *Angel* que *Nosferatu*. Parfois troublés par notre désir de nous accrocher à notre humanité, mais également guidés par notre besoin de sang. C'est un subtil équilibre.

Elle médita ses paroles.

— Je peux le voir. Mais tu sembles contrôler ce besoin.

Ils s'arrêtèrent devant le salon H, et John la regarda longuement.

— Savannah, j'aimerais pouvoir te dire que tu as raison. Mais je n'ai pas le contrôle, pas quand je suis près de toi. De nombreuses fois, je n'ai rien voulu d'autre qu'enfoncer mes canines dans ton ravissant cou pour boire ton sang. Et il m'a fallu chaque once de ma force pour ne pas le faire. Je ne sais pas combien de temps je vais pouvoir refouler ce besoin.

Elle haleta, et sa poitrine se souleva. Les lèvres entrouvertes, elle le dévisagea. Mais ce n'était pas la peur qui la paralysait. C'était une chose qu'il avait dite un peu plus tôt, que la morsure intensifierait son plaisir.

— Je ne veux pas que tu aies peur de moi. Je sais que ce n'est pas le moment de demander ta permission, pas avec tout ce que tu traverses en ce moment, et je n'agirais jamais sans ton consentement. Mais quand tout ceci sera terminé… quand ce sera derrière nous… je demanderai ta permission.

Involontairement, elle frissonna.

N'attendant visiblement pas une réponse, John lui ouvrit la porte du salon et la pria d'entrer. Les filles couraient dans tous les sens, remplissant les assiettes de nourriture, s'émerveillant de la multitude de choix et semblaient heureuses et détendues. Un grand nombre d'adultes, des femmes pour la plupart, se mêlaient à elles. Chaque femme semblait avoir pris une fille en charge, concentrant toute son attention sur l'enfant et satisfaisant le moindre de ses besoins.

— Qui sont toutes ces femmes ? Sont-elles des vampires ? lui murmura Savannah.

— Certaines le sont, mais certaines sont humaines. La plupart sont les épouses et les filles des vampires qui dirigent Scanguards. Delilah, la femme de Samson est là.

Il désigna une jolie femme aux longs cheveux noirs et au sourire chaleureux qui tendait une serviette à une petite fille dont la bouche était couverte de chocolat.

— Et tu as déjà rencontré leur fille, Isabelle, poursuivit-il. Elle est hybride.

— Hybride ? Qu'est-ce que c'est ?

— Elle est en partie humaine et en partie vampire.

— Est-ce que ça veut dire que sa mère est humaine ?

— Oui.

Savannah posa son regard sur Delilah. Elle portait une robe toute simple au décolleté plongeant, révélant la perfection de son cou. Il n'y avait aucune imperfection sur sa peau.

— Tu as dit qu'un vampire mord sa partenaire. Mais je ne vois aucune marque sur sa peau.

— Et tu n'en verras pas, bien que Samson boive vraisemblablement chaque nuit à même son cou.

Elle sentit la main de John la caresser doucement dans le creux de ses reins.

— Quand nous mordons nos partenaires, nous refermons les petites lésions provoquées par la morsure avec notre salive pour les soigner immédiatement. Cela empêche la cicatrisation.

Savannah sentit une chaleur l'irradier dans tout le corps.

— Oh.

— Et nous ne buvons pas toujours à même le cou.

Elle le sentit se rapprocher d'elle de façon telle qu'elle put sentir son souffle chaud dans son oreille.

— Il y a nombre d'endroits accueillants.

Ses mamelons devinrent aussi durs que des galets.

— Comme eux, précisa John.

Il s'écarta soudain, baissant les paupières comme s'il était honteux.

— Je suis désolé, Savannah, poursuivit-il. Je me suis laissé emporter. Je ne devrais pas te parler comme ça. Ce n'est pas le bon moment. Ni le bon endroit.

Elle lui prit la main et la serra.

— Je te dois tant. Pour tout ce que tu fais.

Il secoua la tête.

— S'il te plaît. Promets-moi une chose. Si et quand tu diras oui, ne le fais pas parce que tu crois me devoir quelque chose. Tu ne me dois rien. Je fais ceci autant pour moi que pour toi. J'ai perdu un enfant. Je sais ce qu'on ressent. Et je ne veux pas que tu vives ça. Je fais ceci parce que je n'ai pas pu sauver mon propre enfant. Encore une fois, tu ne me dois rien. Tout ce que j'attends de toi, c'est une réponse sincère. Quand tu y seras prête.

— Tu es un homme honorable, John. Tu es mieux que ce que n'importe quelle femme pourrait jamais espérer.

Il sourit.

— Viens, que je te présente à Delilah.

Comme si elle les avait entendus, Delilah regarda dans leur direction et fit signe à John et Savannah de la rejoindre.

John fit les présentations.

— Delilah, je te présente Savannah. Savannah, voici Delilah, l'épouse de Samson. Delilah, j'ai tout dit à Savannah. Elle est au courant pour nous, dit-il, tandis que les deux femmes se serraient la main.

Delilah sourit.

— Je suis contente. Je déteste cacher des choses mais, parfois, c'est nécessaire.

John regarda ensuite derrière elle.

— Je vois Samson. Excusez-moi un instant.

Il s'éloigna vers le fond du salon où Samson parlait avec Amaury. Ils étaient les deux seuls autres hommes présents dans la pièce et demeuraient à l'écart. Peut-être afin de ne pas effrayer les fillettes, lesquelles semblaient se sentir à l'aise en compagnie des autres femmes.

Dans l'autre coin, la portraitiste que l'inspecteur Donnelly avait amenée chez Scanguards était assise à une table avec deux fillettes en train de parler sur un ton animé tout en faisant des gestes destinés à décrire l'homme qu'elles avaient vu.

— Je suis désolée d'apprendre que votre fille est toujours portée disparue, dit Delilah.

Savannah soupira.

— Je pense que nous avons une piste. L'inspecteur Donnelly y travaille en ce moment. Mais l'attente me rend folle.

Delilah sourit à la petite fille assise à côté d'elle sur le grand canapé modulable.

— Encore de la glace ? demanda-t-elle.

— Je peux ? demanda la fillette, avec enthousiasme.

Lorsque Delilah hocha la tête, la petite bondit de son siège et courut vers un chariot qui semblait avoir été amené spécialement, puis regarda la vitrine exposant les différents parfums de crème glacée.

— C'est si gentil à vous tous de faire ça pour les enfants, dit Savannah.

— Nous avons pensé qu'elles auraient faim et nous voulions les distraire après ce qu'elles avaient traversé. Donc, quand Samson m'a dit que les enfants étaient arrivés, j'ai appelé toutes les autres épouses pour leur demander de venir.

Elle désigna l'ensemble de la pièce.

— La blonde avec la coupe de cheveux à la garçonne, c'est Nina, l'épouse d'Amaury. Et vous avez déjà rencontré ses fils, les jumeaux, Damian et Benjamin.

— C'est leur mère ?

Savannah en demeura bouche bée.

— Mais elle ne doit pas avoir plus de vingt-cinq ans elle-même ! ajouta-t-elle.

— En réalité, elle doit en avoir quarante-huit, quarante-neuf, maintenant. J'ai perdu le fil.

— C'est impossible. Et vous ne paraissez pas avoir un fils de l'âge de Grayson non plus.

— Eh bien, merci. Mais je vous assure, il est mon fils. Comme vous le voyez, nous ne vieillissons pas ; Nina, les autres femmes et moi.

Savannah se pencha plus près et baissa la voix de sorte qu'aucun enfant à proximité ne pût les entendre.

— Mais John a dit que vous étiez humaine.

— Je le suis. Mais nous sommes liées par le sang à nos maris vampires. Et aussi longtemps qu'ils vivront, nous resterons au même âge que lorsque nous nous sommes liés par le sang la première fois.

— Donc, vous êtes immortelles ?

— Pas exactement. Nous pouvons mourir.

— Comme la femme de John ?

Un triste sourire apparut sur le visage de Delilah.

— Il vous en a parlé ?

Savannah acquiesça.

— Ça a été tragique. Mais, oui, nous pouvons mourir dans des accidents tout comme n'importe quel humain. Mais nous demeurons jeunes et en bonne santé. Le sang de nos maris peut guérir les blessures et les maladies que nous pourrions contracter.

— Le sang de votre mari. Êtes-vous en train de dire que…

Savannah ne put terminer sa phrase ou même sa pensée.

— Oui, je bois son sang, à l'occasion. C'est ce qui maintient la force de notre lien et la jeunesse de mon corps.

Étonnée, Savannah dévisagea Delilah. Une humaine qui buvait le sang d'un vampire ? Elle ne l'avait jamais imaginé. Il y avait beaucoup de choses qu'elle n'avait jamais imaginées. Tel ce monde dans lequel elle avait été projetée. Mais il était bien réel.

Delilah ricana lorsqu'une jeune Chinoise tenant une petite fille asiatique par la main passa près de l'endroit où elles étaient assises.

— Ursula, laisse-moi te présenter.

Elle s'approcha avec l'enfant.

— Voici Savannah Rice ; Savannah, voici Ursula. C'est l'épouse d'Oliver. Vous ne l'avez probablement pas encore vu, mais vous le rencontrerez.

— Ravie de vous rencontrer, Ursula, dit Savannah en lui serrant la main.

— Buffy est dans toutes nos pensées, répondit Ursula. Elle va s'en sortir. Je peux le ressentir.

Elle désigna ensuite la fille qui lui tirait la main.

— Je pense que quelqu'un veut encore des cookies, ajouta-t-elle.

Elle autorisa la fillette à l'emmener vers la zone où se trouvait la nourriture.

Delilah se mit à rire.

— Ça va agacer leurs parents qu'on les ait gâtées comme ça.

— Ça ne les dérangera pas, du moment qu'ils retrouvent leurs petites.

Les larmes montèrent aux yeux de Savannah.

La fillette dont Delilah s'était occupée revint avec un grand bol de crème glacée.

— Tu pleures ? demanda la gamine.

Savannah renifla.

— Non, chérie, j'ai juste quelque chose dans l'œil.

— Oh, ok. Mais on dirait que tu pleures.

Elle offrit son bol à Savannah.

— Tu veux un peu de ma glace ? ajouta la petite.

Sur ce, les larmes commencèrent à couler le long des joues de Savannah. Une petite fille qui, seulement quelques heures plus tôt, avait été enfermée dans un conteneur à bateau sombre et sale, lui proposait de la consoler. En dépit de tout le mal, il y avait encore tant de bonnes choses dans ce monde.

Et maintenant, Savannah avait le soutien de tout Scanguards, une société de vampires et de créatures surnaturelles plus puissante qu'elle n'eût jamais pu l'imaginer.

— Nous retrouverons Buffy, dit doucement Delilah. Nous la retrouverons.

34

John observait Savannah depuis un coin du salon H, là où les hommes s'étaient retirés de manière à ne pas déranger les enfants, lorsque la porte s'ouvrit et que Donnelly entra. John fit signe à l'inspecteur de les rejoindre, Samson, Amaury et lui. Il avait été soulagé de voir Samson dans la pièce, car cela lui avait procuré une excuse pour quitter Savannah. Juste à temps, car depuis qu'ils avaient commencé à parler de sang, son envie de la mordre avait grandi à pas de géant. Et il savait que c'était mal. Elle était une mère qui avait peur pour son enfant et qui n'était pas dans les meilleures conditions pour prendre la moindre décision, et encore moins celle de laisser un vampire la mordre. Il était un connard d'avoir ces pensées à un moment comme celui-là.

Donnelly les salua et rapporta immédiatement les nouvelles.

— J'ai quelque chose. L'unité du crime organisé de la police de San Francisco a surveillé un individu suspecté de blanchiment d'argent mais, jusqu'ici, ils n'ont pas encore pu prouver quoi que ce soit. C'est pour cette raison que cette affaire est restée secrète et que je n'en avais pas entendu parler. Mais écoutez ceci : le type possède une chaîne d'établissements de nettoyage à sec sous diverses raisons sociales. Soit dit en passant, les adresses IP que notre hacker, Otto Watson, a pu tracer à partir des emails qu'il a reçus ont mené à plusieurs de ces établissements.

— Enfin quelque chose ! lâcha John.

— Pas si vite, John. Nous avons un nom, mais rien d'autre. L'unité du crime organisé n'a pas pu le localiser. Il circule trop, et ils n'ont pas les ressources pour surveiller chacun de ses commerces.

— Qui est-ce ? demanda John.

— Son nom est Sergei Viktorov, un Russe. L'immigration n'a aucune information à son sujet ni sur son entrée sur le territoire. On suppose qu'il est ici sous un faux nom, mais on n'a rien pu trouver de plus.

— Un Russe, ça correspond, dit John. Quoi d'autre ?

— Ils ont envoyé une photo mais, comme je l'ai dit, puisque l'immigration n'a aucun dossier à son nom et que le département des véhicules à moteur n'a rien non plus au sujet d'un Sergei Viktorov, on ne peut même pas être certain que c'est lui.

Donnelly mit une main en poche et en sortit une photo.

— Montre-la-moi, exigea John en la lui prenant.

John l'examina attentivement. Tout comme les enfants et les deux ravisseurs l'avaient dit, l'homme était blond et dans la cinquantaine.

— Mes collègues m'ont aussi dit autre chose, dit Donnelly.

John releva les yeux vers l'inspecteur.

— Qu'est-ce que c'est ?

— La rumeur dit que Viktorov a une préférence pour la chair fraîche, les sœurs, les jumeaux, les mères et filles. Selon Vice, des prostituées du quartier de Tenderloin ont rapporté qu'un homme correspondant à sa description a proposé de payer des femmes si elles venaient avec leurs filles vierges dans le but que l'une observe pendant qu'il baise l'autre.

— Dégueulasse trou du cul, jura Samson.

— Putain de salaud, grogna John. Ça lui ressemble.

Et il avait jeté son dévolu sur Savannah et Buffy. Le sang de John commença à bouillir à l'idée de ce que Viktorov planifiait.

— Tu es d'accord si je montre cette photo aux filles ? demanda Donnelly.

— D'abord, comparons-la avec ce que ta portraitiste a dessiné, suggéra John.

Donnelly se tournait déjà vers la portraitiste, lorsque John aperçut Savannah s'approcher d'eux.

— Mike, pas un mot au sujet de la réputation de Viktorov à Savannah, dit rapidement John. Ça ne fera que la bouleverser et ne servira à rien.

— Compris.

Savannah fonça sur Donnely.

— Vous avez des nouvelles ?

Donnelly lança rapidement un regard à John, puis hocha la tête.

— Nous pensons savoir qui il est. Un Russe nommé Sergei Viktorov. J'étais juste sur le point de comparer la photo que nous avons avec le croquis de la portraitiste.

— Laissez-moi voir.

Elle prit la photo de la main de Donnelly et la regarda. Elle demeura bouche bée.

— Oh, non ! Oh mon Dieu, non !

En un pas, John se retrouva à ses côtés et lui attrapa le bras.

— Qu'est-ce qu'il y a ?

Elle le regarda, les yeux écarquillés, tandis qu'elle soulevait la photo.

— Cet homme, je le connais. Il est venu à mon bureau. Il m'a serré la main.

Son visage se tordit de dégoût.

— Qui est-ce ?

— Viktor Stricklund. Il prétendait venir de Suède. Il voulait un rendez-vous pour parler de cyber sécurité pour sa société.

Elle prononça ces mots en hoquetant.

— Oh, mon Dieu, John, c'est comme ça qu'il était au courant à ton sujet. Il a dit que mon assistante avait arrangé le rendez-vous, mais je n'ai pas pu vérifier avec Rachel puisqu'elle était malade. Il n'a probablement jamais eu de rendez-vous. D'une façon ou d'une autre, il a dû découvrir que Rachel était malade et, sachant que je ne pourrais vérifier, il a prétendu qu'elle avait organisé l'entrevue. Et quand Alexi lui a dit que j'avais une urgence familiale, je lui ai dit que ma fille avait disparu.

Elle déglutit.

— Il a feint de s'inquiéter, poursuivit-elle. Il a proposé son aide et a dit qu'il connaissait des gens qui pourraient la rechercher. Pour me débarrasser de lui, je lui ai dit que j'avais déjà engagé un détective privé.

Les larmes lui coulèrent à présent le long des joues.

— Il m'a eue. Et je ne l'ai pas remarqué.

John hocha la tête.

— C'est un effronté. Il voulait s'assurer de connaître les mesures que tu avais prises. Je suppose qu'il s'est pointé dans ton bureau avant que tu ne reçoives la demande de rançon ?

Elle acquiesça.

— John échangea un regard avec Donnelly.

— Montre la photo aux enfants. Aie confirmation que c'est lui qui a emmené Buffy.

Donnelly hocha la tête, reprit la photo et se dirigea vers la portraitiste et les deux fillettes avec lesquelles elle travaillait. John attira Savannah dans ses bras.

— On va l'avoir, chérie. Maintenant, on va l'avoir.

— Je vais demander à Thomas de passer sa photo dans notre base de données, au cas où, dit le directeur général de Scanguards, alors que John croisait son regard.

John savait que Samson faisait référence à la base de données relative aux vampires connus dans tout le pays que Scanguards avait mise sur pied.

— Merci.

— Et je suis certain que Thomas ou Eddie pourra pénétrer les serveurs de la Sécurité Nationale pour voir s'il y a quelque chose au nom d'un Suédois nommé Viktor Stricklund. Peut-être qu'il voyage avec ce passeport, ajouta Amaury.

Savannah se retourna, s'essuya les larmes et s'adressa à Samson et Amaury.

— Je suis désolée. Je ne devrais pas m'effondrer comme ça. Merci pour toute votre aide. Je vous suis si reconnaissante. Mais je suis certaine que le nom qu'il m'a donné est aussi faux que tout le reste. Nous ne le retrouverons pas comme ça.

Elle renifla.

— Il n'y a qu'un moyen pour qu'il se montre, poursuivit-elle.

John l'attrapa par les épaules et la força à le regarder.

— Et nous savons tous ce qui le fera sortir de sa cachette, précisa-t-elle.

John secoua la tête. Il savait à quoi elle pensait sans qu'elle n'eût à le dire.

— Non ! Je ne le permettrai pas.

— Ce n'est pas ton choix, John. C'est le mien.

Il vit immédiatement rouge.

— Excusez-nous, dit-il, d'un ton mordant en hochant rapidement la tête à l'intention de ses patrons.

Il attrapa Savannah par le bras et la tira vers la porte la plus proche.

— John, lâche-moi ! protesta-t-elle.

Mais il l'ignora et referma la porte western donnant sur la cuisine et les réserves adjacentes au salon.

— On va discuter, mordit-il en la traînant le long du couloir, tout en jetant un œil aux inscriptions collées sur les portes jusqu'à ce qu'il eût trouvé celle indiquant *Salle de repos*. Il poussa la porte et entra, Savannah derrière lui.

Une employée féminine était assise à la table, en train de lire un magazine tout en buvant un café. Elle fouetta la tête dans leur direction.

— Dehors ! ordonna John.

La femme se dépêcha de se lever et se rua hors de la pièce. Lorsque la porte se referma derrière elle, John relâcha Savannah et renversa le verrou afin que personne ne pût entrer et les interrompre.

Lorsqu'il se retourna vers elle, elle avait les mains sur les hanches, le regard furieux.

— C'est quoi ce bordel, John ?

— C'est ce que j'allais te demander ! répondit-il, tout aussi furieux. Putain, mais tu es dingue de proposer ce à quoi je pense ? T'offrir comme appât à ce fou ?

Elle plissa les yeux.

— Pas comme appât ! Je m'offre en échange de Buffy. Pour qu'elle n'ait pas à vivre ce cauchemar plus longtemps.

— C'est dingue ! Il ne la libérera jamais si tu te proposes. Il vous prendra toutes les deux. C'était son plan, depuis le début. Et maintenant, tu veux te livrer à lui sur un plateau d'argent ? Il faudra que tu passes sur mon putain de corps calciné !

— Ce n'est pas à toi de décider ! C'est ma fille ! Et je ferai ce que je pense être le mieux, bordel.

— Bordel, t'as pas intérêt !

— Tu ne pourras pas m'arrêter !

— Vraiment ? Regarde, alors !

— Tu n'as pas le droit de me dire quoi faire !

— Je me fous d'avoir le droit ou pas ! Je ne vais pas rester là et te regarder te mettre en danger.

Car cela le briserait et anéantirait le peu de cœur qu'il lui restait.

— Il le faut.

— Non ! Je ne te perdrai pas. J'ai déjà vécu ça une fois. Je ne le revivrai pas. Je ne vais pas laisser la femme que j'aime marcher vers une mort certaine. Je ne ferai pas ça. Merde !

Savannah écarquilla les yeux et inspira un souffle tremblant.

L'avait-il subitement contrainte à la soumission ?

— Quoi ? Bon sang, Savannah ! ajouta-t-il.

Elle secoua la tête.

— Tu m'aimes ?

Ce ne fut qu'à ce moment qu'il réalisa ce qu'il avait dit. Pendant une seconde, il se figea. Mais il savait que c'était vrai.

— Je t'aime plus que ce que je n'aurais jamais pensé pouvoir encore aimer. Et pas seulement toi. J'aime Buffy. Je l'aime comme l'enfant que j'ai perdu. Je l'aime parce qu'elle fait partie de toi. Et je ferai n'importe quoi pour te la ramener. Mais je ne peux pas te laisser faire ça. Je ne veux perdre aucune de vous deux.

Les larmes se formèrent dans les yeux de Savannah, et elle renifla.

— Oh, John. Je ne savais pas… Après ce que tu m'as dit à propos de Nicolette… Je ne pensais pas que tu pourrais ressentir quelque chose…

Il prit une indispensable bouffée d'air et, de concert, un peu de sa colère se dissipa.

— Moi non plus. Mais, toi, Savannah, tu m'as fait ressentir ça à nouveau. Et je ne peux pas gâcher ça. Je ne peux pas laisser ce salaud me prendre ça. Nous prendre ça.

Elle fit un pas vers lui et posa une main sur son torse. Lorsqu'elle leva les yeux, John aperçut une détermination sans faille dans son regard.

— Si tu m'aimes vraiment, alors tu dois me laisser partir. Buffy fait partie de moi. Si je ne fais pas ça pour elle, je ne pourrai jamais me pardonner. Et je ne serai plus jamais heureuse. Cela tuerait l'amour que j'éprouve pour toi. Parce que je t'aime. Je ne sais ni comment ni pourquoi c'est arrivé.

John posa les mains sur les siennes. Savoir qu'elle l'aimait, qu'elle ressentait pour lui ce qu'il ressentait pour elle aurait été la plus heureuse des révélations qu'il eût pu imaginer si elle ne lui avait pas demandé de la laisser partir.

— Mais s'il vous enlève toutes les deux ?

— Tu t'assureras qu'il ne le fasse pas. Je te fais confiance. Je compte sur toi pour sauver Buffy. Et dès qu'elle sera en sécurité, alors, tu pourras venir me chercher aussi. J'en suis également convaincue. Et ensuite, nous serons ensemble. Tous les trois.

Il savait qu'elle avait pris sa décision. Savannah ne changerait pas d'avis, aussi longue fût la discussion.

— On fera comme tu le dis, dit-il, résigné. À une condition.

— Laquelle ?

— Que tu me laisses boire ton sang, maintenant.

35

La requête de John la laissa silencieuse de stupéfaction. Depuis qu'il lui avait parlé de l'effet de la morsure d'un vampire sur un humain, Savannah n'avait pu se sortir cette pensée de la tête.

— Je ne le demande pas parce que j'ai terriblement envie de ton sang, quoique ce soit le cas, mais bien parce que ça m'aiderait à te pister si quelque chose tourne mal pendant l'échange.

Elle inclina la tête sur le côté, le regard narquois.

— Me pister ? Comment ?

— Au cas où il t'emmènerait, je pourrai suivre ta trace si j'ai ton sang en moi. L'odorat des vampires est assez fort, comme celui des limiers. Je pourrai te pister sur de longues distances. Cela m'assurera de ne pas te perdre.

— Mais pourquoi ne pas utiliser un traceur électronique ?

— On doit supposer qu'il prendra toutes les précautions et qu'il te fouillera. S'il suspecte que tu portes un traceur, il se peut qu'il te fasse te déshabiller.

À cette pensée, Savannah sentit un frisson de dégoût la parcourir le long de sa colonne vertébrale.

— Tu as raison. C'est mieux.

— Je suis désolé, dit-il. Ce n'est pas comme cela que je l'imaginais. Je n'avais pas prévu de te forcer à faire ça. Je voulais que tu aies librement le choix. Que tu décides toi-même si et quand je te mordrais.

Il baissa les paupières et détourna le regard.

— Je sais que tu n'es pas prête à ça, précisa-t-il. Ce n'est ni le bon moment ni le bon endroit. Je vais faire vite.

Savannah posa une main sous son menton et le lui souleva afin qu'il rencontrât son regard.

— Et me flouer ?

Elle secoua la tête en souriant.

— Oh, John, poursuivit-elle. S'il te plaît, ne brusque pas les choses. Fais-le de la façon dont tu voulais que se passe cette première fois. Je veux découvrir ce que ça fait de ressentir tes canines me percer la peau. Tu m'as dit que c'était plaisant. Laisse-moi savourer ce plaisir.

Car si quelque chose venait à mal se passer, ce serait alors leur première et dernière fois. Si Viktorov parvenait à l'enlever ou s'il la tuait en réalisant qu'il avait perdu, ce serait leur unique fois. Mais elle ne pouvait dire cela. Elle ne pouvait donner voix à de telles pensées.

— Tu es sûre, chérie ?

— Je n'ai jamais été plus sûre de quoi que ce soit. Montre-moi ce que c'est d'aimer un vampire et d'être aimée par lui. Montre-moi à quoi ressemblera mon avenir.

Pour autant qu'elle en eût un. Pour autant qu'elle fût chanceuse.

John l'attira à lui, glissant un bras autour de sa taille. Ses yeux couleur chocolat devinrent fougueux, une lueur dorée encadrant ses iris.

— Je chérirai toujours ce moment bien que, si j'avais le choix, je ferais ceci différemment. Mais je peux te promettre que ce que tu ressentiras sera le vrai moi.

Il inclina les lèvres sur sa bouche et l'embrassa doucement, lui mordillant légèrement les lèvres, sa langue glissant le long de la jointure pour y demander l'accès. En un souffle, elle entrouvrit les lèvres et l'accueillit. Leurs langues se rencontrèrent en une danse semblant venir de la nuit des temps. L'excitation se propagea immédiatement dans toutes les cellules du corps de Savannah. En un instant, il était capable de provoquer cela, emplir son corps du genre de besoin que seul lui pouvait satisfaire.

Déjà, elle sentit ses mains sur ses vêtements, le sentit la déshabiller, lui passant son top par-dessus la tête pour afficher sa poitrine dénudée. Elle sentit ses mains sur ses seins, les malaxant ensuite, titillant ses mamelons. Mais elles ne demeurèrent pas à cet endroit. Elles s'affairèrent plutôt sur son pantalon.

— John, je pensais que tu voulais boire mon sang, dit-elle, haletante.

— C'est ce que je veux, dit-il, la voix lourde de désir, mais je dois être en toi. Pour notre première fois, il faut que je te fasse l'amour quand je te mordrai.

— Oh, mon Dieu !

Elle regarda tout autour d'elle. Une kitchenette dans un coin, une rangée de casiers le long d'un autre mur, une petite table et plusieurs chaises.

— Comment ? Où ?

— Ne t'inquiète pas pour ça, chérie, lui assura-t-il en lui ôtant son pantalon.

Il déboutonna ensuite son propre pantalon cargo et le baissa à mi-cuisses en même temps que son boxer-short.

Libéré, son sexe se redressa brusquement, dur et lourd, prêt à empaler Savannah. Elle tendit la main vers son érection, l'enveloppa et la sentit se contracter dans sa paume.

Mais, ensuite, John la souleva et la transporta quelques pas plus loin, jusqu'à ce que son dos vînt heurter le mur. Il la tint là, suspendue, comme si elle était aussi légère qu'une plume. Il se pressa tout contre elle, lui écarta les jambes qu'elle enroula autour de lui.

Son érection frôlait le centre de sa féminité.

— Mon Dieu, comme tu mouilles, gémit-il en plongeant en elle sans préambule. Comme s'il la clouait au mur.

Un frisson s'empara de tout le corps de Savannah, et ses muscles internes se contractèrent autour du sexe de John.

— Comme ça, chérie, c'est exactement ça qu'il me faut.

Il tira les hanches vers l'arrière avant de s'enfoncer à nouveau en elle. Ses yeux étaient à présent entièrement dorés, et ses lèvres s'étaient entrouvertes, affichant le bout de ses canines.

Savannah tendit la main vers son visage, et il ne recula pas. De l'index, elle toucha une canine et la caressa. Le sexe de John se contracta en elle tout en poussant frénétiquement.

— Putain ! jura-t-il.

La respiration lourde, il rompit le contact avec le doigt de Savannah et plongea la tête au creux de son cou. Elle lui rendit service en inclinant la tête sur le côté afin de lui procurer un meilleur accès et, ainsi, s'offrir à lui.

— Prends-moi, John, je suis à toi.

Elle sentit sa langue lui lécher la peau et frissonna. Tout son corps commença à picoter de plaisir. Elle sentit ensuite les pointes affûtées des canines lui toucher la peau, exerçant une pression et, soudain, une douleur tranchante qui ne dura qu'une milliseconde. Enfin, elle sentit les canines s'enfoncer plus profondément pour se loger dans son cou, s'y installer et puiser le sang de sa veine.

Bien que John l'eût préparée à cette sensation en lui disant à quel point elle était plaisante, Savannah n'y était toutefois pas prête. Tout ce qui se trouvait autour d'elle commença à disparaître. Sa vision était floue, rien ne semblait net, car tout ce qu'elle pouvait voir, entendre, sentir et ressentir, c'était John. Il était partout autour d'elle, en elle, avec elle. À chaque succion sur sa veine, à chaque goutte de sang qu'il puisait en elle, il lui procurait autre chose : du pur bonheur. Pas seulement un plaisir physique, mais également une satisfaction émotionnelle. Son corps bourdonnait d'énergie, d'espoir et d'amour.

Tandis qu'il buvait, ses hanches s'affairaient frénétiquement, ses bras puissants la maintenant suspendue au mur. Il la martelait à présent de son sexe encore plus dur et plus épais qu'elle ne l'eût senti les premières fois. Comme si le sang de sa partenaire remplissait son sexe afin qu'il pût la prendre encore plus fort. Son os pelvien claquait contre le clitoris à chaque coup de rein, l'enflammant encore et encore. Des vagues de plaisir la parcouraient, et il ne semblait y avoir aucune fin en vue.

Elle se sentit à présent étourdie de plaisir, tandis qu'une succession d'orgasmes revendiquaient son corps. Et pourtant, elle ne voulait pas que John s'arrêtât.

— Encore. Oh, John, prends-en encore.

Elle l'entendit gémir et crut pouvoir entendre son cœur battre tel un tambour pressé tout contre elle à chaque fois que leurs corps claquaient l'un contre l'autre. Elle s'accrochait à lui, ses ongles s'enfonçant dans les épaules de John afin de le stimuler, les chevilles croisées derrière son postérieur afin de pousser son sexe plus profondément en elle. À présent, elle était sauvage, plus sauvage qu'elle ne l'eût jamais été. Si seulement elle avait su qu'une telle chose fût possible, qu'un homme comme John existât ! Non, pas un homme. Un vampire. Son vampire.

Soudain, elle le sentit se contracter en elle. Une chaleur emplit son canal intime, et de l'air frais se fit sentir sur son cou. John avait mis un terme à la morsure. Il lécha à présent les incisions, puis l'embrassa tendrement à cet endroit.

Lorsqu'il releva la tête afin de la regarder, ses yeux étaient aussi rouges qu'un feu de signalisation. Mais, en quelques secondes, ils retrouvèrent leur couleur dorée. Son sexe était toujours en elle, se mouvant toujours d'avant en arrière, mais quoique beaucoup plus lentement.

Il tourna la tête d'un côté à l'autre, comme s'il la secouait, comme s'il était incapable de comprendre ce qui venait de se passer entre eux.

— C'est plus que ce que je n'ai jamais espéré. C'est un miracle de trouver l'amour une fois, mais le trouver une seconde fois, c'est encore plus que ça. Elle lui caressa la joue avec amour.

— C'est le destin.

Et si ce dernier le permettait, ils auraient un avenir. Ensemble.

36

Savannah avait utilisé l'adresse email du hacker pour envoyer un message à Sergei Viktorov.

Je m'offrirai en échange de la libération de Buffy. Choisissez le moment et l'endroit. Amenez Buffy. Je me rendrai quand je la verrai. Savannah Rice, avait-elle écrit. Après avoir discuté avec John et plusieurs autres membres de Scanguards du fait que Viktorov se demanderait si la police et son détective privé étaient à ses trousses, elle avait ajouté un post-scriptum. *Pensiez-vous vraiment que je ne découvrirais pas que vous aviez engagé un hacker médiocre afin d'avoir accès aux photos de ma fille ? Malheureusement, il a été trop stupide pour pouvoir vous trouver. Je regrette que vous n'ayez pas travaillé avec quelqu'un de plus intelligent. Je suppose que vous avez gagné.*

Ce message était destiné à rassurer Viktorov quant au fait qu'elle n'eût aucune idée de qui il était vraiment ni de comment le retrouver. Et cela eut l'effet escompté. Dans les deux heures qui suivirent, Viktorov avait répondu. Il avait spécifié le lieu de rendez-vous et avait menacé de tuer Buffy s'il percevait le moindre signe de la présence du détective privé de Savannah ou de la police. Il en ferait de même si elle avait la moindre minute de retard. Le peu de temps qu'il avait accordé à Savannah pour se rendre au point de rencontre lui assurait que Scanguards n'eût pas le temps de préparer une contre-offensive.

L'échange débutait.

— Fais tout ce qu'il dit, lui ordonna John d'une douce voix, les mains lui encadrant le visage. Aie confiance en moi. Il se peut que tu ne me voies pas, que tu ne m'entendes pas, mais je serai là. Où que tu ailles, je serai tout près. Ne me cherche pas. N'essaie pas de communiquer avec moi. Je ne veux pas qu'il ait des soupçons.

Savannah hocha la tête.

— Je te fais confiance.

John déposa un baiser sur ses lèvres, puis plaça son front contre le sien.

— Tout ceci se termine ce soir. Je te le promets. Maintenant, vas-y.

Il la relâcha, et elle se retourna pour quitter les quartiers généraux de Scanguards par l'entrée principale. Elle frissonna, tant par peur qu'à cause de l'air frais de la nuit, mais elle ne regarda pas en arrière. Jusqu'ici, John avait respecté toutes ses promesses, et elle savait qu'il respecterait également celle-ci.

De vive allure, elle parcourut plusieurs pâtés de maisons, puis prit la direction ouest sur la 18ᵉ Rue tout en continuant à marcher aussi vite qu'elle le pouvait. Elle vérifia sa montre afin de s'assurer qu'elle arriverait à temps et accéléra le pas. Son cœur se mit à battre plus rapidement, non seulement à cause de l'activité cardio accrue, mais également de peur. Peur que quelque chose tournât mal, peur que Viktorov lui tendît un piège et n'emmenât pas Buffy avec lui. Mais elle devait courir ce risque.

À la rue Guerrero, une artère principale de la ville, le feu passa au rouge pour les piétons juste au moment où elle arrivait au carrefour. Elle regarda à nouveau sa montre, puis le trafic. Il était bientôt minuit, et la circulation, habituellement dense dans ce secteur, commençait à diminuer. Sans attendre que le feu passât au vert, elle se précipita sur la voie. Une voiture roulant bien trop vite klaxonna à son intention, mais elle poursuivit sa course et arriva de l'autre côté de la rue à temps. Elle ne ralentit pas le rythme et continua à courir jusqu'à l'extrémité du pâté de maisons suivant. De l'autre côté de la rue Dolores, elle aperçut le célèbre parc qui s'étendait jusqu'au sommet de la colline. Il fallait traverser pour y accéder et, lorsque le feu pour piétons devint vert, elle avança d'un pas pressé, puis longea le parc à toute vitesse jusqu'à ce qu'elle en eût atteint l'autre extrémité : la rue Church. C'était l'endroit choisi par Viktorov pour l'échange.

Elle s'arrêta, sa poitrine se soulevant, son cœur battant la chamade. Elle regarda partout. Un sans-abri poireautait à l'entrée d'un building à appartements de l'autre côté de la rue, et deux jeunes fumaient et buvaient tout près. D'un peu plus loin sur la rue Church, elle entendit un tramway approcher.

Elle jeta un œil aux voitures en stationnement, mais toutes semblaient vides. Aucun moteur ne tournait. Où diable était Viktorov ? Était-il en train de jouer avec elle ?

La sonnerie d'un téléphone portable la fit sursauter. Elle se retourna, tentant d'apercevoir celui qui s'était approché d'elle sans qu'elle ne l'eût remarqué. Il n'y avait personne. Et pourtant, la sonnerie continuait. Elle regarda à gauche et à droite, mais ne vit personne. La même sonnerie persista. Elle se concentra dessus. Elle semblait provenir d'une poubelle. Prudemment, elle s'en approcha et aperçut une faible lumière. Là, dans la zone située au-dessus du réceptacle de poubelle réservé au recyclage, se trouvait un portable. Elle le prit et décrocha.

— Il est temps, Savannah, dit une voix masculine.

Elle le reconnut immédiatement : Viktor Stricklund, l'homme qui avait eu l'audace de venir à son bureau pour lui offrir son aide. Mais elle ne pouvait révéler qu'elle connaissait son identité.

— Oui ? dit-elle, plutôt, autorisant la peur à teinter sa voix.

Il y eut un mouvement dans son axe de vision et, du coin de l'œil, elle aperçut le tramway ralentir en vue de son arrêt. Deux personnes en descendirent, l'un d'eux étant un homme en costume, une écharpe autour du cou et un chapeau enfoncé profondément sur la tête.

— Je suis content que nous entrions enfin en contact, dit Viktorov au téléphone.

Elle dévisagea l'homme se dirigeant à présent vers elle, mais celui-ci ne tenait pas de téléphone en main.

— Mais avant que nous puissions nous rencontrer en personne, poursuivit Viktorov, je dois m'assurer que tu es seule.

— Je le suis, insista-t-elle.

— Si tu le dis. Tu vois le tram MUNI ? Monte dedans. Maintenant.

L'étranger passa à côté d'elle sans s'arrêter. Il y eut un bip indiquant que les portes du tram étaient sur le point de se refermer. Savannah courut jusqu'à la porte la plus proche et sauta sur les marches. Quelques secondes plus tard, les portes étaient fermées, et le tram se mettait en mouvement.

— Allô ? dit-elle, dans le téléphone.

Mais Viktorov avait raccroché.

Elle se laissa tomber sur le siège le plus proche et regarda tout autour d'elle sans que ce ne fût trop flagrant. Il y avait peut-être une douzaine de personnes dans cette voiture et, bien qu'elle ne pût distinguer le visage de tout le monde, personne ne ressemblait à Viktorov en termes de taille et de stature.

Durant quelques minutes, le tramway poursuivit sa route, s'arrêtant une fois pour laisser descendre les passagers. Personne ne monta à bord. Qu'essayait de faire Viktorov ? Où diable était-il ?

Le portable qu'elle tenait en main sonna à nouveau. Elle décrocha immédiatement.

— Oui ?

— Descends à l'arrêt suivant. Ensuite, marche jusque l'avenue Duboce et monte dans le tram N-Judah en direction de l'océan.

Il raccrocha avant qu'elle n'eût pu répliquer. Elle bondit de son siège et se dirigea vers la porte. Quelques instants plus tard, le tram s'arrêta, et elle toucha la poignée d'ouverture de porte. Sur le trottoir, elle tourna à gauche et se dépêcha jusqu'au carrefour suivant. Le tram N sortait déjà du tunnel, et elle dut courir afin d'arriver à temps à l'arrêt situé de l'autre côté de la rue.

La respiration lourde, Savannah atteignit la dernière porte du tram et monta à bord. Elle se laissa tomber sur le siège le plus proche et regarda tout autour d'elle. Il y avait davantage de gens dans ce tramway que dans le précédent, mais elle savait que c'était normal. Le tram N était toujours bondé.

Agrippant le portable des deux mains, elle le fixa du regard, désireuse qu'il se mît à sonner. Mais il n'en fut rien. Après un autre arrêt, le tram entra dans un tunnel et, durant la minute trente durant laquelle il le traversa, le portable perdit le signal. Lorsque le tram émergea enfin de l'autre côté du tunnel et s'arrêta juste à la sortie de celui-ci, le signal revint enfin. Elle continua à fixer l'écran, se demandant si elle avait manqué un appel, mais rien ne se produisit. Le tram poursuivit sa route, un autre arrêt, et davantage de personnes descendirent, puis encore un autre. Et toujours aucune nouvelle de Viktorov.

Une sueur froide coula à présent le long du dos de Savannah. Si Viktorov faisait tout ceci dans le but de la rendre encore plus nerveuse qu'elle ne l'était déjà, cela fonctionnait.

La sonnerie du portable qu'elle tenait en main fit presque arrêter son cœur.

— Oui ?

— Descends à l'arrêt suivant. Remonte l'avenue Hillway. Sur Parnassus, tourne à gauche, puis prends le chemin Medical Center.

À nouveau, il raccrocha après avoir donné ses courtes instructions.

Elle s'exécuta et descendit à l'arrêt suivant. Elle traversa la rue et leva la tête. L'avenue Hillway était une des rues les plus raides de San Francisco. Déjà épuisée, elle commença à la gravir. Dès qu'elle en eût atteint le sommet, elle dut reprendre une profonde inspiration et prit quelques minutes pour calmer son cœur battant la chamade. Elle se trouvait sur la rue Parnassus, l'endroit où se trouvait le Centre Médical de l'Université de Californie à San Francisco (UCSF). Elle y était venue de nombreuses fois avec Buffy. C'était là qu'elle avait accouché.

Il y avait du brouillard, il faisait venteux, et elle frissonna. Il y avait à présent peu de trafic. Savannah traversa la rue et se dirigea vers le chemin Medical Center, un chemin sinueux faiblement éclairé qui menait au sommet de la colline par l'arrière de l'hôpital et de son centre de recherche. Une profonde forêt d'eucalyptus, ainsi que d'autres arbres et arbustes créaient un espace vert à côté des bâtiments en béton.

Elle se précipitait le long de cette rue étroite et déserte, lorsque le portable sonna à nouveau. Elle appuya sur le bouton afin de répondre, mais n'eut pas l'occasion de prononcer la moindre parole.

— Emprunte les escaliers sur la gauche. Jusqu'en haut.

Elle s'arrêta et regarda vers la gauche. Là, dans l'obscurité, se trouvait effectivement des escaliers menant au sommet de la colline. Elle aurait aisément pu les manquer. La respiration lourde, elle posa un pied sur la première marche. Elle entendit un bruit derrière elle et se retourna. Mais il n'y avait rien. Seulement l'obscurité. Elle avait les nerfs à vif et le savait. De plus, son corps était épuisé. Telle était l'intention de Viktorov. Il voulait s'assurer qu'il ne lui restât plus la moindre énergie pour se battre. Et elle n'avait d'autre choix que de s'y conformer.

Il lui fallut plusieurs minutes pour arriver au sommet. Lorsqu'elle posa le pied sur le bitume du parking sur lequel elle était arrivée, elle regarda l'écran du téléphone. Où l'enverrait-il ensuite ?

— Bienvenue !

Savannah leva brusquement la tête et regarda au centre du parking. Chaque goutte de son sang se figea dans toutes les veines de son corps.

— Oh, non ! Oh mon Dieu, non ! cria-t-elle.

37

Durant toute la filature à travers la ville, John et Logan, son partenaire Gardien de la Nuit, s'étaient rendus invisibles. Dès l'instant où ils eurent gravi l'escalier et se retrouvèrent sur le parking, à quelques pas derrière Savannah, John se figea. Ce qu'il voyait était pire que ce à quoi il s'était attendu.

Viktorov attendait en effet Savannah et, comme promis, avait emmené Buffy avec lui. John s'était attendu à ce qu'il pointât un pistolet ou peut-être un couteau sur la tête de la fillette afin de s'assurer que Savannah, ou quiconque d'autre, n'entreprît une action regrettable dans le but de sauver Buffy par crainte qu'il ne la tuât.

En fait, John l'avait anticipé. Il avait, par conséquent, conçu son plan avec l'aide de Logan, de manière à s'approcher de Viktorov tout en demeurant invisible. Logan le dissimulait par la force de l'esprit, ne nécessitant pas de le toucher. Ce que John n'avait pas imaginé, c'était que Viktorov irait bien au-delà d'un pistolet ou d'un couteau : il avait bandé les yeux de Buffy et lui avait fait porter une veste piégée. Cela changeait tout.

Buffy se tenait à environ vingt mètres de Viktorov, lequel était appuyé, avec désinvolture, contre l'arrière d'un SUV noir. Elle était avachie et attachée, les mains derrière le dos, à l'épais poteau d'un réverbère éclairant le parking, par ailleurs vide, situé tout au-dessus du centre médical de l'UCSF. Incapable de voir ce qui se passait autour d'elle, elle devait probablement être encore plus effrayée.

— Eh bien, dit Viktorov, la voix décontractée, nous voilà enfin tous réunis. Tu te souviens de moi ?

— Je me souviens de vous. Maintenant, libérez-la, libérez Buffy. Vous m'avez, comme vous le souhaitiez, répliqua Savannah.

— Maman ? Maman, cria Buffy.

— Oui, chérie, je suis là, maintenant.

Buffy commença à pleurer. John échangea un regard avec Logan, lui indiquant par signes ce qu'il y avait lieu de faire. Logan comprit et hocha la tête. S'assurant de ne faire aucun bruit, John traversa le parking jusqu'à l'arrière du poteau auquel Buffy était attachée.

— Tout va bien aller, chérie, la rassura Savannah.

— Ouais, c'est ça, dit Viktorov en gloussant. Léger changement de plan. Vous venez toutes les deux avec moi.

— Espèce de salaud, lui hurla Savannah.

— Buffy, murmura John dans l'oreille de la fillette.

Elle leva brusquement la tête en réaction et commença à se débattre malgré ses liens.

— Ne dis rien, poursuivit John. Écoute, tout simplement. Je suis l'ami de ta maman. Je vais te détacher.

Buffy cessa toute tentative de lutte, tandis que John se détachait de la conversation se déroulant entre Viktorov et Savannah.

— Bien, ajouta-t-il. Je vais couper la corde autour de tes poignets, mais tu dois faire semblant d'être toujours attachée. Tu peux faire ça ? Il ne faut pas que le méchant monsieur voie que je te libère. D'accord ?

Elle acquiesça en silence.

— Tu es courageuse, la louangea John en transformant ses doigts en griffes affûtées.

Il trancha la corde et la déposa silencieusement à terre.

— Laissez-la partir ! exigea à nouveau Savannah.

— Tu vois, je ne peux pas faire ça, dit Viktorov. Dès l'instant où j'ai vu la photo de vous deux, j'ai compris ce qui m'avait manqué. Une mère et une fille, toutes deux belles en soi, mais magnifiques ensemble !

— Non ! dit Savannah, d'un ton sec.

— Oh, s'il te plaît, comme si tu n'avais pas tes propres fantasmes. Nous les avons tous. Je suis juste plus libéré et désireux de les mettre en pratique. Tu verras. Au bout du compte, tu apprécieras.

John voulut jurer. Espèce de malade ! Il se redressa et posa une main sur l'épaule de Buffy.

— Maintenant, il faut t'enlever cette veste. Penche un peu le haut de ton corps. Lentement, afin qu'il ne remarque pas ce que tu fais.

Par chance, Viktorov se concentrait pleinement sur Savannah.

Guidée par la main de John, Buffy se décala de quelques centimètres par rapport au poteau.

— C'est bien, Buffy. Maintenant, ne bouge plus. Tu vas sentir mes mains dans ton dos. Avant de pouvoir couper les liens, je dois m'assurer qu'il n'y ait aucun fil qui s'entrecroise dans ton dos.

Tandis qu'il vérifiait si Viktorov avait placé d'autres fils sous les liens maintenant la veste en place, John regarda de nouveau en direction de l'endroit où se tenaient Savannah et le ravisseur. Ce dernier pointait à présent un pistolet vers la jeune femme, tandis qu'il avait le pouce pressé sur un dispositif dans l'autre main.

Logan s'était approché d'eux et se trouvait suffisamment près pour examiner ce dispositif.

Il tourna la tête vers John.

— *Bouton de la mort*, articula-t-il, silencieusement.

John comprit immédiatement. Si Viktorov venait à lâcher le dispositif et donc à ôter le pouce du détonateur, la veste exploserait.

— Vous aviez promis de la libérer si je me rendais, dit Savannah d'une voix désespérée.

— Je ne tiens pas toujours mes promesses, répliqua Viktorov. Maintenant, monte dans cette putain de voiture !

Il leva la main tenant le bouton de la mort en guise de menace.

— Ou je fais exploser ta petite fille en morceaux, ajouta-t-il.

Lentement, Savannah s'approcha de Viktorov.

John fit un signe à Logan. C'était maintenant ou jamais. John s'affaira sur la veste de Buffy, lacérant prudemment les trois attaches au dos de la veste. Elles ne représentaient aucun obstacle pour ses griffes. Mais les bras de Buffy étaient dans les emmanchures. La libérer de la veste exigeait trop de mouvements, et Viktorov remarquerait du coin de l'œil qu'il se passait quelque chose. John devait procéder différemment.

— Buffy, lui murmura-t-il dans l'oreille, je vais couper la veste sur les côtés, sous tes bras. Alors, appuie-toi contre le poteau et garde la tête bien relevée. Quand je l'aurai coupée et que je t'en donnerai l'ordre, tu te laisseras tomber à terre et je soulèverai la veste. Tu te mettras ensuite en boule, ok ?

Elle hocha la tête.

— Gentille fille.

Il tailla dans un côté de l'épaisse matière, tenant fermement la veste de l'autre main afin qu'elle ne tombât pas par terre. Il procéda ensuite de même de l'autre côté. Buffy était à présent pratiquement libérée.

Depuis l'endroit où il se tenait près de Viktorov, Logan observait John et Buffy. Leurs regards se rencontrèrent, et John hocha la tête afin de lui donner le signal. Logan fit un pas vers Viktorov, tendit la main, fit un signe de tête à John, puis referma la main sur le poing de Viktorov dans lequel se trouvait le détonateur.

Le ravisseur cria de stupéfaction.

— Putain, c'est quoi ?

— Maintenant, Buffy ! dit John.

Buffy s'affala à terre, tandis que John retenait la veste et la lançait à l'autre bout du parking. Alors que celle-ci était toujours en l'air, John se laissa tomber et recouvra Buffy de son corps, la protégeant du danger.

Un coup de feu retentit dans la nuit.

John tourna la tête. Là, près de la voiture, Logan se battait avec Viktorov, une main toujours sur le poing maintenant le détonateur. Du sang coulait de l'épaule de Logan et, à en juger par la réaction de Viktorov, le Gardien de la Nuit était à présent visible. À environ un mètre de lui, Savannah se tenait le côté. Du sang suintait à travers ses doigts.

— Putain !

La balle avait traversé l'épaule de Logan et l'avait également touchée.

Avec son bras gauche invalidé, alors que le droit s'affairait toujours à maintenir fermement le détonateur, Logan ne pouvait combattre Viktorov. John lança un regard dans la direction où il avait lancé la veste. Elle avait atterri à la limite du parking, près d'un talus recouvert de buissons et d'arbres. Bien assez loin.

— Logan ! hurla John. Lâche le détonateur.

Protégeant toujours Buffy de son corps, il observa Logan obéir à son ordre avant de flanquer son poing à présent libéré dans le visage de Viktorov. Il attrapa ensuite le pistolet.

John demeura à terre quelques secondes de plus, mais rien ne se passa. Il n'y eut aucune explosion. Il tourna la tête vers la veste. Elle était toujours là, intacte.

Il se releva et arracha le bandeau des yeux de Buffy avant de la prendre dans ses bras.

Logan maintenait à présent Viktorov au sol, tandis que Savannah pointait l'arme qu'elle avait ramassée en direction de son assaillant. Elle avait visiblement mal.

Buffy dans ses bras, John courut vers Savannah.

— Je l'ai, dit-il en déposant la fillette aux pieds de sa mère.

Buffy enlaça immédiatement sa maman, et John s'empara du pistolet. Savannah lui lança un faible, mais heureux sourire. Il retira ensuite sa main de la blessure et y regarda de plus près.

— Elle t'a seulement éraflée, dit John, avec soulagement. Je te guérirai dès que nous en aurons fini avec lui.

Il caressa ensuite les cheveux de Buffy.

— Prends soin de ta maman pour moi, ok, Buffy ? ajouta-t-il.

— Oui.

Il se tourna vers Logan et dévisagea Viktorov.

— Tu peux le lâcher, maintenant. Je le tiens. Merci.

Il donna un coup de main à Logan pour l'aider à se relever tout en pointant son arme sur Viktorov.

— La balle t'a traversé l'épaule. Je te donnerai du sang pour guérir la blessure, si tu veux.

Il savait que les Gardiens de la Nuit guérissaient rapidement, mais le sang de vampire accélérait encore davantage le processus de guérison.

Logan hocha la tête avec gratitude.

— J'apprécie, mec.

John se rapprocha ensuite plus près de lui et baissa la voix.

— Assure-toi que Savannah et Buffy ne voient pas ce que je vais faire.

— Bien sûr.

Logan passa à côté de lui afin d'aller s'occuper des deux personnes les plus importantes dans la vie de John. Bientôt, celui-ci serait capable de s'occuper lui-même d'elles mais, d'abord, il devait rendre justice à un homme qui ne représentait que le mal à l'état pur.

John regarda furieusement Viktorov et allongea ses canines. Sous le choc, le prisonnier le dévisagea et tenta de ramper à reculons en espérant s'échapper. Il n'y aurait rien de tout cela. Le regard de John se posa sur le détonateur qui se trouvait tout près. Ce dernier s'était brisé lorsque Logan l'avait laissé tomber. C'était un faux. Viktorov n'avait jamais eu l'intention de tuer Buffy. Il avait uniquement utilisé la veste piégée comme menace afin que Savannah obtempérât.

John regarda furieusement Viktorov.

— Le seul endroit où tu vas aller, c'est en enfer.

Il actionna la sécurité du pistolet et le laissa tomber derrière lui avant de bondir sur ce salaud. Le prédateur venait juste de se transformer en proie.

Viktorov hurla.

— Qu'est-ce que tu es ?

Il leva les mains en guise de protection.

John grogna.

— Je suis ton pire cauchemar.

Il donna un coup de griffes en travers du torse de sa victime, laissant quatre longues entailles ensanglantées n'exposant plus que muscles et nerfs à vif.

— Ahhhhh ! hurla de douleur Viktorov.

— Puisque j'ai ton attention, maintenant, parlons ! Où sont les noms et adresses des gens qui devaient prendre livraison des filles ?

— Je ne sais pas de quoi tu parles, affirma le Russe.

Un autre coup de griffes, dans l'autre sens, cette fois, et Viktorov hurla à nouveau de douleur.

— Ton torse ressemblera à une nappe à carreaux quand j'en aurai fini avec toi, le prévint John. Maintenant, parle ! Les noms ! Les adresses ! Donne-les-moi et je te laisserai partir.

Viktorov geignit.

— Dans mon téléphone. Il y a une liste.

Il désigna la poche de sa veste.

John enfouit la main dans la poche et le sortit. L'écran était verrouillé. Il attrapa la main droite de Viktorov et pressa son pouce sur le bouton afin de débloquer le portable.

— Où ?

— Dans le mémo.

John naviGua jusqu'au fichier et fit dérouler le mémo. Des douzaines de noms et d'adresses, tous en Russie, y étaient listés avec les noms des filles et une somme en dollars.

— Espèce de malade ! siffla John.

— Tout est là. Maintenant, laisse-moi partir.

— Tu as raison, tout est là.

Il fourra le téléphone dans sa poche, puis appuya la main droite de Viktorov à plat, par terre, la paume vers le haut et lui trancha le pouce à l'aide de ses griffes.

— Ceci, afin de pouvoir déverrouiller ton téléphone plus tard, expliqua calmement John sous les cris de douleur de Viktorov. Tu vois, quand tu seras mort.

— Non ! Tu as promis !

— Oh, ouais, j'ai oublié de le dire : je ne tiens pas toujours mes promesses non plus.

Il se pencha plus près, maintenant toujours au sol cet enfoiré en train de lutter.

— Je devrais te laisser souffrir plus longtemps, mais tu as de la chance : il y a une femme et son enfant, ici, et je ne veux pas qu'elles aient à entendre tes cris plus longtemps. Mais là, tu ne comprendras pas, pas vrai ? Parce que tu aimes voir souffrir les femmes et les enfants.

John trancha à présent le torse de Viktorov des deux mains, les pointes affûtées au bout de ses doigts laissant de profondes entailles jusqu'à l'os. Les cris de Viktorov étaient à glacer le sang, mais John ne pouvait s'arrêter. Il devait lui faire payer la douleur qu'il avait infligée à ces enfants et à leurs familles, ainsi que la douleur qu'il infligeait encore à certains d'entre eux.

Lorsqu'il sentit la cage thoracique de sa victime, il l'ouvrit, faisant craquer les os. Il plongea ensuite les griffes dans la cavité et attrapa le cœur toujours battant de ce salaud. Il le serra, puis l'arracha. Il le regarda, puis le laissa tomber.

C'était fait.

John était en train de s'asseoir sur ses talons, regorgeant d'adrénaline, son cœur battant la chamade, sa poitrine se soulevant, lorsqu'il sentit la douceur d'une main sur son épaule. Il fouetta la tête sur le côté. Savannah observait le corps mutilé.

— Merci, murmura-t-elle. Merci d'avoir sauvé Buffy. Et de l'avoir tué.

Il se retourna complètement et enroula les bras autour des jambes de Savannah, appuyant son visage sur ses cuisses, tandis qu'il reprenait quelques inspirations afin de se calmer. La main de Savannah fut douce, lorsqu'elle lui caressa les cheveux. Un instant plus tard, John leva la tête pour la regarder.

— Tu n'aurais pas dû voir ça.

— Si, il le fallait. Maintenant, je me sens à nouveau en sécurité.

Il se redressa et la prit dans ses bras, puis regarda où se trouvait Buffy. Elle tenait la main de Logan et les observait.

— Nous allons devoir lui dire ce que tu es, dit Savannah. Mais je crois que ça se passera bien.

— C'est une courageuse petite fille.

Il sourit à Buffy avant de tourner à nouveau la tête vers Savannah.

— Nous savons où les filles qui ont été kidnappées étaient censées être livrées. Nous pourchasserons les commanditaires et les éliminerons.

Savannah s'accrocha à présent à lui.

— S'il te plaît, reste avec Buffy et moi. Laisse quelqu'un d'autre le faire. Tu en as fait assez.

Elle pressa les lèvres contre les siennes, et il l'embrassa en retour, pendant un bref instant, avant de rompre le contact entre leurs lèvres afin de la regarder droit dans les yeux. En dépit de tout ce qu'elle l'avait vu faire, de la violence dont elle le savait capable, elle ne manifestait aucune crainte envers lui. Elle voulait toujours de lui. L'aimait toujours.

Lentement, John hocha la tête.

— Je resterai avec toi. Et avec Buffy. Vous êtes ma famille, maintenant.

Savannah avait raison, il n'avait pas à éliminer lui-même les pédophiles russes repris sur la liste de Viktorov. De plus, il avait déjà quelqu'un en tête. Une personne qui serait plus que désireuse de les pourchasser et de les éliminer un par un.

38

Dix jours plus tard, John entra dans le salon V des quartiers généraux de Scanguards. Il y avait peu de personnes présentes mais, dans le coin le plus éloigné, face à la cheminée, il aperçut Samson, lequel avait requis sa présence. Amaury et Gabriel étaient assis à ses côtés. John fut toutefois surpris de trouver également Deirdre parmi eux. Il n'avait pas entendu parler de son retour bien qu'il eût lu de nouveaux rapports en provenance de Russie confirmant que sa mission avait été un succès.

— Assieds-toi, John, l'invita Samson en désignant le bar situé au milieu du salon. Une boisson ?

John déclina d'un geste de la main. Ces derniers jours, il ne buvait plus de sang en bouteille. Tout comme Amaury et Samson qui ne buvaient qu'à même leurs compagnes. Gabriel qui, quant à lui, avait une partenaire vampire, avait un verre de sang à moitié vide devant lui ; il en était de même pour Deirdre qui buvait le sien à la paille.

— Bonsoir à tous. Deirdre, c'est bon de savoir que tu sois parvenue à rentrer.

À sa surprise, elle lui sourit. Elle semblait satisfaite, détendue et parfaitement à l'aise.

— Pourquoi en serait-il autrement ? Logan a toujours été un bon chauffeur. Bien que je doive admettre que, maintenant que je ne suis plus une Gardienne de la Nuit, je comprends que ce puisse être un peu déconcertant pour d'autres créatures de voyager via les portails.

— C'était la manière la plus facile de te faire entrer en Russie, dit Amaury. Surtout avec toutes les armes que tu as absolument voulu emmener avec toi.

— J'aime me tenir prête.

— Présente-nous un rapport circonstancié. J'ai vu tes rapports de terrain, mais j'aimerais un résumé. Alors, ta mission est terminée ? Complètement ? demanda Samson.

Avec assurance, Deirdre hocha la tête.

— Logan et moi avons retrouvé tous les hommes de la liste de Viktorov. Et pas seulement ceux qui étaient censés réceptionner la dernière cargaison ; nous avons également pu retrouver les clients des cargaisons précédentes.

— Comment les avez-vous éliminés ? demanda John. Les derniers rapports émanant de Russie étaient quelque peu sommaires.

— Disons tout simplement qu'ils sont morts d'une mort violente. Je me suis assurée qu'ils sachent pourquoi ils devaient mourir. Cela n'aurait pas eu beaucoup de sens de les tuer sans le leur dire, pas vrai ?

Gabriel et Samson haussèrent les sourcils, mais Amaury grogna tout simplement. John ne pouvait qu'être d'accord avec les agissements de Deirdre. Tous ces types l'avaient mérité pour avoir kidnappé des enfants innocents et en avoir ensuite abusé.

— C'était très plaisant de les voir supplier qu'on les laisse en vie, poursuivit Deirdre. Je les ai laissés espérer un peu, tu vois, en les laissant croire qu'ils pourraient payer pour s'en sortir. Ils pensaient vraiment que leur argent les sauverait.

Il s'était avéré que la plupart des hommes étaient des oligarques russes, nombre d'entre eux étant reliés au Kremlin et son gouvernement corrompu.

— Il semble que tu aies apprécié un peu trop tout ceci, Deirdre, dit Samson.

Elle haussa une épaule.

— Personne n'a dit que je n'étais pas autorisée à apprécier mon boulot. Et c'est mon boulot, maintenant, n'est-ce pas ?

Elle lança un rapide coup d'œil à John.

— Un vrai job, cette fois, précisa-t-elle. Pas un simulacre de boulot comme celui que tu m'avais confié.

Samson regarda John.

— Ouais, à ce propos, John. Tu aurais pu me dire que tu voulais offrir à Deirdre un job parmi nous.

— Tu pensais qu'elle n'était pas prête. Et je savais qu'elle l'était.

— Eh bien, la prochaine fois que tu veux engager quelqu'un, fais valoir de meilleurs arguments.

Il regarda ensuite Deirdre.

— Quant à toi, Deirdre, oui tu as un boulot ici.

— Assassin en chef ? proposa-t-elle.

Les trois patrons de Scanguards échangèrent un roulement d'yeux.

— Ce job était unique, dit Gabriel. Nous n'engageons pas d'assassin. C'est une compagnie de sécurité. Nous protégeons les gens.

— Même chose, affirma Deirdre. J'ai protégé des innocents en tuant leurs bourreaux.

John réprima un sourire. Deirdre avait raison. Elle avait fait ce qu'il fallait.

Samson soupira et échangea un regard avec Gabriel, puis lui fit signe de poursuivre.

— Tu suivras notre formation de garde du corps, et tu apprendras les règles que nous observons, dit Gabriel. Cela devra suffire.

Deirdre hocha la tête.

— Ça me suffit pour l'instant.

Ensuite, elle soupira.

— Comment vont les filles que Logan et moi avons ramenées de Russie, ajouta-t-elle.

Deirdre et Logan avaient rapatrié presque une douzaine d'autres filles depuis la Russie en sus de celles que John et son équipe avaient sauvées sur le bateau à Vladivostok.

Samson lui adressa un sourire doux-amer.

— Physiquement, elles sont en voie de guérison. Maya fait de son mieux pour s'assurer qu'elles guérissent. Mais, émotionnellement, il y aura des séquelles. Tout particulièrement pour celles qui étaient en Russie depuis quelques mois. Elles ne vont pas bien. Elles ont enduré des semaines d'abus sexuels. Nous n'avons pas encore pu les renvoyer chez leurs parents. Certaines d'entre elles sont si traumatisées que nous craignons qu'elles se fassent du mal, si on leur en laisse l'occasion.

Le cœur de John se brisa pour ces filles.

— As-tu pensé à effacer leurs mémoires ?

C'était un don propre aux vampires, mais il n'était utilisé qu'en cas de circonstances extrêmes.

— On en a discuté avec Maya et le Docteur Drake. Tous deux pensent que c'est la meilleure solution, plutôt que de les laisser subir des années de thérapie. Nous nous en occuperons plus tard dans la soirée.

— Je suis content, agréa John. Et avec quelle explication les renverrez-vous chez leurs parents ?

— On y travaille avec l'inspecteur Donnelly. Ils devront connaître la vérité, ou du moins une partie de celle-ci. Mais on ne pourra pas tout leur dire.

John savait que Donnelly trouverait une solution qui satisferait tout le monde sans semer le doute sur Scanguards ou encore révéler ce qui s'était réellement passé.

— Et l'argent de Viktorov ? demanda John.

— Thomas a piraté ses comptes et a tout transféré. Il a reversé l'argent de la rançon à Savannah. Ce qui reste va aller à une fondation au profit de victimes de l'exploitation sexuelle.

— Bien, dit John, avant de regarder Deirdre. Tu ne le sais peut-être pas encore, mais nous nous sommes occupés de toutes les personnes impliquées dans le trafic aux États-Unis.

— Tu n'as pas tué les ravisseurs ? demanda-t-elle.

— Seulement Viktorov. Nous avons remis Otto Watson, le hacker, à Donnelly. Il obtiendra une remise de peine en échange de sa coopération. Les deux ravisseurs qui gardaient les filles au port d'Oakland feront de la prison. Donnelly laissera Scanguards en-dehors de ça. Le chef de la police et le maire nous couvriront.

— Tu aurais dû tuer ces deux-là, dit Deirdre.

— Je l'aurais fait, s'ils avaient touché les filles, confessa John, mais je ne tue pas aveuglément. Ne t'inquiète pas, ils paient pour leurs crimes. Et ils auront des cauchemars pour le reste de leur vie.

Avant de les remettre entre les mains de Donnelly, John s'était assuré de leur montrer ce qu'il était tout en leur promettant de leur trancher la gorge s'ils venaient à piper un seul mot à propos des vampires. Il aurait pu effacer leur mémoire, mais il voulait qu'ils eussent connaissance de l'existence des vampires et qu'ils fussent conscients qu'ils se retrouvaient sur sa liste noire personnelle.

— Alors, c'est fini ? demanda Deirdre.

— Ouais, c'est enfin fini.

Quoique la vie ne fît que commencer pour John. Il avait obtenu une seconde chance, la saisissait des deux mains et s'y accrochait de toutes ses forces.

39

Huit mois plus tard

Uniquement vêtu d'un pantalon jogging dans lequel il s'était glissé après s'être douché dès son retour à la maison, juste avant le lever du soleil, John ouvrait le garde-manger de sa cuisine. Il regarda ensuite par-dessus son épaule et dévisagea Buffy. Elle était habillée, les cheveux soigneusement peignés, et était prête pour aller l'école.

— Es-tu sûre de vouloir du beurre de cacahuète et *de la banane* ? Ça ne doit pas être bon.

Buffy laissa échapper un long soupir de souffrance, telle une adolescente ennuyée par son parent. Elle roula même des yeux comme si elle l'avait fait un millier de fois.

— Je ne critique pas ton goût pour le sang. Crois-moi : du beurre de cacahuète et de la banane, c'est top. Bien mieux qu'avec de la confiture.

John sourit.

— Je vais devoir te croire sur parole, ma petite tueuse.

Un sourire traversa le visage de Buffy, tout comme il en était toujours le cas, lorsqu'il l'appelait par son surnom. Depuis la nuit où il les avait sauvées, sa mère et elle, Buffy était au courant de l'existence des vampires, et le surnom était devenu un jeu entre eux. Elle l'avait accepté sans la moindre question et lui faisait confiance à cent pour cent.

Il attrapa une banane et retourna vers le comptoir afin de lui préparer son sandwich.

— John, je peux te poser une question ? demanda-t-elle.

— Bien sûr, vas-y.

— Hum…

Tandis qu'elle hésitait, il se retourna pour la regarder.

— Quelque chose ne va pas ? Est-ce que quelqu'un te cause des ennuis à l'école ?

— Non, non, l'école, ça va. Tu n'as pas à brutaliser quelqu'un pour moi.

John secoua la tête et se mit à rire.

— Bien, parce que je ne maltraiterai pas une petite brute ; je préférerais t'apprendre comment te charger toi-même de lui.

Alors qu'elle ne disait mot, il insista.

— Alors, que voulais-tu demander ?

Elle haussa les épaules.

— J'ai oublié.

Mais son expression disait autre chose. Et Buffy n'était pas une enfant timide. Lorsqu'elle voulait savoir quelque chose, elle posait une question, qu'elle fût directe ou embarrassante.

Il était prêt à la faire s'asseoir et lui demander ce qui n'allait pas, lorsqu'il entendit la porte de la chambre s'ouvrir et se refermer. Le bruit de pas nus sur le plancher dériva à ses oreilles et fit bondir son cœur.

— Maman est réveillée, dit-il en lui adressant un clin d'œil.

Il emballa le sandwich et se retourna vers la porte. Savannah, vêtue d'un long peignoir en soie blanc entrait dans la cuisine. Il laissa courir les yeux sur elle, et son sexe tressaillit à ce charmant spectacle. Elle était plus belle de jour en jour, le ventre rond portant son enfant, la peau saine et éclatante.

— Bonjour Maman, dit gaiement Buffy.

— Bonjour chérie, répliqua Savannah en l'embrassant tout en lui caressant la tête et la serrant contre elle, tandis que son regard se suspendait à celui de John. Bonjour, mon amour.

— Bonjour, chérie, murmura-t-il.

Tu es sexy à mort, ajouta-t-il, lui envoyant ces mots par le biais de leur lien télépathique afin que Buffy n'eût pas à être témoin de l'intensité de son amour pour sa mère. Non pas qu'ils fussent capables de cacher leur amour l'un pour l'autre, ou ne le voulussent, mais les enfants pouvaient être drôles quand leurs parents affichaient trop d'affection physique l'un envers l'autre.

Et tu es aveugle. Je ne suis pas sexy, je suis grosse.

Souriante, Savannah regarda sa fille.

— Prête pour l'école, Buffy ?

Elle hocha la tête. Ensuite, elle s'avança vers sa mère sur la pointe des pieds afin de lui murmurer quelque chose, quoiqu'elle dût à présent savoir que l'ouïe de vampire de John percevrait néanmoins les mots.

— Maman, je voulais lui demander, mais…

— … tu as peur qu'il dise non ? dit Savannah pour terminer la phrase de sa fille.

Buffy acquiesça.

— Mais tu le veux. Demande-lui, tout simplement. Je sais qu'il le veut aussi.

— Tu es sûre ?

Savannah hocha la tête et gloussa. Finalement, Buffy se retourna et regarda John.

— John ?

— Oui, ma petite tueuse ?

Elle fit un pas vers lui et frappa dans les mains devant son ventre.

— Tu vois, maintenant que je vais bientôt avoir un petit frère et que tu seras son papa… je me demandais, tu vois, est-ce que ce ne sera pas bizarre si je t'appelle toujours John, alors que mon frère t'appellera papa ?

John sentit un sourire fendre son visage. Il savait où elle voulait en venir, et il ne pouvait en être plus heureux.

— Oui, Buffy ?

Elle prit une profonde inspiration.

— Est-ce que tu crois que ça serait bien que je t'appelle aussi papa ?

Il ouvrit les bras.

— J'espérais depuis longtemps que tu le demandes.

Buffy courut dans ses bras, et il la souleva afin de l'étreindre.

Elle enroula les bras autour de son cou et le serra très fort.

— Merci, papa !

Par-dessus l'épaule de Buffy, John regarda Savannah, laquelle les observait, les larmes aux yeux.

— Tu seras toujours mon aînée, ma petite tueuse.

Il l'embrassa sur la joue. À ce moment, on sonna à la porte.

— Ce doit être Ryder. Il est temps d'aller à l'école, dit John en redéposant Buffy à terre.

— Je vais ouvrir, proposa Savannah.

Dès l'instant où elle quitta la cuisine, Buffy adressa un clin d'œil à John.

— Tu sais que toutes mes institutrices sont folles de lui ?

— De Ryder ?

Buffy gloussa.

— Oui, Mademoiselle Peabody le regarde toujours comme si elle voulait le déshabiller quand il me dépose à l'école.

John haussa un sourcil. À onze ans, Buffy ne devrait pas réellement avoir conscience de ce genre de choses. Ou était-il vieux jeu ?

— Comment sais-tu de quoi son regard a l'air ?

Buffy haussa les épaules avec désinvolture.

— Elle le regarde de la même façon que maman te regarde.

L'entrée nonchalante de Ryder dans la cuisine lui épargna une réponse.

— Bonjour John. Hé, ma puce, tu es prête ?

— Bonjour Ryder, le salua John, tandis que Buffy prenait son sac posé sur la chaise.

— Je suis prête.

John attrapa le sandwich sur le comptoir et le tendit à Buffy.

— N'oublie pas ça.

— Merci, papa ! répondit-elle en glissant le sandwich dans son sac.

Ryder lança un regard surpris à John et articula silencieusement : *papa* ?

John sourit fièrement.

— Eh bien, allons-y alors, ou nous serons en retard, dit Ryder en prenant Buffy par la main.

Après davantage d'au-revoir, la maison redevint silencieuse. Savannah se pencha contre l'encadrement de la porte et sourit à John.

Il s'avança vers elle.

— Je sais, de source sûre, que tu me regardes comme si tu voulais me déshabiller.

Elle gloussa, son regard balayant le torse dénudé de son vampire jusqu'au pantalon jogging.

— Si c'est vrai, alors je ne pense pas avoir beaucoup à faire.

— Bien, parce que je ne veux vraiment pas que tu fasses des efforts dans ton état.

Il glissa une main sur son ventre et le caressa.

— Mmm, j'aime cette sensation.

Il attrapa sa ceinture et la dénoua jusqu'à ce que le peignoir s'ouvrît à l'avant, révélant sa nudité. Mais, en même temps, il savait qu'elle ne portait rien en-dessous. Depuis ces huit mois passés ensemble, elle n'avait jamais rien porté sous ce peignoir.

Il passa les deux mains sous le vêtement et les glissa sur son ventre rond, puis sur ses hanches et, finalement, sur son postérieur. Savannah redressa la tête en guise d'invitation. Il lui captura les lèvres et l'embrassa, tandis qu'il enrobait son postérieur de la paume de ses mains et pressait son torse contre ses gros seins. Il aimait la sentir de la sorte, sexy, mûre, entièrement femme. Lui faire l'amour était devenu encore meilleur de jour en jour, plus intime, plus sensuel. Et même à présent, alors qu'elle était enceinte de sept mois de son fils, il ne pouvait s'empêcher de la toucher. À son grand plaisir, elle ne s'était pas encore refusée à lui.

Lorsqu'il ôta ses lèvres des siennes, il posa le front sur le sien.

— Comment te sens-tu, ce matin ?

Elle glissa les mains sur son torse dénudé, le faisant frissonner de plaisir.

— Tu m'as manqué, la nuit dernière, dit-elle, plutôt que de répondre à sa question.

Ou peut-être était-ce une réponse. Ou une invitation.

— Vraiment ? murmura-t-il en l'embrassant le long de son alléchant cou.

La faim surgit soudainement. Il devait se nourrir et, depuis qu'ils s'étaient liés par le sang, elle était devenue son unique source de nourriture.

— Tu m'as manqué aussi.

— Tu as faim ?

— Suis affamé.

Elle prit ses seins dans le creux de ses mains.

— Ils semblent si lourds, ces derniers temps.

L'allusion était claire. Il posa les mains sur les siennes et pressa ses gros seins.

— Ils sont magnifiques.

Il abaissa la tête, lui écarta une main et aspira un mamelon dans sa bouche. Il le lécha doucement et la sentit frissonner en réaction. Il laissa ensuite sortir le mamelon de sa bouche et leva les yeux vers Savannah, laquelle le regardait.

— Tu veux que je morde tes lolos aujourd'hui ?

— Oui.

— Ça t'excite ?

Même après tout ce temps, elle baissa encore les paupières comme si elle avait honte de ses désirs.

— Eh bien, c'est facile à découvrir, pas vrai ? demanda-t-il en amenant une main entre ses cuisses.

Il y trouva le centre de sa féminité, humide et chaud. Incapable de résister, il laissa baigner ses doigts dans cette chaleur.

— Oh, chérie, j'adore la façon dont tu m'accueilles à la maison, le matin.

Il plongea les doigts dans sa cavité et la vit battre des paupières, tandis qu'un gémissement franchissait ses lèvres.

— Si prête pour moi, précisa-t-il.

Tout comme il était prêt pour elle. Son sexe était aussi dur que du granite.

Il écarta Savannah de l'encadrement de porte et la pressa contre le mur adjacent. Elle pencha la tête en arrière, poussant ses seins vers l'avant. Autant John avait besoin de se retrouver en elle, autant il avait tout d'abord besoin de cette morsure. Il plongea la tête sur ces magnifiques seins et lécha tout d'abord un mamelon, puis l'autre.

— Délicieux, murmura-t-il.

— Tu essaies de me torturer ?

Il sourit.

— Ma femme semble un peu impatiente, ce matin.

Il baissa à nouveau une main jusqu'au centre de sa féminité et commença à la caresser.

— Hmm, gémit-elle.

John y trouva le clitoris engorgé et impatient d'être cajolé.

— Je veux que tu jouisses quand je boirai ton sang. Tu peux faire ça pour moi ?

— John, dit-elle en un souffle étranglé, dépêche-toi, j'y suis presque.

— Bien !

Il enroula les lèvres autour du mamelon et allongea ses canines. Il enfonça ensuite ses pointes affûtées dans la chair. Un frisson la percuta dans tout le corps, et du sang riche emplit la bouche de John. Il l'avala et sentit une boule d'énergie le transpercer. Dieu, cette seule sensation pouvait le faire jouir. Mais il garda le contrôle. Il n'était pas uniquement question de nourriture ou de son plaisir. Il était tout autant question de celui de Savannah. Et tandis qu'il buvait son sang, il caressa tendrement le clitoris, accentuant la rapidité et l'intensité de ses mouvements. Il pouvait, à présent, deviner si aisément sa réaction. Il savait quand elle était proche de l'orgasme et savait ce dont elle avait besoin. Sa caresse suivante envoya Savannah au bord de l'extase, et il la sentit haleter en guise de libération. À contrecœur, il ôta les canines de son sein et lécha les incisions, les refermant instantanément. Il avait puisé une quantité de sang suffisante pour aujourd'hui ; à présent, il avait besoin d'autre chose.

Il la retourna, visage contre le mur, afin de lui faire prendre une position qu'ils adoptaient de plus en plus fréquemment depuis que le ventre de Savannah était devenu si gros que la position du missionnaire lui était devenue inconfortable. Heureusement, sa vilaine femme appréciait d'être prise par l'arrière, une position dans laquelle elle ne pouvait s'accorder que peu de mouvements et qui confiait les rênes à John. Et qui la mettait à sa merci.

Il lui agrippa les épaules et fit glisser le peignoir en soie, révélant la douceur de son dos et son postérieur super sexy. Savannah appuya les mains contre le mur et fit un pas en arrière afin de pouvoir se pencher.

— J'aime la façon dont tu t'offres à moi, murmura-t-il en se libérant de son pantalon jogging.

— Alors, tu devrais prendre ce qui t'est offert.

La voix de Savannah était pure séduction. Depuis qu'ils étaient ensemble, la femme sexy qu'il avait prise sans la moindre finesse durant leur premier rapport s'était transformée en une séductrice qui connaissait toutes ses faiblesses et les exploitait avec une choquante régularité. Elle savait à quel point il aimait cela, lorsqu'elle lui disait des cochonneries et se soumettait à ses insatiables désirs de sang et de sexe. De même que le fait qu'elle le laissât la baiser là où il lui plaisait : contre un mur, dans la cuisine, la salle de bain, le garage et même dans le jardin, la nuit, lorsque personne ne pouvait les voir. Aucun lieu n'était épargné.

— Il me tarde que notre nouvelle maison soit finie afin que puissions baptiser toutes les pièces, dit-il, derrière elle pendant qu'il lui agrippait les hanches.

Il ajusta son membre et l'enfonça dans la moiteur de sa féminité.

Le gémissement de Savannah confirma qu'elle accueillait avec plaisir l'invasion de son sexe. Son fourreau frémissait encore des suites de son orgasme, et John savait qu'il ne serait pas difficile de la faire jouir à nouveau.

— John, dit-elle, dans un souffle, j'ai besoin que tu me baises avec force, aujourd'hui. Je me suis languie de toi toute la nuit.

Il se retira et plongea à nouveau en elle.

— Quelle femme excitée j'ai là. Si chaude, foutrement sexy, murmura-t-il, tandis qu'il s'introduisait à nouveau en elle, allant et venant, aimant la sensation de ses muscles qui se contractaient et serraient son membre. Lui agrippant les hanches encore plus fort, il accentua le tempo et lui accorda ce dont elle avait besoin, ce dont ils avaient tous deux besoin.

— Oui, John, oui, c'est bon, cria-t-elle.

Il ôta les mains de ses hanches et les tendit vers l'avant, enrobant les lourds seins de ses mains, tandis qu'il poursuivait les mouvements de ses hanches, son sexe s'enfonçant violemment et profondément.

— J'aime tes nichons, chérie. Quand j'en aurai fini ici, quand je t'aurai envoyé ma semence, je sucerai tes nichons encore une fois et boirai encore plus de sang. Tu veux ?

Elle gémit en guise d'acquiescement.

— Bien. Parce que tu me donnes faim.

— Moi aussi, j'ai faim, John. J'ai besoin de ton sang, aujourd'hui. J'ai besoin de toi.

Elle ne dut pas le lui demander une seconde fois. Il amena un poignet à ses lèvres, allongea ses canines et transperça la peau afin que du sang pût s'écouler des petites incisions. Il étendit alors le bras et lui offrit son poignet.

— Bois, chérie, pour être forte.

Et son fils se développerait alors en force dans son ventre.

Lorsqu'elle but à son poignet, le corps tout entier de John tressauta, et son sexe fit ce que bon lui sembla. Il commença à aller et venir en elle, la prenant très fort, plongeant rapidement et profondément. C'était comme cela à chaque fois qu'elle s'abreuvait de lui ; car le sang la rendait forte et aussi insatiable que lui.

Les muscles de Savannah se contractèrent soudain autour de son sexe, l'emmenant avec elle au bord de l'orgasme. Il jouit en de longs et chauds jets, remplissant sa cavité, tandis que leurs corps tremblaient et étaient ébranlés par le pouvoir de leurs orgasmes.

— Oh, John, murmura-t-elle, laissant échapper un grand souffle. C'est si bon.

Il balaya les cheveux de son cou et y déposa un baiser.

— Accorde-moi une minute ou deux et on fera encore mieux.

Comment se fait-il que tu saches toujours ce que je veux ? demanda-t-elle par le biais de leur lien télépathique.

Parce que c'est ce que je veux également.

À PROPOS DE L'AUTEUR

De nationalité allemande, Tina Folsom vit depuis plus de 25 ans dans des pays anglophones. Elle a d'ailleurs épousé un Américain et s'est établie à San Francisco en 2002.

Tina a toujours été un peu globe-trotter et a vécu dans nombre de différentes contrées: après avoir habité à Lausanne, en Suisse (où elle a appris le français), elle a brièvement travaillé sur un bateau de croisière en Méditerranée. Elle a ensuite passé une année à Munich avant de partir s'installer à Londres, où elle a suivi une formation de comptable. Cependant, au bout de 8 ans, l'air du large l'a poussée à quitter l'Angleterre pour se rendre de l'autre côté de l'Atlantique.

A New York, elle a fréquenté pendant un an la célèbre école de théâtre de l'American Academy of Dramatic Arts. Elle s'est ensuite envolée vers Los Angeles où, une année durant, elle a étudié l'écriture de scénarii à l'UCLA. C'est également à Los Angeles qu'elle a rencontré son mari, lui-même installé à San Francisco. Trois mois plus tard, elle déménageait dans la «Ville de la Baie».

Elle y a d'abord travaillé en tant que comptable et conseillère fiscale et a, en outre, ouvert son propre cabinet. Cependant, sa profession ne la rendait pas complètement heureuse. Accessoirement, elle a créé sa propre agence immobilière et est restée active dans ce domaine pendant un certain temps. L'écriture lui manquait toutefois énormément ! C'est pourquoi, à l'automne 2008, elle a renoué avec cette activité et rédigé son premier roman d'amour.

Elle a toujours été attirée par les vampires. Depuis 2008, elle a publié 43 livres en anglais et trois douzaines dans d'autres langues (français, allemand et espagnol). De plus, elle fait actuellement traduire l'ensemble de ses livres en français.

Tina apprécie recevoir des commentaires de ses lecteurs. Pour cela, vous pouvez lui écrire à l'adresse électronique suivante: tina@tinawritesromance.com.

Vous pouvez également la contacter via Facebook: facebook.com/TinaFolsomFans ou Twitter: @Tina_Folsom.

Enfin, vous pouvez visiter son site Internet tinawritesromance.com afin de vous tenir au courant des nouveautés.